# 文艺美学研究

## 2019年春季卷

教育部普通高校人文社会科学
重点研究基地山东大学文艺美学研究中心 编

中国社会科学出版社

**图书在版编目(CIP)数据**

文艺美学研究.2019年春季卷/教育部普通高校人文社会科学重点研究基地山东大学文艺美学研究中心编. —北京：中国社会科学出版社，2022.2

ISBN 978-7-5203-9717-9

Ⅰ.①文… Ⅱ.①教… Ⅲ.①文艺美学—文集 Ⅳ.①I01-53

中国版本图书馆CIP数据核字(2022)第023642号

---

出 版 人 赵剑英
责任编辑 郭晓鸿
特约编辑 杜若佳
责任校对 师敏革
责任印制 戴 宽

---

出　　版 中国社会科学出版社
社　　址 北京鼓楼西大街甲158号
邮　　编 100720
网　　址 http://www.csspw.cn
发 行 部 010-84083685
门 市 部 010-84029450
经　　销 新华书店及其他书店

---

印　　刷 北京明恒达印务有限公司
装　　订 廊坊市广阳区广增装订厂
版　　次 2022年2月第1版
印　　次 2022年2月第1次印刷

---

开　　本 710×1000 1/16
印　　张 16.75
插　　页 2
字　　数 226千字
定　　价 96.00元

---

凡购买中国社会科学出版社图书，如有质量问题请与本社营销中心联系调换
电话：010-84083683

# 编 委 会



# Editorial Board

# 目　录

## 读书与回忆



## 文论选译



## 会议综述

# CONTENTS

# 生态美学

# Ecoaesthetics

# 漫谈生态文艺学研究的观念与方法

## ——在山东大学文艺美学基地的讲演

鲁枢元

学术研究是要以“人类知识的统一性”“自然界的协调性”为整体背景的，但也绝不应排斥阐释者个人的“实际生存状态”和书写者“天然的言语技艺”。对于人文学科而言，我相信研究的前提是人的自由意志、自然性情，性情先于知识，观念重于方法。

人类的文学活动是一个系统，文学理论研究也是一个系统，仅仅把这个系统置放在人类社会的框架内进行考查是不够的。文学研究的空间应该扩大到包括自然界在内的整个“地球生态系统”中来。

文学研究不宜过分地专门化、专业化，“文史哲”之于学术研究犹如“氮磷钾”之于植物生长。至于指导研究生，我还是倾心于传统的“师傅带徒弟”的那种手工作坊的方式，如两千多年前孔子“教书育人”的做法，看不惯“生产流水线”式的教学模式。

“叙事学术”。叙事、讲故事也可以成为一种“研究话语”、一种“学术话语”，而且可以成为一种“犀利”的、“动人”的“学术话语”；这种学术话语，是生态批评家“常用的写作方略”，一种更贴近研究对象的话语形态，或可名之曰“绿色学术话语形态”。

早先，俄国哲学家别尔嘉耶夫的一番夫子自道曾给我留下深刻的印象。他说他缺乏古希腊哲学重理性、重思辨的传统，与一切学院派的东西也很疏远，他也不善于用推理的、逻辑的、分析的方法论证自己的思想，他更多的是凭借生命的直觉，通过个体的感受来感知时代的精神性、文化性的危机，并由此开展自己的研究与写作。与别尔嘉耶夫类似的还有舍勒和西美尔，他们的治学思路让我感到十分投契。大约60岁后，我开始鼓吹自己从事学术研究的一点经验，在不少地方讲过：性情先于知识，观念重于方法。

## 一　关于“性情先于知识”

学习，进而是学术研究，最根本的起点是兴趣，即愿意做、乐于做，自发、自愿，乐此不疲。新鲜，好奇，探究，钻研，发现，创新——再加上表述，这就是学术研究的全过程。其中，个人的兴趣是最重要的。兴趣支配着选择，选什么不选什么，决定于每个人独自的心理结构，其中包含自己的天性、人格，即通常所说的“性情”。

从心理学的意义上讲，“性情”的构成有以下两方面的内涵。

一是，生理性遗传，所谓遗传基因，属于天然的。遗传的因素是强大的，我想一个人不仅会继承上一代、上两代，即父母、祖父母的基因，上几十代、几百代的祖宗的基因也会在一个人身上留下痕迹。甚至，人类的远祖的基因也会在个人身上遗留下来。500万年的人类进化史对于地球50亿年的历史来说也不过一瞬间！据说，人类的基因有95%以上与猿猴是相同的。

佛教更厉害，佛祖不是站在地球上说话的，而是站在宇宙间说话的。佛说发生在一个人身上的“因果”关系，“假使经百劫所作业不亡”。我大致算了一下：百劫，按“小劫”算，一劫400万年，百劫就是4亿年，这就是说4亿年前你的祖先的行为方式至今还会影响到你！4亿年前我们的祖先是什么样呢？那时为泥盆纪，占据地球的生物是巨鲨、巨蜥、巨型蜈蚣，都是些欲望膨胀、贪婪凶猛、六亲不认的家伙！这些家伙的基因不还在当今那些贪官污吏身上显现着吗？

人生来就不是一块白板，你的大脑在你还没有从母腹中出来时就已经被遗传基因刻下了种种印记与符号。这是杰出的心理学家古斯塔夫·荣格的学说，别忘了，荣格同时又是尊奉佛教的！

除了生理性的遗传，重要的还有社会性遗传、文化性遗传，即家庭、环境与学校教育有形无形的臻陶与熏染。这是构成性情的第二方面因素。教育心理学家说，一个人在5岁之前就已经打好了人格的底稿！弗洛伊德认为儿童的独自的心理结构是在婴幼儿时期与环境冲突的无意识中形成的。当下，对婴儿的教育，更是在母腹中就已经开始了！童年记忆、创伤记忆，因人而异，千差万别。

以上所说，我的用意是强调：每个人都是与众不同的、独具性情的、独立自主的个体。找到最适合自己的学术领域、治学方向，不但关系到事业的成败，也关系到自己生命的价值。

对于治学来说，知识，即前人积累的经验无疑是不可或缺的。但你面对的知识却是一片“公海”，一片浩瀚的、共有的海洋。“弱水三千我取一瓢”，你取哪一瓢？我的经验是遵从自己的兴趣、意愿，任着自己的性子，选取能和自己的心灵发生共鸣、产生互动的那些。

这就是“性情先于知识”！

我在文艺学研究领域做下的这点事，应该说得之于“跨学科”研究。开始是跨界心理学、语言学，后来是生态学。跨学科，就要读更多的书。对我而言多半是凭兴趣，读“杂书”。许多书仅限于浏览，不求甚解。我自诩为“读杂书，开天眼”，天眼一开，界限全无；天眼一开，异径突现。所谓“开天眼”，其实不过是心理学中说的“直觉”与“顿悟”，是人的自然天性，是人人都具备的普遍心理机能。问题出在，我们的这一天性被从小接受的概念、形而上思维模式教育遮蔽了，只相信概念、逻辑，只相信专业知识，不肯相信自己的情感与直觉。

不少谈论跨学科的人说过：如果你不具备这些学科的充足的理论知识与严格的技能训练，你就不具备跨越的资格，就是“无票乘车”。这固然有一定道理。学科与学科之间的确存在一定的界面，但并非一堵冰冷坚硬的墙壁，而应是一片可以散步或漫游的谷地。文艺学作为人文学科，与其他学科之间的这片谷地，总还是要更开阔些，是可以先上车后补票的。

说一个我自己的例子。

2017 年，美国的“中美后现代发展研究院”院长菲利普·克莱顿（Philip Clayton）一行来黄河科技学院生态文化研究中心，他们信奉的是怀特海的有机过程哲学。我对这些美国学者讲：我并不曾在过程哲学上下功夫，但我在二十多年前就读怀特海的《科学与近代世界》，读得如痴如醉！具体时间是 1990 年 7 月 16 日夜 11 时零 5 分，地点是在京广线的火车上，我读着怀特海的《科学与近代世界》，在老式的火车车厢里挥汗如雨，而我读得如痴如醉（有书中的“眉批”为证）。这与中国老一代学者如胡适、张申府、贺麟、方东美结识怀特海并亲聆教诲已经晚了半个多世纪。但在我的同龄学者中，尤其是从事文艺学研究的学者中，我接触怀特海怕算是比较早的。

怀特海哲学的意义在于给走进迷途的现代人提供一种新的世界观，宣告一个与自然和与人的天性更为和谐的社会即将来临。怀特海在 20 世纪初预见性地提醒人们警觉的那些问题，全都关系着人类社会的根基与发展方向。如今，这些问题不但依然存在，甚至愈演愈烈了。

于是，怀特海的《科学与近代世界》自然而然地便成了我撰写《生态文艺学》一书的动因与出发点。这本出版于 18 年前的书，开章便引用了怀特海的语录，后边又撰写了以“怀特海的社会生态学预见”为标题的专节，表达了我对怀特海深切的崇敬与爱戴。在中国，有“半部论语治天下”的说法。对于我来说，怀特海的一本《科学与近代世界》，也许可以支撑我后半生的学术生涯（那也是我指导的历届研究生的必读书）。

说到这里，我似乎已经有“哄抬”自己的嫌疑。

因此我必须尽快声明：我天生是一个感性的、直觉的、情绪性的人，不是一个善于运用概念形而上思考与写作的人。怀特海的哲学名著《过程与实在：宇宙论研究》对于我来说类乎“天书”！直到上初中，我的数学还不及格！对于以“数学”“逻辑学”为基础的怀特海的思辨哲学体系，我这一辈子恐怕也读不进去了。2018 年春天，我在美国西部的克莱蒙大学城见到了 93 岁的美国人文科学院院士小约翰·柯布。柯老是怀特海的嫡传弟子，他的老师是怀特海的高足。在柯老家中，我把我的短处与苦处讲给了柯布老人，老人倒是爽快，他说换上他他就不读了！

倒也是，从天性上说我就不具备从事哲学研究，尤其是数理哲学研究的素养，如果勉强自己一辈子搞下去，皓首穷经，终难成事！倒是怀特海哲学海洋中的这“一瓢水”切实地滋润了我！

## 二　关于“观念重于方法”

文艺理论界与我同时代的许多学人，不少是从 20 世纪 80 年代初的“方法热”中起步的，似乎是那些由西方引进的各色“研究方法”成就了这些评论家、理论家。现在想来，并不完全如此。刘再复先生当时就明确指出，方法热源于思维空间的拓展，首先是对于某些思维定式的超越，对于诸多固有文化观念的突破，那也是知识分子对于自身“精神蜕变”的开悟。

这就是说，为“方法热”提供能量的还应是观念的变更。

仍然以我为例：20 世纪 70—80 年代，我经历了一次由“阶级论”向“人性论”的观念上的转换，曾以自己是一个人道主义者而豪情满怀（人类呀，我爱你！），相信人类中心，相信人类的利益至高无上，相信“文学是人学”（钱谷融先生倡导的“文学是人学”并不排斥文学与自然的血脉关系，因为他更强调人的“赤子之心”，即人的天然属性。我曾有专文论及）。在这一观念的指引下，我并非十分自觉地采取了“心理学”的方法研究文学艺术现象，在文坛上很是热闹了一阵子！

到了20世纪80年代末90年代初，随着经济高速发展、消费迅速升级，自然生态系统濒临崩溃，我发现人类作为天地间的一个物种太自私、太过于珍爱自己，总是把自己无度的欲望建立在对自然的掠夺上，以及对于同类、同族中弱势群体的盘剥上，有时竟显得那么寡廉鲜耻！对照饱受创伤的自然万物，人类在我心目中已不再显得那么可爱，反而有些可恶、可悲，其中也包括对我自己某些行为的懊恼。我突然明白，人类作为一个整体也是会犯错误的，而且犯下的是难以挽回的错误。正是这种观念的转变，使我不由自主地步入生态学的学科领域，试图运用生态学的知识、理论与方法阐释文学现象，分析当代文学面临的问题。

要知道，30年前要想在国内书店找到一本生态学的书与40年前要想找一本心理学的书，都一样困难。我的外文阅读能力不过关，我是在知识准备、技能训练几乎一片空白的时候迈进了这些领域。因此，我敢说我的“跨学科”始于“转念间”，“转念”即“观念转变”，最初并不在于知识、方法、技能，而就在于那个“一念之差”。

其实，“观念”也是构成个体心灵的一部分，是学问的灵魂。音乐界讲究“歌唱要走心”，要用心灵唱，仅仅凭借技巧和方法是不足的。

我并不刻意注重方法，我的《超越语言》出版后，国内有著名专家评论说是“符号学”的研究方法，我还不太理解。我尊崇老子的说法：“大象无形，大音希声”，“无法之法为乎上法”。有趣的是，我在《生态文艺学》一书中讲到的生态系统“三分法”，即地球人类生态系统的三个层面：自然生态、社会生态和精神生态，却被许多同学拿去当作一个方便好使的方法，甚至成为一个模式、一个论文写作的套路。

有朋友在网上很容易地就查到40多篇博士学位论文、硕士学位论文的写作采用了我的“三分法”的模式。

论文作者所在的学校有：郑州大学、苏州大学、安徽大学、厦门大学、辽宁大学、广西大学、云南大学、宁波大学、山东师范大学、天津师范大学、曲阜师范大学、浙江师范大学、西北师范大学、华中师范大学、江西师范大学、湖南师范大学、西南交通大学、长春理工大学、华北电力大学、哈尔滨工程大学等，写作的对象有：狄更斯、劳伦斯、哈代、德莱塞、赛珍珠、索尔·贝娄、玛格丽特、福克纳、乔治·奥威尔、伯内特的小说，美籍阿富汗作家卡勒德·胡塞尼《群山回唱》等，叶芝、叶赛宁、布莱克的诗歌；阿瑟·米勒的剧本，还有中国古代经典《淮南子》、中国当代绘画、山东作家张炜的小说和散文等。这么多的青年学子关注生态批评，这么多的同学读了我的书并且表示认同，我当然很感动，但同时我也有些忧虑：自然生态、社会生态、精神生态的三分法与硕士学位论文结构的三段论法很是吻合，正是由于“方便好使”，反倒可能会约束了深入钻研。任何一种方法总有它的局限性。这是不能不提醒诸位留意的。

## 三　绿色学术的话语形态

学术研究固然是要以“人类知识的统一性”“自然界的协调性”为整体背景，但也绝不应排斥阐释者个人的“实际生存状态”和书写者“天然的言语技艺”。我曾经在给《上海文化》主编夏锦乾先生的信里发了一通牢骚：如今的学术性刊物对于文章的体制、范例、格式甚至风格的限制越来越严格，将作者的手足卡得死死的，这甚至已经成为一种全国一律的“法定制度”。人文学科，哲学、历史、文学、艺术以及其他各种各样的文化研究，其话语表达的体制、方式、风格应当是不同的。至于在生态研究领域，更应该有另一种符合生态的绿色“学术话语”。

“概念清晰”“推理周延”“论证客观”“结构匀称”，先归纳，后演绎；先分析，再结论；从现象到本质务求科学，不得有丝毫的模糊。这些“国标”的严格规定，是否就一定应该作为学术著述铁定的通则？我越来越感到，在生态学辐射到的一些学术领域，并不如此。像梭罗的《瓦尔登湖》、法布尔的《昆虫记》、蕾切尔·卡逊的《寂静的春天》、利奥波德的《沙乡年鉴》、洛夫洛克的《盖娅：地球生命的新视野》、马古利斯的《生物共生的行星：进化的新景观》、刘易斯·托马斯的《脆弱的物种》、戈尔的《濒临失衡的地球——生态与人类精神》，以及媒体生态学家尼尔·波斯曼的《童年的消逝》《娱乐至死》等，这些影响深远的著作，显示的完全是另一种学术境界、话语风貌。

在这些著述中，充满了主观视角、自我体验、个人情愫、瞬间感悟、奇妙想象，案例的举证多于概念的解析，事件的陈述优于逻辑的推演，情景的渲染胜过明确的判断，随机的点评超越了旁征博引的考据。这些看似不规范的学术著作，既深潜于经验王国的核心，又徜徉于理性思维的疆域，全都成了生态文化研究领域公认的“学术经典”，即我这里所说的“绿色学术”经典。

对此，美国杰出的生态批评家斯考特·斯洛维克（Scott Slovic）将其命名为“叙事学术”（narrative scholarship）。他认为这是生态批评家常用的写作方略，即用陈述、叙事替代通常的文论写作。这与中国古代哲学经典《庄子》《淮南子》的文体、写作方略十分相似。

斯洛维克是一位独标性灵的学者。他主张写作不仅要依靠头脑，还要发自肺腑，要将“个人化故事叙述”与“学术性分析推理”结合起来。在他看来，忽略了个人动机、忽略了个体学者从事学术研究的内驱力的研究就是有缺陷的。他的结论是：一，叙事、讲故事也可以成为一种“研究话语”、一种“学术话语”，而且是一种“犀利”的、“动人”的“学术话语”；二，这种学术话语，是生态批评家“常用的写作方略”，一种更贴近研究对象的话语形态。

斯洛维克在撰写他的《走出去思考：入世、出世及生态批评的职责》一书时，显然也是遵循了他提出的“叙述学术”这一原则的。但这种倡导在当下的中国却很难行得通。如果我们大学文科的博士学位论文、硕士学位论文全都比照“叙述学术”去写，在论文中大讲自己的故事，如何能够通得过导师的审核！导师的学术论文如果糅进个人的哀乐与文学的联想，又怎能通得过学术机构、学术期刊死死把守的关口！不应排斥正统的学术论文写作范式，但也应该允许学术话语的多样性尝试。人类语言不能仅仅划定在语言学专家的规则里，在已经来临的生态时代，我们不妨听一听梭罗的建议：我们不但要在课堂的语法教科书上学习语言，还应该向天空与大地、向田野和森林学习语言。“绿色学术”的话语形态，应该是一种后现代的学术话语形态。其内涵与表现方式究竟如何，还有待于深入探索。

以上，我从性情、观念、方法、表述四个方面谈了谈我在从事生态批评、生态文艺学研究过程中的体会。这只是我个人的点滴经验，每个人都是一个独立自主的个体，都应该有自己的偏爱与选择，我今天的演讲仅供同学们参考。

谢谢诸位！

2018 年 11 月 23 日

# 生态审美学与审美理论知识的有效增长*

程相占

**摘　要**　以1735年与1972年两个年份为时间坐标，可以将整个美学史划分为前现代、现代与后现代三个历史阶段。生态审美学属于后现代美学，是对现代美学的批判超越。生态美学研究的学术信念是追求审美理论知识的有效增长，创造能够超越现代美学的新型审美理论知识。基于这种学术信念，构建生态审美学的最佳途径就是批判并超越以康德美学为代表的现代美学，在准确把握康德美学原义的基础上对之进行生态阐释和重构，也就是站在当代生态哲学的高度，根据康德《判断力批判》的理论思路，言康德所应言而未言。这样的学术研究方式可以回答现代美学为什么是非生态的，而生态审美学为什么是生态的，从而推动审美理论知识的有效增长。

**关键词**　生态美学；生态实在论；康德审美理论；生态阐释；生态重构

**作者简介**　程相占，山东大学文艺美学研究中心教授、博士生导师，教育部长江学者特聘教授。

任何学术研究的目的都是创新，即创造新知识。但是，真正的创新绝不是在“自圆其说”的意义上，提出所谓的“新意”，甚至故意做“翻案”文章，而是在原有的知识基础上，进行有理有据的补充、完善与发

* 本文系作者主持的国家社会科学基金重点项目“生态审美的基本要点与生态审美教育研究”（13AZW004）结项成果的“导论”，该成果的名称为“生态审美学——康德审美理论的生态诠释与重构”。

展，切实地推进相关知识的有效增长。换言之，笔者在“知识的有效增长”这个意义上所理解的学术研究的目的和学术创新的内涵，其衡量标准可以简单地归结为如下一个疑问句：相对于此前已有的知识，我们究竟创造了什么样的新知识？对于学术创新的上述理解，隐含着通常所说的“学术规范”：对于某个学科的过去、现状与未来有着基本掌握，以学术史的基本知识作为标准，来衡量自己所做的研究是在做无效劳动，还是在切实地推进该学科之知识的有效增长？本研究的目标是构建自成一体、独树一帜的生态审美学（即生态美学）。因此，在写作过程中，笔者时时刻刻都不忘扪心自问的问题就是：相对于此前早已汗牛充栋的美学论著，特别是康德美学，笔者到底提供了什么样的新知识？

汉语学术界通常所说的“美学”，对应的是英语术语“aesthetics”，该词的准确汉译应该是“审美学”。我们这里之所以称为“生态审美学”而不是“生态美学”，一是为了正名，即恢复 aesthetics 作为“审美学”的本义；二是为了表明，汉语学术界通常所说的“生态美学”，其研究对象是“生态审美”。也就是说，这里的标题“生态审美学”，完全可以理解为“关于生态审美的学说”，笼统地称之为“生态美学导论”也无不可。根据“知识的有效增长”这一学术信念，本研究将尽力推进审美理论知识的有效增长，特别是弥补此前美学理论（主要是康德美学）的明显欠缺。在具体的行文当中，则根据语境之不同而分别采用“美学”、“审美学”或“审美理论”三种不同的措辞。这种学术信念体现在研究思路和方法上，就是本研究副标题“康德审美理论的生态诠释与重构”所表明的学术旨趣：我们致力于将国际学术界通常所说的“康德美学”还原为“康德审美理论”，我们先将之放在康德先验哲学的整体框架中进行历史还原，进而从生态学、生态哲学或生态智慧的角度对之进行反思、批判、诠释与重构，从而构建出独树一帜的生态审美学。因此，本研究也可以被通俗地称为“基于康德哲学的生态美学”。

那么，构建当代生态审美学，为什么要采取这种研究思路和研究方法呢？这是我们在正式探讨之前必须首先回答的问题。

## 一 美学史的三个阶段

人类社会从远古已经进入了21世纪。在对人类社会发展历史进行宏观划分的时候，国际学术界一般采用“一分为三”的方式，即以“现代”为基点，将之划分为“前现代”、“现代”与“后现代”三个大的历史阶段或时期。具体到美学学科而言，我们同样将人类美学史一分为三，只不过其时间坐标与社会学略有不同。本研究的时间坐标是两个年份：一个是1735年，这是德国哲学家鲍姆加滕正式提出“审美学”（亦称“感性学”）的年份，鲍姆嘉滕因此被称为“美学之父”；[①] 另外一个则是1972年，这是美国生态批评专家约瑟夫·米克发表《走向生态美学》的年份。

国内学者对于鲍姆嘉滕并不陌生，但对于约瑟夫·米克（Joseph W. Meeker）的了解却不多，所以这里简单介绍一下。根据笔者的研究，他是国际范围内最早以“生态美学”作为标题发表论著的学者。1972年，这位学者的论文《走向生态美学》发表于《加拿大小说杂志》，两年后又收入其《存活的喜剧——文学生态学研究》一书，成为该书的第六章，标题修改为“生态美学”。米克的立论从反思西方理论美学史入手。他提出，从柏拉图开始，西方美学一直被“艺术对自然”的重大争论主导，审美理论传统上强调艺术创造与自然创造的分离，假定艺术是人类灵魂“高级的”或“精神化”的产品，不应该混同于“低级的”或“动物性的”生物世界。在米克看来，无论将艺术视为“非自然的”产品或人类精神超越自然的结果，都歪曲了自然与艺术之间的关系。达尔文的进化论揭示了生

① 参见程相占《朱光潜的鲍姆嘉滕美学观研究之批判反思》，《学术月刊》2015年第1期。

物进化过程，表明传统人类中心的思想夸大了人类的精神性而低估了其生物复杂性。从 19 世纪开始，哲学家们重新考察生物与人类之间的关系，“试图根据生物学知识重新评价审美理论”。在这种研究思路引导下，米克依次研究了人类美丑观的本源，认为审美理论要想更成功地界定“美”，就应该“借鉴当代生物学家和生态学家已经形成的自然与自然过程的观念”。简言之，在达尔文生物进化论的基础上注重人类的生物性，根据当代生物学知识、生态学知识来反思并重构审美理论，这就是米克所说的“生态美学”的思想基础和理论内涵。正是因为米克的这些论述，笔者将他称为“生态美学之父”。[①] 非常巧合的是，1972 年发生了一件历史大事：6 月在斯德哥尔摩召开了联合国人类环境会议，会议通过了著名的《人类环境宣言》（通称《斯德哥尔摩宣言》），宣布了与环境保护有关的 7 项原则，公布了 26 项指导人类环境保护的原则。这是人类历史上第一个保护环境的全球性宣言，对激励和引导全世界人民奋起保护环境起到了积极的作用，标志着人类开始进入生态文明建设的新时代，具有重大历史意义。

根据上述理解，本研究以 1735 年和 1972 年为历史坐标点，以“现代”和“现代性”作为关键词，将整个人类美学史划分为“前现代美学”（轴心时代—1735 年）、“现代美学”（1735—1972 年）与“后现代美学”（1972 年以来）三个阶段。

我们所要构建的生态审美学无疑属于“后现代美学”，这里的“后”字不仅是时间意义上的“之后”，而且是“后来居上”意义上的“超越”之意，其学术立意和目标是：针对 20 世纪 60 年代以来全球范围内日趋加剧的生态危机，反思与批判造成生态危机的思想文化根源，特别是其现代美学根源，针对现代美学的非生态乃至反生态取向，构建能够回应生态危

① 参见程相占《论环境美学与生态美学的联系与区别》，《学术研究》2013 年第 1 期。

机、拯救生态危机的生态审美学。

## 二　康德与现代美学的根本缺陷

要完成这样的学术目标，我们必须清楚地回答：现代美学的理论缺陷何在？生态美学如何批判、弥补并超越现代美学？换言之，相对于现代美学而言，生态美学到底提供了什么样的新知识、新理论而推动了审美理论知识的有效增长？这个问题还可以表述为：生态美学如何促成了美学的生态转型？也就是，如何将现代的“非生态的”美学，转化为后现代的“生态的”美学？这就意味着我们的任务是双重的：既要反思和批判以康德为代表的现代美学为何是“非生态的”（non-ecological）乃至“反生态的”（anti-ecological），又要说明我们所构建的美学理论为何是“生态的”（eco-logical）。

我们认为，现代性方案本身的缺陷是生态危机的思想文化根源，生态危机就是现代性缺陷的具体体现。康德哲学最为集中地体现了现代性方案，康德的审美理论（即通常所说的“康德美学”）代表着现代美学的最高峰；这就意味着，现代性方案及其美学理论的缺陷，也就最为集中地体现在康德这里。从生态意识出发对康德审美理论进行反思、批判、诠释与重构，就顺理成章地成为构建生态审美学的合理路径。我们的副标题“康德审美理论的生态诠释与重构”明确地表明了这一点。

概括来说，从生态学及其催生的生态意识来看，康德审美理论的缺陷主要表现在如下几个方面。

第一，康德以其“先验观念论”（transcendental idealism）作为哲学基础来讨论审美问题，其审美理论在某种程度上是对于其先验哲学的调整与完善。这种哲学固然有其丰富的理论贡献，但是，它也在某种程度上忽视了“经验实在论”（empirical realism）问题，[①] 进而导致了后果严重的“怀疑主义”，即对于客观世界之客观实在性的怀疑——康德哲学无论多么博大精深，其根本缺陷也是毋庸置疑的：它无法解释自然事物的客观实在性，因而导致现代哲学遗忘自然，为“改造自然、征服自然”这样的现代思维方式与社会实践留下了口实。与此不同，我们相信由生态学科学所揭示的客观世界是客观存在的，生态系统及其构成要素都是毋庸置疑的客观实在之物，如何认识与理解这些客观事物的客观性质是哲学和科学的基本任务——这就是我们初步提出并论证的新型哲学观“生态实在论”（ecological realism）的基本信念与基本内容，[②] 也是我们所要探索的生态审美学的哲学基础。简言之，生态实在论迥异于康德那种过度注重“主体性”而忽视“客体性”的“先验观念论”，甚至与之针锋相对。因此，我们探索的生态审美学，也就可以简单地概括为“以生态实在论作为哲学基础的新型审美学”。我们认为，只有在新的哲学基础上构建美学，才能实现审美理论的真正创新。

第二，康德局限于其先验哲学的基本框架与基本思路，从其“先验主体性”观念出发，从未认真探讨并回答人类先验主体及其各种能力的最终来源，仅仅注重客体的表象而忽视客体本身的存在，其美学所论述的主要是一套遗忘“事物自身”或曰“自在之物”的“表象美学”。我们则站在进化论的立场上，将康德的“先验人类学”改造为“进化人类学”，认为人类各种所谓的“先验能力”，最终无非都是生态系统长期进化的结果；[③]

---

① “先验的观念论”与“经验的实在论”是康德《纯粹理性批判》一书中一对极其重要的概念，这里无法详细讨论。

② 参见程相占《生态美学的八种立场及其生态实在论整合》，《社会科学辑刊》2019 年第 1 期。

③ 我们所关注的焦点是地球生态系统，它无疑是整个宇宙生态系统的一个极其微小的，甚至微不足道的部分，但是，由于它是人类最切近的生存家园，所以必然是生态审美学的关注焦点。因此，我们从关心人类可持续生存这个思想主题出发，坚持“生存家园”意义上的“地球中心说”。

人类的生态意识，归根结底是生态系统的“自我意识”。简言之，与康德的“表象美学”截然不同，我们所探讨的生态审美学是一种关切事物自身或曰自在之物的美学，其核心问题是一个康德式的“如何可能”问题：客观存在于生态系统中的自然事物，如其本然地显现其自身如何可能？这个问题背后隐含着对于自然事物本然状态的高度尊重和真挚热爱。我们认为，人类的审美活动是事物自身得以显现的一种方式，但是，审美方式有是否适当之分，甚至有对错、正误之分——错误的审美方式与审美活动，经常遮蔽乃至戕害事物自身；正确的审美欣赏方式，应该是让事物如其本然地显现其自身的那种审美方式，亦即我们重点探讨的区别于“现代审美”的“生态审美”——我们将生态审美出现之前的审美统称“现代审美”，其主要内容是以康德为代表的现代审美。为了表明审美判断是一种必然包含着“应该”在内的价值判断或曰规范性判断，我们特别提出并论证了生态审美学的关键词“审美应该”（aesthetic ought）。

第三，由于深受自柏拉图以来的理性主义哲学传统的影响，康德对于感官的感受能力[①]极度不信任，其审美理论尽管提出了区别于“理解力”[②]与“想象力”的第三种能力——“审美判断力”，[③] 但是，他在对于审美判断力或鉴赏力的具体讨论中，主要围绕着想象力、理解力与理性能力等三种先验认知能力而展开：首先，他将想象力与理解力的“自由游戏”视为“审美”的核心，用二者的“自由游戏”来分析“美”；其次，他用想象力与理性能力的关系来分析“崇高”。这就是说，康德的审美理论，最终只不过是关于如下四种先验能力的关系学说：想象力、理解力、审美判断力（鉴赏力）、理性能力。根据康德哲学的基本思路，这些能力的基本性质有两个，一是“先验的”，二是“理性的”。这就意味着，康德的审美

① 即英文的 sensibility，以下简称“感受力”。
② 即英文的 understanding，通常称为“知性”。
③ 即英文的 aesthetic judgment，其核心为 taste，即“鉴赏力”。

判断力学说最终只能是一种“理性学”，而不是鲍姆嘉滕意义上的“感性学”；康德之所以在其“第一批判”《纯粹理性批判》一书中点名批判鲍姆嘉滕及其“感性学”，深层原因正在这里。完全可以肯定地说，国际学术界（包括我国学术界）通常所说的“康德美学”（Kant's Aesthetics），完全不是鲍姆嘉滕“审美学”意义上的“感性学”，而是以人类心灵先验具有的“审美判断力”之“判断”为核心的“判断学”，其实质是一种“理性学”。康德明确指出“判断先于愉悦”，明确提出这个论断是“理解鉴赏力批判的关键”。① 因此，无论他的审美理论讨论了多少关于“感受”或“情感”的内容，其主旨都不是美学意义上的“情感学”；国内学术界往往根据康德哲学“知—情—意”这个“一分为三”的整体哲学框架，简单地认为康德的“第三批判”是研究“情”的“情感学”，实在是对康德的莫大误解。在我们看来，康德哲学的整体框架是“知—感—意”，离开了这个基本框架，康德的审美理论就无从谈起。

第四，含糊不清的论述所导致的巨大误解。康德将《判断力批判》一书划分为两个部分，第一部分为“审美判断力批判”，第二部分为“目的论判断力批判”。非常遗憾的是，康德没有清楚而明确地交代两个部分之间的内在关系，以至于其身后的接受者通常将该书划分为两部分，即“美学”与“目的论”，这不但是我国学者的通常做法，而且也是国际学术界的普遍做法。比如，美国著名康德研究专家金斯伯格最近为《斯坦福哲学百科全书》所写的条目就是“康德的美学与目的论”，其中讨论到这两个部分之间的关系；② 更加遗憾的是，对后世产生巨大影响的所谓的“康德

① Immanuel Kant, *Critique of the Power of Judgment*, edited by Paul Guyer, translated by Paul Guyer, Eric Matthews, Cambridge, UK; New York: Cambridge University Press, 2000, p. 102. 中译本参见［德］康德《判断力批判》，邓晓芒译，杨祖陶校，人民出版社 2002 年版，第 52 页。

② 参见 Ginsborg, Hannah, "Kant's Aesthetics and Teleology", *The Stanford Encyclopedia of Philosophy* (Fall 2014 Edition), Edward N. Zalta (ed.), URL = 〈http://plato.stanford.edu/archives/fall2014/entries/kant-aesthetics/〉。

美学”，正是剥离了“目的论”的第一部分，即“审美判断力批判”。我国有些注重“康德美学”的学者，甚至认为“目的论”是一个“大尾巴”。比如，国内著名康德美学专家曹俊峰先生曾经这样论述道：康德“本来只想搞审美能力的批判，与目的论没有多大关系。那么，后来为什么又加一个目的论的大尾巴呢?”① 在笔者看来，这些都是对于《判断力批判》的莫大误解。

笔者认为，《判断力批判》的理论主题是“目的论”，该书最初的书名应该是《鉴赏力批判：目的论》，通常所谓的“康德美学”亦即全书的第一部分“审美判断力批判”，应该被准确地称为“目的论框架中的审美判断力批判”——抛开了“目的论”而去研究所谓的“康德美学”，无异于买椟还珠。笔者这样说有着确切的根据。1787年，也就是《判断力批判》正式出版的前三年，康德在写给好友莱因霍尔德（K. L. Reinhold）的信中说道，哲学有三个部分，每个部分都有自己的先天原则，这三个部分是“理论哲学、目的论、实践哲学”，其中，“目的论被认为是最缺乏先天根据的”。②

众所周知，康德这里所说的“理论哲学”对应的是其“第一批判”《纯粹理性批判》，“实践哲学”对应的是其“第二批判”《实践理性批判》，后世所谓的“第三批判”，正是他这里所说的“目的论”，其工作就是要为目的论寻找“先天根据”。出人意料的是，康德在正式出版这本书的时候并却没有采用“目的论”作为书名，而是将书名确定为《判断力批判》。这就为后世的误解留下了极大的空间，以至于有些学者一度认为这本书并非深思熟虑的系统性成果，而是由许多片段拼凑而成的急就章——

① 曹俊峰：《康德美学引论》，天津教育出版社2012年版，第116页。

② *Kant*: *Philosophical Correspondence*, 1755－99, Edited and translated by Arnulf Zweig, Chicago: The University of Chicago Press, 1967, pp. 127－128. 中译本参见［德］康德《康德书信百封》，李秋零译，上海人民出版社1992年版，第110页。

我们现在看到的《判断力批判》，正是由91节和3个注释组成的，因此可以视之为94个片段的组合体。但是，这本书的思想主题还是非常清楚的，那就是第83、84两节所揭示的，“作为一个目的论系统的自然”，有着一个“最终目的”，而这个最终目的，就是“作为本体看的人”，亦即“作为道德主体的人”。① 简言之，“第三批判”实际上是从目的论的角度对于自然和人的重新思考：自然是一个有机的目的论系统，这是对于牛顿机械论自然观的批判超越；而具有道德理性的人是这个系统的最后目的，这则是对于“人是什么”这个问题的最终回答。众所周知，康德在《逻辑学讲义》（*Lectures on Logic*）中首先提出了三个问题：我能知道什么？我应该做什么？我可以希望什么？但是，康德又提出，所有这些问题，归根结底还是要回归到第四个问题上来，这个问题就是：人是什么？② 因此，《判断力批判》可以视为康德对这个问题的回答。

笔者认为，只有牢牢把握了《判断力批判》这本书的“人是自然的最终目的”这个性质与主题，才有可能准确理解康德的审美理论。这个要点，正好可以用来说明如下两个问题：第一，康德身后的接受者，也就是现代美学的主要构建者们，主导倾向都是抛开“目的论”而专注于所谓的“康德美学”，这正好从一个侧面反映了现代美学的痼疾，我国学术界基本上是这样做的，比如，李泽厚先生就将《判断力批判》明确划分为“美学与目的论”两部分，③ 而这正是我们所要批判超越的地方；第二，我们的研究继机械论、目的论之后，将采用生态学视野来构建生态审美学，康德的目的论将被作为非常富有启发意义的理论资源整合进来——它启示我们，生态系统所孕育的人类，应该像当代生态伦理学家罗尔斯顿所倡导的

① 参见［德］康德《判断力批判》，邓晓芒译，杨祖陶校，人民出版社2002年版，第285、291、292页。

② 参见［德］康德《逻辑学讲义》，许景行译，商务印书馆1991年版，导言，第15页。

③ 参见李泽厚《批判哲学的批判》（修订第六版）生活·读书·新知三联书店2007年版，第382—443页，第十章“美学与目的论”。

那样，承担起“对于生态系统的各种责任”。[①] 我们认为，从牛顿开始，人类思维范式的演进依次为物理学（机械论）、生物学（目的论—有机论）、生态学（有机论—系统论），康德的《判断力批判》试图协调前两者，我们则直接站在生态学的立场上借鉴、批判、吸收并努力超越前两者。[②]

## 三　感性与审美学

我们上面提到，康德哲学自始至终贬低“感受力”及其内容，即感性。这种哲学立场，使康德哲学付出了如下两个沉重的理论代价：首先，无法合理地会通其“第一批判”的“先验感性论”与“第三批判”的“感受”学说；[③] 其次，无法恰当地解释康德本人在《判断力批判》中所举的审美实例，即对于一朵玫瑰花的审美欣赏。我们不妨试想：如果不运用眼睛的视力去观看玫瑰花的感性形态，玫瑰花何以可能成为激发人类情感的审美对象？这无疑是一个最为基本的审美事实。在这个例子中，“运用眼睛的视力去观看玫瑰花的感性形态”这句话，至少包括了如下三个方面的“感性”内涵：第一，感官（即眼睛），这是与康德时代流行的“内在感官”相对的“外在感官”或曰“身体感官”；第二，观看，即发挥视力的功能去感受，正因为这样，“观看”这个行为可以理解为眼睛这种感官所具备的“感受力”的正常运用；第三，玫瑰花的“感性形态”，诸如其形状、色泽、气味等凡是能够为人类五种感官所把握的属性，此即审美

① 参见 Holmes Rolston，“Duties to Ecosystems”，in J. Baird Callicott，ed.，*Companion to A Sand County Almanac：Interpretive and Critical Essays*，Madison：University of Wisconsin Press，1987，pp. 246 – 274.

② 对于上述思维范式演讲的描述，参见 Ulanowicz，Robert E.，*A Third Window：Natural Life beyond Newton and Darwin*，West Conschohocken：Templeton Foundation Press，2009。

③ 这里说的“感受”即英文的 feeling，通常被翻译为“情感”或“感情”。这种错误的翻译导致了一系列严重的理论后果，国内学术界对于康德的无数误解无不根源于此，我们将对此进行较多分析，以期正本清源。

理论中所说的“审美属性”（aesthetic properties）。简言之，运用感官的感受能力把握事物的感性形态及其意义，就是我们所理解的“审美”的基本含义。但是，康德却不这么看：他不但轻视主体的感官及其感受能力，而且轻视客观事物的感性形态——他重视的仅仅是心灵及其先验能力，以及先验能力在人的心灵中构成的表象。

我们的研究则致力于恢复“审美学”作为鲍姆嘉滕意义上的“感性学”的本义，借助知觉现象学的理论重新描述审美的时间性过程及其核心要素，以“知觉”而不是“感觉”为起点，重新界定康德审美理论的第一关键词“审美”，借鉴中国古代哲学特别是王阳明心学的“感应”学说，对“审美”做出如下新的界定。

审美是身处特定环境之中的个体运用其感官的知觉能力，促使其生命体验与所遇对象的知觉属性发生“感应—感通”关系，进而激发情感活动的生命现象。我们认为，人类无时无刻不身处特定的环境之中，其审美活动是其身心各种能力与环境之间的感应互动，可以简称为“审美互动”。借鉴康德对于各种“力”的探讨，我们所讨论的“力”主要包括如下各种：身体感官的感受力，心灵的各种先验能力诸如审美判断力、理解力、想象力、理性能力等。我们在强调身体之“感受力”之重要性的同时，还借鉴阳明心学而提出“感应力”——前者是康德所贬低的，后者则是康德所忽略的。单纯从“力”这个角度来说，康德美学的根本缺陷就有如下两点：第一，贬低感受力——这是人类最基本、最根本的一种能力；第二，不解感应力——这是人类与其生存环境之间发生互动关系的基石，也是人类审美活动的根本特征。我们将借助感应力的引入，将康德所认定的人与世界之间的“主客体认知”关系，改进为人类与世间万物之间的“感应—感通”关系。与此同时，我们将适当引入与“感应—感通”相关的两个中国哲学概念“境界”和“功夫”，从而将代表前现代美学的中国美学有机地整合到生态美学构建之中。

从上述审美的定义可以看到，我们的理论框架是一个“一分为三”的三元模式：“身—心—境”。[①] 本研究的中心目标就是在这个“三元模式”的引导下，重新诠释并重构康德美学，重新解释人类的审美活动，重点探讨生态审美活动的各种因素及其相互关系。我们之所以将本研究称为“生态审美学”，深层原因在于这个“身—心—境”三元理论模式完全符合生态学的经典定义。经典生态学的研究对象是有机体与其环境之间的互动关系，包含“有机体—环境”这种二元模式。人类无疑也是一种有机体，但是，人类与其他有机体的根本区别在于，人类具有康德所说的“心灵”(mind)；借用刘勰《文心雕龙》中的话来说，人类是“有心之器”，也就是“身—心合一”的特殊有机体。所以，我们把人类有机体解析为“身—心”二元，从而在经典生态学定义的基础上构成了“身—心—境”三元理论模式。根据这个理论模式，康德哲学中的“心灵”，就应该改写为“嵌入环境之中的具身的心灵”(embodied mind embedded in the environment)——人类的心灵不是与环境无关的独立实体，更不是能够脱离身体的可以不朽的灵魂；心灵在环境之中的“嵌入性”(embededness)和“具身性”(embodiedness)是康德哲学所忽视的两个重要方面，生态审美学将适当进行探讨。

简言之，本研究的探索就是以对于“审美”的这个新界定为基点和理论主线，探讨这个“审美新定义”的生态内涵及其相关术语，主要包括：生态审美，审美关切性，审美普遍性，审美应该，审美适当性，审美破坏力，审美目的性，审美必然性，等等。这些术语都是本研究的“标志性”

---

① 参见程相占《生态美学：生态学与美学的合法联结——兼答伯林特先生》，《探索与争鸣》2016年第12期。本文最后指出：笔者这里尝试着参照生态学研究范式而提出“身—心—境”三元合一的新型研究模式，其前提是对人所做的如下界定：人是身体与心灵相连、处于特定环境之中的有机体，也就是身体、心灵、环境三元融为一体的独特物种。如果这个假设成立的话，那么，任何人文学科在对人进行研究的时候，都不能忽视“身—心—境”三元中的任何一元。从当今国际美学前沿领域来看，这一研究模式贯通了环境美学、身体美学与生态美学，三种美学最终统一为坚持“人—环境系统性”这个基本框架的生态美学。

概念，是我们的理论创新的具体体现；我们要探讨的主要问题还包括：从依附美到生态审美，崇高与生态审美，自然全好①，生态艺术如何可能，审美尊重与全球生态共同体，成为生态审美者如何可能，等等。

了解康德美学的人可以看出，上面这个术语清单并非无中生有，而是参照康德《判断力批判》一书的基本思路和核心问题拟定出来的。我们不妨重温一下康德哲学的基本问题及其审美理论的问题清单。

无论康德哲学多么复杂，其提问的基本句式只有一个："×××如何可能？"这也就是追问某个问题或学科之所以得以成立的深层根据，或曰可能性的条件。比如，康德在其"第一批判"《纯粹理性批判》中提出，纯粹理性的真正问题是：先天综合判断如何可能？围绕这个核心问题，康德进一步提出了如下四个问题：纯粹数学如何可能？纯粹自然科学如何可能？作为自然倾向的形而上学如何可能？作为科学的形而上学如何可能？②依照这种哲学思路去阅读康德的《判断力批判》，我们完全可以采用"×××如何可能"的句式，依据原书的顺序，依次将全书91节中的主要部分，概括提炼为如下五个问题（问题后面的数字为原书的小节序号）：

1. 鉴赏力的判断是"审美的"如何可能？（§1）
2. "这是美的"这个审美判断如何可能？（§2—§22）
3. "这是崇高的"这个审美判断如何可能？（§23—§29）
4. "这是艺术的"这个审美判断如何可能？（§43—§54）
5. "自然是有目的的"这个目的论判断如何可能？（§61—§91）

我们这里所说的"康德审美理论的生态重构"，首先是对于《判断力

① "自然全好"是加拿大环境美学家卡尔森提出的一个理论命题，国内通常翻译为"自然全美"。笔者曾经对此进行了详细辨析。参见程相占《雾霾天气的生态美学思考——兼论"自然的自然化"命题与生生美学的要义》，《中州学刊》2015年第1期。

② 参见Kant, Immanuel, *Critique of Pure Reason*, translated and edited by Paul Guyer and Allen W. Wood, New York: Cambridge University Press, 1998, p. 147。中译本参见［德］康德《纯粹理性批判》，邓晓芒译，杨祖陶校，人民出版社2004年版，第15—16页。

批判》核心问题的上述重构。这五个“×××如何可能”句子表明，我们的学术策略非常明确：尽量避免名词，尽可能使用形容词。之所以采取这样的策略，是因为汉语美学的根本缺陷之一是，通常将名词“美”（beauty）与形容词“美的”（beautiful）混用。表面上来看，这种混用的直接原因是，汉语词语不像德语或英语那样，“词性”可以清楚地从“词形”上直观地显示出来。比如，在“玫瑰花之美”一句话中，“美”无疑是名词，它对应的英语单词是 beauty，但在“玫瑰花很美”这句话中，“美”则是形容词，它所对应的英语单词是 beautiful——两个汉语词语完全没有词性的变化，而两个英文单词的变化则清清楚楚。这在无形中导致汉语美学的思维混乱和表达混乱，以及由此造成大量的理论混乱——这些混乱甚至在某种程度上导致了汉语美学错误的美学观，还有大量失当的康德美学研究和翻译。

正是按照这种学术研究思路，我们在这里特别提出：我们以“审美”作为修饰语所构建的一系列关键词，比如“审美关切性”等，其意义通常是“审美意义上的关切性”。也就是说，用来修饰中心词的“审美”是一个形容词，其准确的表述应该是“审美的”（aesthetic）；每当用它来修饰一个中心词的时候，我们所理解的意义都是“审美意义上的”，或者“从审美角度来看的”。这种意义上的形容词往往接近副词，即 aesthetic 的副词形态 aesthetically，表示一种看问题的方式或角度，这是因为，形容词一般用来描述事物的性质、形状、状态等，而由形容词转化而来的副词，则往往描述一种行为方式。笔者甚至认为，从词语的词性角度来看，汉语美学的一大缺陷是：使用名词过多，往往将形容词混同为名词，很少甚至不会使用副词“审美地”。我们认为，所谓的审美范畴最终无非词语，而词语之词性的恰当运用，则隐含着恰当的思维方式。我们将对“审美词性学”进行初步探索，从而发掘美学理论研究所应该遵循的适当思维方式。

## 四　从康德美学走向生态审美学：本研究的理论框架与主要内容

本研究的基本思路是将康德的“先验人类学”改造为“进化人类学”，从而实现从以康德为代表的现代美学向生态美学的转型；具体论述顺序，则依次对应着康德《判断力批判》一书的原来顺序。

第一章“天人鸿沟及其审美跨越”对应于《判断力批判》的“导论”。在笔者看来，康德的《判断力批判》的思想主题，就是如何跨越该书“导言”当中提出的“鸿沟”，也就是自然领域与自由领域之间的严重断裂，这在某种意义上可以概括为“天人二分”。康德美学的思想主题，就是直面“天人二分”这个巨大“鸿沟”而探索解决途径，其解决途径就是通过“审美判断力”而跨越这个鸿沟——这可以简单地称为“审美跨越”。康德提出，自然与人类的认知能力之间有一种“适合性”；判断力的先天原理“自然的有目的性”，某种程度上就体现为自然“适合”人类的认知能力，以便人类能够从自然事物那里认知、感受或领悟“自然的有目的性”，自然与人类因此而“合一”。这就意味着，《判断力批判》的思想主题就是“天人合一”。如果说第三批判是康德哲学大厦之“拱顶”的话，那么，以三大批判为代表的康德哲学的基本倾向，就是从“天人二分”最终走向了“天人合一”。生态美学的思想主题是解决人类与自然之间的严重冲突，试图通过生态审美的方式而使自然与人类达到共生、共益的和谐统一状态，这在某种程度上可以视为对康德美学思想主题的当代回应。

第二章“审美的含义及其生态重构”对应于《判断力批判》正文第1节“鉴赏力的判断是审美的”。一般论著都将这一节视为康德著名的“四个契机”的一部分，但在笔者看来，这种习以为常的解读其实是经不起严格推敲的。笔者认为，这一节的主要目的和功能是说明“审美”这个关键词的含义，从而明确揭示“审美判断力”的性质、内涵及其与鉴赏力的关系。它表明“审美学”的第一关键词是“审美”，绝不是与“美学”具有字面联系的“美”。康德在“主客二元”这个基本框架中对于“审美”的说明是比较准确的，因为它初步揭示了“审美”不同于一般“认知”的性质或特性。但是，康德的“审美”概念的局限也是非常明显的。本章试图从生态学的基本视野出发，首先将“审美”理解为人类这种有机体与其环境之间的有意识的互动，然后从跨物种视野出发，借鉴中国古代的“感应”与“通物”思想，提出一种为康德所忽视的人类能力即“感通能力”。人类运用这种能力的时候，就可以在某种程度上打破物我之间的壁垒，与天地万物进行互动性的交流和沟通，万物由此获得其“能动者”（agent）的身份，从而可能如其本然地显现其自身，生态审美得以实现。

第三章“审美关切与事物自身的显现”对应的是《判断力批判》的第一契机（§2—§5），其核心内容即通常所谓的“无利害性”或“无功利性”（disinterestedness）。本章首先根据康德文本的原意，第一次将这个关键词重译为“无关切性”，然后讨论康德这一观念背后隐含的理论缺陷，进一步将之改造为生态美学的关键词“审美关切”。本章的学术目的是批判和矫正德国现象学家盖格尔提出的一个论断：“美学科学是少数几个不关心其对象之实际实在的学说中的一个。”① 笔者认为，盖格尔的这个论断符合西方现代美学的基本倾向，它尤其鲜明地体现在康德美学之中。本章的主要任务就是发掘康德美学出现这种倾向的哲学根源，并从生态立场分析其错误实质，从而论证生态审美学的标志性概念“审美关切”，进而探讨事物自身得以显现的各种条件。我们借鉴康德所说的“范导性原理”这

① Geiger, Moritz, *The Significance of Art*: *A Phenomenological Approach to Aesthetics*, translted by Klaus Berger, Washington, D. C.: University Press of America, 1986, p. 16. 中译本参见［德］莫里茨·盖格尔《艺术的意味》，艾彦译，译林出版社2014年版，第20页。

种哲学观念，将“事物自身的显现”这个理论命题视为一条范导性原理来看待。我们并不绝对肯定向人类显现的就一定是事物自身，但是我们认为，人类应该尽最大努力，让所显现的事物最大程度上接近其自身，即自在之物。

第四章“审美普遍性与审美正确性”对应的是《判断力批判》“美的分析”的第二契机（§6—§9），是对于审美普遍性及其根据的探讨，这部分内容甚至被美国学者盖伊视为“康德整个论述的真正起点”。[①] 康德在这一部分当中主要提出了两个关键的理论命题。第一个是，任何人做出鉴赏力的判断的时候，他所发出的都是“普遍声音”。这个命题隐含着“人与人之间的协议”（interpersonal agreement），[②] 其实质也就是现象学所说的“主体间性”问题。第二个是，我们之所以对于美会产生愉悦，是因为我们的想象力与理解力之间的“自由游戏”。它所隐含的推论是，因为人类认知能力具有共同的性质，这种自由游戏可以同样的方式出现在每个人那里，鉴赏力的判断所发出的普遍声音由此得以保证。康德提出的上述根据，初步揭示了康德论述中的“代人类共同体立言”观念。也就是说，每个做出审美判断的人，都不是在自言自语或自我表达，而是在代表人类共同体立言。这就意味着，真正的审美判断，必然、必须也应该是代表全人类的“普遍声音”。只有做到了这一点，才是“正确的”审美判断。由此，康德从侧面涉及了一个重要的审美理论术语，我们将之提炼为“审美正确性”。这个术语所隐含的审美观念无疑具有极强的生态美学意蕴，本章将对此进行阐发。康德在第二契机中固然做出了重要的理论贡献，但也更加明确地暴露了其审美理论的根本缺陷，这主要体现为两个方面。第一，康

① Editor's introduction, in Immanuel Kant, *Critique of the Power of Judgment*, edited by Paul Guyer, translated by Paul Guyer, Eric Matthews, Cambridge, UK; New York: Cambridge University Press, 2000, p. xxviii.

② Editor's introduction, in Immanuel Kant, *Critique of the Power of Judgment*, p. xxviii.

德完全忽视了客体（即对象）的客观属性，仅仅从主体一极来立论。我们认为，客观事物存在客观属性，这些客观属性具有客观普遍性，这才是审美普遍性的最终根据。第二，康德尽管提到了“感官的鉴赏力”这个理论命题，但从其主导理论倾向来说，他继续轻视、贬低、不信任感官及其感受；他所说的“愉悦感”或“自由感”，仅仅是与“外部感官”相对应的“内在感官”之“内在感觉”，其最终根源只能是人类心灵。我们认为，人类身体及感官（即“外部感官”）是生态系统在漫长的演化过程中赋予人类这个物种适应周围环境的特性，其生理机制和功能都具有一定的客观普遍性，这是审美普遍性的第二个根据。简言之，本章将从客体的客观属性、主体的身体感官以及主体的先验能力等三个方面探讨审美普遍性与审美正确性的根据，从而更全面地探讨康德所表达的“代人类立言”这个理论命题的生态审美意义。

第五章“内在目的与生态审美”集中研究“自然的有目的性”及其审美呈现（或表象）问题，这是《判断力批判》“导论”的主体内容，同时也在该书第一部分“审美判断力批判”中有较多体现，而比较集中体现这个命题的则是“美的分析”的第三契机（§10—§17）。这是著名的四个契机中篇幅最长、内容最复杂、理解难度最大的部分，从“第三批判”全书的思想主题来说，也是四个契机中最为重要的一个。本章首先清理康德文本的理论思路，讨论“有目的性的形式”这个命题在审美地呈现事物这种活动中的作用，其实质也就是探讨理性目的在鉴赏力的判断中所起的作用及发挥作用的方式；其次，本章试图将康德的“形式的有目的性”发展并引申为“内在的有目的性”，用以回应当代生态伦理学中的“内在价值”学说；最后从“内在目的”这个角度重新诠释康德的“依附美”概念，发掘其所蕴含的“生态审美”意蕴。本章提出，只有承认自然事物的自然目的或内在目的，才能彻底打破传统美学中的人类中心主义。

第六章“审美应该与自然魅力”对应的是“美的分析论”的第四契机

（§18—§22），其核心内容是探讨康德的"应该"话语及其生态审美学意义。《判断力批判》的"导论"中提到，自由领域"应该"影响自然领域；第四契机则提出，在鉴赏力的判断中，我们有权利"要求"其他人同意我们的判断，每个人都"应该"按照我们的方式做出同样的判断。康德将"应该"的根据概括为"共通感"，即人们共同具有的感受规范的感受力，其深层含义在于，人类的感知（知觉）带有强烈的规范性，包含明确的规范（或标准）。也就是说，康德从侧面提出，人类的感知中包含规范，人类"应该"以符合规范的方式去感知——这就是我们这里概括的关键词"审美应该"的基本含义，将之称为"审美正确性"或"审美规范性"也无不可。从生态审美学的角度来说，我们的鉴赏力"应该"有利于做出如下判断，即有利于生物共同体的稳定、完整与美丽；或者说，带着生态规范去感受天地万物，这正是生态审美的关键之所在。生态理性要求我们人类形成一致的感知方式，人类应该一致地运用感官去感知，这正是生态审美教育的深层根据。在此基础上，我们面对自然的时候，所欣赏的将不再是康德强调的自然事物的"美的形式"，而是被康德排斥的"魅力"：由生态系统赋予的、由事物的内在目的所决定的神奇的吸引力；与之相关的审美判断句将不再是"自然是美的"，而是"自然是充满魅力的"或"自然是神奇的"。我们将这种思想概括为"自然魅力"这个概念，并将之视为生态审美学的一个标志性关键词。

第七章"崇高与自然全美好"对应的是《判断力批判》的第二卷"崇高的分析论"，它围绕两个问题而展开，第一个是崇高理论在"第三批判"中的位置，第二个是崇高理论的生态审美意义。就第一个问题而言，需要我们明确地解释审美判断力与鉴赏力二者之间的联系与区别。康德在"第三批判"正文的开头部分，就采用注释的方式将鉴赏力界定为"判断美的能力"，这就表明它无法判断崇高。那么，判断崇高的又是什么能力呢？康德对此并没有明确回答，根据"第三批判"一书的整体结构我们可以推论，狭义的审美判断力就是鉴赏力，也就是判断美的能力；广义的审美判断力则是包括鉴赏力在内的更加强大的审美能力，它不仅能够判断美，而且能够判断崇高，其关键则是理性观念的引入。因此，康德关于崇高的审美理论实质上是一种不同于“感性学”的“理性学”，这种学说对于生态审美学的启发在于，理性观念在审美活动中发挥着重要作用。一旦我们将康德的理性观念改进为生态理性观念，崇高审美便顺理成章地走向了生态审美。本章认为，只需要将康德意义上的理性观念扩大为生态观念，以生态观念为引导进行审美欣赏，就会顺理成章地得出“自然全美好”的结论：康德提到的火山、海啸等被称为“自然灾害”的现象，也同样具有肯定性审美特性和审美价值。针对中国当代自然美学的“自然的人化”及“美不自美，因人而彰”观念，本章针锋相对地倡导“自然的自然化”，并将基于这一命题的生态审美学之理论要义概括为如下四句话：美者自美，因人而显；生态审美，生生不息。

康德在“崇高的分析”的后半部分，用了整整 12 节的篇幅（§43—§54）讨论艺术及其相关问题。第八章“艺术：代自然立言”并不试图全面地研究康德的艺术理论，而是旨在从中合理地引申出生态的艺术美学。本章认为，康德对于“艺术—天才—自然”三者关系的看法，与清代画家石涛的“代山川立言”说非常类似，可以被阐释为“生态艺术美学”——艺术的根本功能不是表达艺术家的思想情感，而是“代自然立言”，因为进行创造艺术的“天才”正是自然的产物，即自然的一部分，整个自然因而可以通过天才为之“代言”。因此，生态艺术美学的最终落脚点就是“如何代自然立言”。康德提出，艺术可以通过各种技巧，将自然之中那些“丑的”事物“美地”呈现出来，从而侧面涉及“丑”的问题。本章认为，判断某物是丑的，同样是在做审美判断；本章仿照康德“美的分析”的四个契机，依次提出“丑的分析”的四个契机，并将之改造为“生态审美判断”的四个契机。康德在讨论构成天才的心灵能力时，明确地将观念区分为“感性观念”（通常翻译为“审美观念”）与“理性观念”两类；如何将后者用感性形态呈现出来，就成了艺术创作的重大问题。本章认为，生态艺术就是用感性形态表达或呈现理性的生态观念，康德的理论思路可以为我们提供很多启迪，其要义即“生态理性观念的感性表达”。

第九章“从先验观念论到生态实在论”对应的是《判断力批判》第二章“审美判断力的辩证论”。这一部分的第55—57节提出了鉴赏力的二律背反及其解决途径，第58节则明确提出了“自然及艺术的有目的性观念论”并将之作为审美判断力的唯一原则。此后的两节特别是第60节，则是整个“审美判断力批判”的总结。笔者认为，以康德为代表的现代美学之所以是“非生态的”，原因在于其哲学基础主要是观念论，也就是康德的先验观念论及其后学所发展出来的变种，统称为“德国观念论”（Germany idealism）。众所周知，观念论主要关注观念问题，其对立面——实在论所关注的实在问题通常被遮蔽——而生态审美学所要拯救的生态危机却是实在世界的实在问题。有鉴于此，为了超越康德的审美理论，我们必须从他的先验观念论走向实在论，笔者将这种实在论称为“生态实在论”，也就是基于生态学科学的实在论——生态科学所揭示的现象和事实都是真实的、实在的，其真实性都是确定的。为了实现这一学术目标，本章依次讨论了如下一系列问题：一，康德先验观念论的理论内涵；二，康德先验观念论对于其审美理论的影响与制约；三，康德对于实在论与观念论之关系的论述以及从先验观念论走向生态实在论的理论契机；四，立足于生态实在论，整合当今国际范围内生态美学的八种立场。

## Eocaesthetics and the Effective Growth of Aesthetic Theoretical Knowledge

Cheng Xiangzhan

**Abstract** Taking 1735 and 1972 as the temporal marks, the whole history of aesthetics might be divided into the following three historical stages, the pre-modern, the modern and the post-modern. As post-modern aesthetics, ecoaestheitcs aims at criticizing and transcending modern aesthetics. The scholarly belief of ecoaesthetics research is in the effective growth of aesthetic theoretical knowledge, which means to create new type of aesthetic theoretical knowledge to transcend modern aesthetics. Based on this kind of scholarly belief, the best way of constructing ecoaesthetics is criticizing and transcending modern aesthetics represented by Kant's aesthetics. Only by adopting this way of academic research, can we answer the following two questions at the same time: why modern aesthetics is nor-ecological and why ecoaesthetics is ecological.

**Keywords** ecoaesthetics; ecological realism Kant's aesthetic theory; ecological interpretation; ecological reconstruction

**Author** Cheng Xiangzhan, Professor, Doctoral supervisor, Center for Literary and Aesthetic Studies, Shandong University, Distinguished Professor of Changjiang Scholar, Ministry of Education.

# 文艺理论

# Artistic Theory

# 新时代中国人文社会科学话语体系建设应有的三个追求

## ——以文艺理论话语建构为例

谭好哲

**摘　要**　相对而言，100多年来的中国现代性学术在话语体系建设方面虽取得不少成绩，但较学科体系、学术体系来说仍有所逊色。话语体系是中国人文社会科学理论研究所能达到的思维能力、理论水准、精神品格的标志，关涉中国人文社会科学社会功能的实现程度及其国际学术地位的轻重和学术影响的大小，为此，在新时代的理论建设中应该在目的性、主体性和专业性三个方面做出更加具有自觉意识的追求和努力。目的性是一种事先规定的目标预设，是各种理论学科的学科性质和功能显在的实现，其目的追求主要有三：一是服务于中国自身的社会发展，在具体研究领域创造既具有现实认知能力又具有引领作用的理论话语；二是参与并促进全球化时代世界学术的发展；三是要直面人类生存境况，走进人民生活世界，对世道人心的改良改进有所启迪、有所作用。主体性是学术理论话语在内容和性质上应有的规定性内涵，包括个人主体性、对象主体性和社会主体性三个层面。个人主体性是具体从事学术理论研究者的个人性的体现；对象主体性是构成中国当代学术研究对象的客观社会内容与时代需求在话语建构中的自我显现，也体现着话语建构主体对中国社会实践当下性的学术回应；社会主体性则主要包括民族主体性即对民族自身学术传统的传承和主义主体性即作为意识形态主体的马克思主义理论与方法的指导。专业性追求，话语体系的建设是为了学术思想的创新，必须讲专业性。话语体系建设不能停留在随随便便地发感想谈意见的层面，必须具有理论系统性，是具有思想贯通性的理论内容、符合逻辑与规范的理性论证和由特定术语构成的话语表达形式有机融合的产物，思想观念、论证逻辑与表达术语三者缺一不可。具有标志性的新概念、新范畴、新术语、新命题的创造，是我们以往的理论话语建构中极度缺乏而在今后应该切实加强的。

**关键词** 中国人文社会科学；话语体系；目的性；主体性；专业性；文艺理论

**作者简介** 谭好哲（1955—），山东栖霞人，文学博士，山东大学文艺美学研究中心教授、博士生导师，主要从事文艺美学和文艺理论研究。

在中国特色社会主义跨进新时代之后，如何发展中国的文化，如何发展中国的人文社会科学，正成为举国上下共同思考的问题。也正是在这一新的历史语境之下，人文社会科学的话语体系建设问题日渐成为学界理论聚焦的一个重要话题。这种理论聚焦是极有意义的，因为话语体系建设是中国人文社会科学学术研究所能达到的思维能力、理论水准、精神品格的标志，关涉中国人文社会科学社会功能的实现程度及其国际学术地位的轻重和学术影响的大小，因而如何建设中国当代的话语体系，建设什么样的话语体系，自然就有加以研讨的必要。在这一研讨中，中国当代话语体系建设的目的性、主体性与专业性，是首先应予以关注的三个主要问题或方面。

## 一 中国现代性学术话语体系建设存在的不足及原因

自清末民初梁启超、王国维一代学者起，中国现代性学术已走过了一百多年的历程。这一百多年来，中国现代性学术在学科体系、学术体系和话语体系各个方面均取得长足的发展和进步，为中华民族所追求的现代化大业提供了智力支撑和智慧引领。不过细究起来，这三个体系的发展并不平衡，相对而言成绩有大有小。比较来看，三者之中，学科体系的建设成就最为突出，总体上说，我国已经基本建成了与国际学界接轨的学科体系，为中国现代学术的专业化发展奠定了具有学科分野性质的不同思想空间和平台，同时也为培养造就具有专业志向的学术人才创造了基础条件。学术体系的建设，尤其是在改革开放40年来也有很大进步，初步建成了有利于学术事业发展的学术支撑与管理系统，比如以专业期刊和出版社为核心的学术发表体系，服务于专业人才培养的教育体系和教材体系，基金资助与奖励机制，各级专业学会的建立，执政党和政府的各级管理机构的设立与运作，如此等等。至于话语体系建设，当然也多有可圈可点之处，涌现出不少大家和名家，各个专业领域都积聚下了一些有价值的思想理论成果。不过，除去政治学等少数学科领域，大多数学科都还没有建构起完整的有中国特色的话语体系，话语创新远远落后于时代的发展和进步，学术原创能力还不强，还处于有数量缺质量、有专家缺大师的状况，在学术命题、学术思想、学术观点、学术标准、学术话语上的能力和水平同我国综合国力和国际地位还不太相称。比如文艺理论学科，20世纪50年代学界就提出了要建设有中国特色的马克思主义文艺理论，至今这一建设目标仍未实现，其他专业研究领域大多亦复如此。这样一种状况，是走向新时代的中国当代话语体系建设需要认真面对并切实加以改进的。

就学术发展而言，学科体系、学术体系和话语体系三位一体、紧密相连，同时又各有所司、互有不同。以比喻言之，学术发展犹如做建筑工程，学科体系建设好比是打地基，学术体系建设好比是人力、物力等方面的条件准备，而话语体系建设犹如宏伟殿堂的建造成形。话语体系建设是作为整体学术系统的最后一个环节而存在的，是学术发展的直接目的和追求所在，也是在三个体系建设中最复杂艰难的一个环节。一般来说，学科体系与学术体系的建设只要国家安定，政府重视并肯于投资，再加上学界自身努力，就可以做大做好，改革开放以来我国在学科体系和学术体系建设方面取得的快速发展就是证明。但是，话语体系的建设则涉及更多方面的因素，其发展和进步要缓慢许多。话语体系建设是思想创新的工作，对每个学者来说需要长期去积聚、消化思想资料而后才会在不断的思考与反思中有新的思想萌芽、成长起来，对一个国家和民族的学术研究来说也是如此。也就是说，相对于学科体系和学术体系的建设，话语体系建设的成效显现一般要相对滞后，需要更长时间的积累与积淀，所以前面所述中国现代性话语体系建设相对逊色的状况有其自然的一面。

不过，中国现代性话语体系建设逊色于学科体系和学术体系建设的状况也不纯粹是它相对需要更长的时间这一自然原因，而主要是一百多年来中国社会的具体历史状况和学术语境造成的。就历史状况而言，一百多年来，中国社会历经晚清、民国和中华人民共和国，其间国家政体变动不居，晚清、民国时期革命与战争不断，中华人民共和国成立后又历经一边倒跟随苏联、“文化大革命”、改革开放等诸多重大历史事变和历史事件的冲击。在这样一个国家政体和国策变动不已、动乱时期几乎多于和平稳定发展时期的历史阶段，从历史生活、社会实践到文化生活、思想学术，变化成为常态，而这种变化的常态显然是不利于形成稳定的系统化的学术理论话语体系的。常言道时势造英雄，时势也造就一个时代的学术特点。一百多年来，中国学术的一大特点就是不断变化、不断追新，与此同时，稳定性的、系统化的学术创造就显得很不足，整个国家来看是如此，专门的学术领域和单个的学人来看也是如此，这是中国一百多年的特殊历史状况所造成的。就学术语境而言，一百多年来的中国学术是在资本主义全球扩张过程中西学东渐的语境下发展起来的。在中国学界，通常把一百多年来的中国学术称为“新学”，这所谓的新学是与中国传统的“国学”和主要来自近现代欧美的“西学”相对而言的。相对于古典的、传统的国学，新学是现代的、创新的学问，是对传统的超越和改造，而这超越和改造的思想学术动力和范本则来自西学。这样一种基本的学术格局与取向对中国现代性学术的发展可谓利害参半。就益处而言，以西人为师，以西学为范，一方面，可以直接取用西方现成的理论观念、思想方法、理论成果，以使我们自己的学术相对于传统国学而言面貌一新，并以之成为打破旧有学术传统与格局的锐器，同时这种学习、取用在与我们自身的历史与文化实践的结合中也的确产生了一些能够称为新学的思想理论成果；另一方面，这种学术取向确实也便于融入世界文化的潮流，参与到世界学术场域的思想交流之中。而就负面效应而言，以西人为师，以西学为范，也在一定程度上，特别是在一些学科领域和不少人那里造成了传统的中断和本土文化精神的弱化，不仅割裂以致割断了与中华传统文脉和学统的联系，而且往往也仅仅是把中国的历史和文化实践作为印证西方学术真理性的事例，不能从自身实践中提炼和升华具有本土印记的理论观念，从而缺乏了思想创新和话语表征的中国特性，这正是人们常常对中国学术领域话语体系建设表达不满的一个重要原因。

中国现代性话语体系建设不尽如人意，存在诸多不足和问题，学术界自身也负有不可推卸的责任。在前不久发表的一篇反思文章中，笔者从文论话语的内容结构存在偏颇、文论话语的建构机制存在缺陷、文论话语的身份认定游移不定几个方面分析了改革开放40年来中国当代文论话语体系建设的未完成性或不成熟性。① 这些不成熟中显现出来的问题和缺陷其实也都与学术界自身有关。中国学科体系、学术体系、话语体系建设水平总体不高、学术原创力还不强的问题，与学界人才队伍的总体素质水平较低和能力不强是有直接关系的。人才队伍总体素质水平和能力的提高包含许多方面的努力，知识储备、思维水平以及分析问题、解决问题能力等的提升是不可缺少的重要方面，同时对话语体系建设已有成果与应有理想的反思与自觉也是不可缺少的。亚里士多德关于事物的本体存在有所谓“四因”学说，即任何事物的成立或存在发展都有其质料因、形式因、动力因和目的因。我们可以借用这个“四因”学说对话语体系建设问题做一个自

① 参见谭好哲《内容结构、建构机制与身份认定——40年来中国文论话语体系建设的反思》，《湖北大学学报》（哲学社会科学版）2018年第6期。

觉理论层面的思考与探讨。以中国当代文艺理论学科的话语体系建设而论，它必有自己的质料，这就是古今中外特别是当下时代一切有关文艺的实践材料与思想资料，这一点，在以往和当下的理论研究及其历史发展的回顾性总结与前瞻性思考中，学界已在文艺理论创新与文艺实践、时代精神、历史向度等等的关系中做了较多的阐发和论述，要求文艺理论研究要有及物性、接地气，这里不拟赘述。对于另外三因，学界虽然也或多或少有所涉及和论述，但有自觉意识地放在一起加以深入思考的论著尚不多见，在此，有必要一一做出辨析和研讨。

## 二　新时代中国人文社会科学话语体系建设应有目的性追求

中国当代话语体系建设中第一个需要具有自觉意识和追求的是目的性，也就是我们建构话语体系的目的追求。在亚里士多德那里，目的因是事物创生与变动的终极，是一件事之所以做的“缘由”或“极因”。事物的存在是这样，人类的活动更是如此，人类活动的一个特点就是具有自觉的目的意识性，正如恩格斯所指出的，“在社会历史领域内进行活动的，是具有意识的、经过思虑或凭激情行动的、追求某种目的的人；任何事情的发生都不是没有自觉的意图，没有预期的目的的”。“无论历史的结局如何，人们总是通过每一个人追求他自己的、自觉预期的目的来创造他们的历史，而这许多按不同方向活动的愿望及其对外部世界的各种各样作用的合力，就是历史。”① 在具体的学术研究领域，参与其中的个人都是有自己的目的的，或是为了生存，或是为了功名，或是为了学术的发展与进步，这都有其存在的理由。我们在这里所追究的目的性，当然是从学术的角度

① ［德］恩格斯：《路德维希·费尔巴哈和德国古典哲学的终结》，《马克思恩格斯选集》第4卷，人民出版社1995年版，第247、248页。

着眼的。

这里有一个问题首先需要辨清，这就是谈论一个事物、一件事情、一个活动领域的终极性目的，不能脱离开它本身的存在性质和功能而凭空想象和立论。以文艺理论的话语体系建设来说，其建设目的一定要建立在对其理论性质和功能的理解基础之上，或者说文艺理论的性质和功能是其隐在的目的，而其目的则是其性质和功能显在的实现与追求。作为一个人文性社会科学研究学科，文艺理论在学科性质上是一个价值—认知型的理论学科，它与文艺现实的关系是一种价值—认知性关系，其中既包含对具有人文价值属性的文艺现象及其发生、发展的规律性进行的科学性理论总结和认知，具有知识论的内容和成分，也包含对文艺发展和社会功能的应然状态的理想化追求与思想升华，具有价值论的内容和成分，是科学性与价值取向的统一。由此在其学科功能上，文艺理论就不仅仅担负着文艺现象的科学总结功能，不仅仅是提供一种描述与解释的知识论话语，也担负着对文艺现象的思想引领作用，还具有基于社会、人生和艺术审美理想的价值规范与评判功能。长期以来，中国文艺理论界对文艺理论的学科性质和功能问题认识不够自觉和深入，再加上受到西方各种相互矛盾与抵牾的文艺学说和理论观点的影响，使许多人在文艺理论的科学性与价值取向、认知功能与规范功能之间关系的理解上混乱不清、顾此失彼，从而在究竟要建构一种什么样的文艺理论、在文艺理论建设的目的性问题上，未能形成明确和统一的认识。究竟是应该把中国文艺理论建成一种描述性、知识论的学科，还是建成一种规范性、价值论的学科？目标各异，莫衷一是。这种状况，不能不影响到文艺理论话语体系建构的具体运作与历史展开。

那么，文艺理论话语体系建设的目的究竟应该是什么呢？基于文艺理论学科性质与功能的上述界定和理解，至少应该包含如下三个方面。其一，最为直接的目的是要服务于中国自身文学艺术的繁荣与发展，对中国文学艺术的发展有解释和认知能力，并有指导和引领作用。文艺理论从实践中来，又要回到实践中去，对现实的文艺实践首先是中国自身的文艺实践发生作用，因而建构一种既具有现实认知能力和解释能力又具有价值规范和理想引领作用的话语体系，当是中国文艺理论的基本建构目的和学术追求。富有成效的文艺理论研究不仅能够提供科学性、真理性的文艺知识，而且应该也能够通过对文艺性质和功能、文艺批评标准以及审美价值和发展理想等的研究，以文艺研究和文艺批评为中介而对具体的文艺创作和欣赏，以及对文艺思潮和社会审美趣味的发展等发挥现实规约与超越性引领作用。其二，当今时代的中国文艺已经融入全球化的文化和艺术交流、交往的大潮之中，是民族的也是世界的，因而中国当代的文艺理论也必然具有本土性与世界性的双重身份与品格。在这样一种历史语境之下，文艺理论话语体系建构的目的还在于能够参与并促进全球化时代世界范围内各个国家与民族之间文学艺术的传播与交流，为世界文艺理论批评的发展做出中国的贡献，提供中国的思想与智慧。如何在文艺理论话语体系建构的民族本位与世界视野之间保持一种富有生机的理论张力，也是中国当代文艺理论话语体系建设应该深入思考的问题。其三，优秀的文艺创造总是面向社会与人生的改良与进步的，文艺理论话语作为整个社会学术理论话语体系建构的一个重要方面也负有对于社会与人生的责任。胡风先生讲过："批评家底任务是要和作家协力地发掘而且改造这时代底精神。"① 这其实也正是所有文艺理论研究应该追求的目的。近代以来，德国古典美学、马克思主义美学、西方马克思主义美学中的法兰克福学派等，都在不同理论意义上提出并论述了艺术审美对于人的自由和解放以及社会变革的功能，这是我们应该充分重视并继承与发扬的一个思想观念。因此，中国当代文艺理论话语体系建构还要能够通过艺术问题的研究，直面人类生存

① 胡风：《人生·文艺·文艺批评》，《胡风评论集》（下），人民文学出版社 1985 年版，第 31 页。

境况，走进人民生活世界，对世道人心的改良改进有所启迪、有所作用。

文艺理论话语体系建设目的性追求的上述三个方面，对其他学术领域的话语建设而言也具有普遍性意义，任何一个学科领域的话语体系建设都要首先对自己的研究领域有用，有助于实现该学科的学科特性，实现其学科理论功能，同时又不仅是对中国有用，而且在世界范围内也有其理论价值，进而言之，还要能够对人生与社会的改良与进步有推进作用。这样来看，话语建设不纯粹是为学术而学术的，也是为人生、为社会、为中国、为世界而学术。只有这样的话语建构，内容才能丰广深厚，境界才能高远博大。这里还需要指出的一点是，目的性虽然是作为学术理论话语建设的“终因”而存在的东西，却又是作为自觉意识而在具体的历史性话语建构实践之前或之初事先预设的东西，对于话语建构的创造性展开，对于话语建构理想的实现具有光照性引领作用，也能够转化为一种深层的精神动力和思想牵引动力，成为具有引发、指导、控制、调节作用的自觉动因，从主观方面规定着话语创造活动的方式和性质，使中国学术的话语体系建构朝向一个值得追求的明确目标前行，不至于走向盲目、混乱的境地。所以，有没有一个自觉的目的意识是大有区别的，这是一个值得每个学者和学术共同体认真思考的问题。

## 三　新时代中国人文社会科学话语体系建设应有主体性追求

亚里士多德“四因”学说中的动力因，指的是事物创生的致动原因，对做一件事情来说，就是施为主体，比如制作一张桌子的木匠，或一幅画的画家、一首诗的作者。正是动力因或施为主体的存在，才使一定的质料，在目的因的规约和引导之下，转化为显示事物本质理念的特定存在形式。因此，在中国当代话语体系建设中再一个需要具有自觉意识和追求的便是主体性。由于受苏联哲学与文艺理论研究的影响，生活、客体、对象优先的反映论一度成为中国现当代学术以及文艺理论的主导观点和理论范式，而主体、主体性问题则长期隐没于哲学与文艺理论研究之中，未能得到重视和彰显。改革开放以后，随着20世纪70年代末至80年代初人道主义热潮对人的主体地位的恢复和肯定，主体性观念和理论研究也随即在20世纪80年代中期以后强势登场，在相当程度上对近几十年来中国学术包括文艺理论研究的观念、方法和格局带来了冲击和改观。因此，总结和反思近40年来中国学术以及文艺理论的发展不能无视主体性理论话语，展望与探讨中国未来学术的话语建构，也不能不谈主体性问题。

那么，何为主体，何为主体性，何为中国学术理论话语的主体性建构？这也是需要加以辨析的。在一般人的心目中，学术话语是由学者创造的，每个学者都是话语行为的主体，其主体性当然就是在其话语创造中体现出来的人性本质与精神个性。20世纪80年代中期以刘再复为代表，在中国文艺理论和美学界引起极大反响和争论的“文学主体论”理论就持这种理解。这种理解有一定的合理性，但又是极其不完整的，甚至是不很正确的。在现代哲学中，主体通常是指社会活动——包括实践活动和认识活动——的承担者或施为者，而主体性是指人在活动过程中表现出来的地位、能力、作用等，是能够显示主体的本质力量和标志活动性质与特点的那种规定性属性。这种规定性属性是高度社会化的，虽然通常是以个人性表现出来的，但却必有一个更大的社会性主体隐匿其后。所以，主体包括个人主体与社会主体两个方面，与此相对应，主体性也包括个人主体性与社会主体性两个层面。就此而言，每一个能在自己的专业学术领域打下自己印记的学者，或多或少都会显示出自己的理论个性和主体性特点，从而获得自己的主体地位和身份。但是，这种个人主体及其具有个性特点的个人主体性并不等于因而也不见得能够代表中国当代学术主体及其主体性的建构。不仅如此，当代本体论哲学已经将主体性理论由建立在主客体二分基础上的主体性发展到存在本体论的主体间性理论阶段。依照主体间性理论，不仅自我与他人、个体与社会具有交互主体性，活动主体与其实践改造对象和认识活动对象之间的关系也具有交互主体性。这样来看，学术研究的主体性不仅是活动主体赋予的，也与研究对象的自身规定性有关，对象也有其主体性。概括而言，学术话语建构的主体性大致应该包括三个层面，即对象主体性、个人主体性与社会主体性。个人主体及其话语建构的主体性是千差万别、各有不同的，但又是可以指认与辨识的，它们以恩格斯所指出过的历史“合力”的方式共构着、推动着中国当代学术话语体系建构的思想潮流，但各自来看又不见得能够代表话语建构的民族风貌与时代特质，姑且不必一一而论。这里，需要加以研讨的是对象主体性与社会主体性，这两方面的研究有助于厘清学术话语在内容和性质上应有的规定性内涵。

一般来说，对象主体性属于客体或受动方面，它是构成中国当代学术研究对象的客观社会内容与时代需求在话语建构中的自我显现，也体现了话语建构主体对中国社会实践当下性的学术回应。在文学研究领域，是作家歌德创造了浮士德还是浮士德创造了歌德，是一个需要给予解答的理论问题。这个问题的实质就是作为精神创造对象的客观生活本身有它的自主性、能动性也就是主体性，不完全是被动的存在之物。在作于1842年年初的一篇批判书报检查制度的文章里，马克思曾涉及学术话语与研究对象的关系问题。普鲁士官方的书报检查制度规定人们要“严肃和谦逊地探讨真理”，在这篇文章里，马克思明确指出，在写作行为中，“真理是普遍的，它不属于我一个人，而为大家所有；真理占有我，而不是我占有真理”。①真理与自由的精神探索和表达有关，更与事物自身的本质特点相关。因

① ［德］马克思：《评普鲁士最近的书报检查令》，《马克思恩格斯全集》第1卷，人民出版社1956年版，第7页。

此，他一方面抨击普鲁士官方书报检查制度的规定只准许人们用一种风格、一种笔调、一种色彩、一种形式写作，实质上是对学术行为中自由的、丰富多彩的精神主体性的扼杀；另一方面又指出，学术行为中精神光亮所映照出的各种客观事物与精神主体一样也是多彩多姿的，不能用一种由官方规定好的形式去反映，他指出："天才的谦逊和经过修饰、不带乡音土语的语言根本不同。相反地，天才的谦逊就是要用事物本身的语言来说话，来表达各种事物的本质的特征。天才的谦逊是要忘掉谦逊和不谦逊，使事物本身突出。精神的普遍谦逊就是理性，即思想的普遍独立性，这种独立性按照事物本质的要求去对待各种事物。"为此，他进而反问道："难道对象本身的性质不应当对探讨发生一些即使是最微小的影响吗？……难道探讨的方式不应当随着对象改变吗？当对象欢笑的时候，探讨难道应当严肃吗？当对象悲痛的时候，探讨难道应当谦逊吗？因此，你们就像损害主体的权利那样，也损害了客体的权利。"① 在这篇文章里，马克思强调学术行为是"真理占有我"，要"用事物本身的语言来说话"，"使事物本身突出"，探讨的方式"应当随着对象改变"，如此等等，实质上正是强调了学术话语建构中对象主体性的一面。以中国近40年来文艺理论的研究而论，在其最接地气的部分，构成其基本话语内容的不正是改革开放以后中国文艺创作与批评实践的理论总结和升华吗？同样，就新时代中国未来文艺理论的话语建构来说，用中国文艺本身的语言来说话，将中国文艺讲述的中国经验和中国故事提炼、升华为中国话语、中国智慧，也正是中国文艺理论话语建构的对象主体性所要求的。仅有不同的个人主体的众声喧哗，而看不到中国自身文艺实践现实运动的规律性时代脉动与精神演进，这种话语主体性的建构是不完整的，是存有缺陷的。

---

① ［德］马克思：《评普鲁士最近的书报检查令》，《马克思恩格斯全集》第1卷，人民出版社1956年版，第7—8、8—9页。

至于学术理论话语建构的社会主体性，在我国历来都是受到重视的。中国传统学术中，讲求代圣人立言、传经典之旨，现代学术中又特重学术的意识形态属性，讲求代阶级立言，为某个群体发声，这都是学术话语社会主体性的突出表征。不过，认真追问起来，究竟何为社会主体性，在有些研究者那里还不一定是十分明确的。就新时代中国学术理论话语建构来说，有两种社会主体性是应该特别重视和坚守的，一是民族主体性，一是主义主体性。自20世纪30年代后期以来，以毛泽东为代表的中国共产党人一直在强调马克思主义的中国化，这个提法和努力其实就一方面强调了思想理论建设的民族主体性，另一方面坚持了马克思主义的主义主体性或思想主体性。同样，20世纪50年代以后中国文艺理论界提出的有中国特色马克思主义文艺理论建设的目标，也体现了这两种主体性的价值设定与追求。

这里，所谓民族主体性，广义上看就是中国性。中国学术理论的话语创造应该姓中，这一点是不能有任何含混和动摇的。在中国学术的发展中，当然可以也应该学习研究、吸收借鉴国外一切有益的理论观点和学术成果，但这只是为了作为发展我们自己的学术理论的参考和资源，作为我们自己理论创造的丰富和补充，绝不可以此代替自己的创造。强调中国学术理论话语创造的中国性，除去如上所述在对象主体性角度上要以中国当下的文艺实践为内容架构基础，另一个主要的方面就是要体现对中华优秀传统文化与学术资源的继承性。在数千年的发展中，中国传统文化与学术积淀下了无数优秀成果，形成了中国学术重经世致用、重知行合一、重人生修为、重生命感悟和体验等民族特色与传统，这是中国特色学术理论发展十分宝贵、不可多得的资源，也是中国学术话语主体性建构中民族身份的保证。民族主体性之外，中国学术理论话语创造的中国性还在于对马克思主义的坚持。学术理论研究有其抹杀不了的意识形态属性，也就是具有思想主体性，无论中外，概莫能外。法国结构主义马克思主义思想家阿尔都塞指出："意识形态是支配个人和社会团体的思想的观念和表象的体系。"① 意识形态通过教育等途径进入个体，使个体成为一个有见解、能行动的主体。因此，真正的主体不是具体的个人，而是支配着人的观念的意识形态，"人本质上是一个意识形态的动物"，"意识形态把个体转变为主体"。② 作为一种科学的意识形态理论，马克思主义观念与方法的指导，是中国一百多年来哲学社会科学主流学界的追求或曰主调，未来也依然如此。回避主义属性，不敢亮出自己的思想旗帜，怯于或无能于进行学术理论上的思想交锋，是很多时段、很多情况下中国学界很多人的通病，这种状况不加以改变，有中国特色的话语理论体系恐怕难以建构起来，没有思想支撑、没有主义引领的主体犹如没有精神灵魂的生命存在，是难以立得起、行得远的。

## 四　新时代中国人文社会科学话语体系建设应有专业性追求

在亚里士多德那里，所谓形式是指显示事物本质理念的特定存在形式，它有感性可观的一面，更有抽象的体现事物本质规定性的一面，所以形式概念与理念概念又是具有同义性的。就学术理论的话语建构来说，我们可以把亚里士多德赋予形式因的内涵用"专业性"一词来加以概括和分析。在现代性学术发展中，不同领域学术研究的开展是以学科的分化即学科的专业化为基础的。正如西方当代学者所指出："十九世纪思想史的首要标志就在于知识的学科化和专业化，即创立了以生产新知识、培养知识创造者为宗旨的永久性制度结构。多元学科的创立乃基于这样一个信念：

① ［法］阿尔都塞：《列宁和哲学》，转引自俞吾金、陈学明《国外马克思主义哲学流派》，复旦大学出版社1990年版，第492页。

② ［法］阿尔都塞：《列宁和哲学》，转引自俞吾金、陈学明《国外马克思主义哲学流派》，复旦大学出版社1990年版，第493页。

由于现实被合理地分成了一些不同的知识群，因此系统化研究便要求研究者掌握专门的技能，并借助于这些技能去集中应对多种多样、各自独立的现实领域。这种合理的划分保证是有效率的，也就是说，具有思想上的创造性。”① 在现代学术中，无论自然科学还是人文社会科学，学科分化就意味着不同学科的学科特性、研究内容以及主体属性、话语形式与学术规范等，都凝聚和体现于专业性之中。习近平总书记《在哲学社会科学工作座谈会上的讲话》里论述中国特色哲学社会科学应该具有的特点时讲了三个方面，一是要体现继承性、民族性；二是要体现原创性、时代性；三便是体现系统性、专业性。这三个方面中，第一个方面与话语建构的社会主体性相关，第二个方面与对象主体性相关，第三个方面强调系统性、专业性，则直接涉及中国学术话语的存在形式问题了。

话语体系的建设是为了学术思想的创新，必须讲学术性。学术研究是一项精神劳动，需要专业的人才做出专门的努力。强调专业性，首先就要强调某种学术话语的创造者一般应该是某一专业领域的圈内人，以圈内人的身份说话，而且是要研究专业领域的研究对象和问题，这就是通常所谓的专业的人做专业的事。在现代学术中，与学科分化、专门化相对也有学科交叉、融合的情况，因此也需要有跨学科能力的复合型人才出现，有跨学科的成果产生，但总体上讲，分化、专门化是主流，交叉、融合的学问和人才还是相对而言的，一个人包打天下、尽通天下学术的通才、全才可能会有，但非学术常态。因此，我们还是要鼓励学者在属于自己的专业领域里潜心治学、持久钻研，以甘于寂寞、甘于坐冷板凳的精神治专业之学、创专业话语、求专业领域的事物规律与存在真理。而这就要求聚焦专业领域的研究对象和理论问题，遵从专业研究领域的研究方法、学术规

① ［美］华勒斯坦等：《开放社会科学》，刘锋译，生活·读书·新知三联书店 1997 年版，第 8—9 页。

范。没有这种聚焦就叫作不务正业，就不能在专业领域取得真知灼见，更遑论规律、真理等的发现。而不讲方法、逾越规范，其理论说服力就建立不起来，难以在学术共同体中得到认同。学术要追求创新，但无视研究对象客观规定性而且不遵从学术规范，其所谓学术创新必定是会令人生疑的。

学术研究的专业性，还意味着话语体系建设不能停留在随随便便地发感想谈意见的层面，必须具有理论系统性。系统性，是专业性的一个很重要的体现方面，西方学界包括中国20世纪80年代上半叶都有一些学者否认从马克思、恩格斯到列宁、毛泽东等马克思主义经典理论家有自己的文艺理论，一个主要的理由是说他们的文艺观点和看法属于“断简残篇”，不成系统，这从一个侧面可见学术理论的系统性在一般人心目中所具有的重要地位。当然，有许多貌似全面、完整，看起来很有“系统性”的理论研究，不见得真是有思想创新、有理论逻辑性的。学术理论的“系统性”是具有思想贯通性的理论研究内容、符合逻辑与规范的理性论证和由特定术语构成的话语表达形式有机融合的产物，思想观念、论证逻辑与表达术语三者缺一不可。就此而言，话语体系的专业化学术创新，不仅要有思想，讲逻辑，还要落实到新概念、新范畴、新表述、新命题的创造上，要有术语创新的能力。恩格斯在谈到马克思的《资本论》时指出，其中的某些术语的使用，不仅同它们在日常生活中的含义不同，而且和它们在普通政治经济学中的含义也不同，“但这是不可避免的。一门科学提出的每一种新见解都包含这门科学的术语的革命”。① 恩格斯还以化学为例对此做了说明。“术语的革命”是思想创新的必然结果，是学术专业化落实于“系统性”创新的应有环节，也将是彰显学术理论的中国性的重要标识。理论的原创能力也包括这种具有标志性的新概念、新范畴、新术语、新命题的

① ［德］恩格斯：《〈资本论〉英文版序言》，《马克思恩格斯文集》第5集，人民出版社2009年版，第32页。

创造，但这一点正是我们以往的理论话语建构中极度缺乏而在今后应该切实加强的。当然，话语体系建设中不能为猎奇求异、哗众取宠而随意、任性地制造概念，这样，只会制造语词的垃圾，而无助于甚至有害于思想的表达和创新。新概念、新范畴的使用，“术语的革命”必须和学科的设定与规范相应，与思想的创新相关，这一点也是必须予以坚持的。

最后，需要特别指出的一点是，当代社会已经进入了一个生存选择多样化、职业转换比较容易的时代，同时这又是一个信息网络互联互通的新媒体时代，在这样一个时代，以往时代那种专业身份与非专业身份、专业研究与非专业研究分野显明、清晰可辨的状况正在被逐渐改变。因此，学术界应该正视这种时代变化，以宽容的心态尊重他人有转换身份甚至越界发声的权利，并善于从非专业人士的非专业研究那里发现并摄取有益的、有启发性的思想观点和思想材料，甚至仅仅是有新意、有改造价值的术语表达。但是，正如前面所指出过的，应该要由专业的人来做专业的事。学术真理没有垄断权，但学业有专攻，专业领域里学术的进步、学术真理的彰显，一定是长期精神劳动的结果。聪明如马克思，也不能拍拍脑袋就跨界写出一部以剩余价值理论为核心的《资本论》，而是他几十年潜心研究资本主义运行规律、常年泡在大英博物馆里读书研究的精神劳动的结晶。所以，尽管在当今时代非专业人士有转换身份甚至越界发声的权利，而其是否有进入思想创新行列的资格却另当别论，同时专业的学术研究可以从大众化媒体中拾取资料、捕获灵感，却不能等同于零碎化、情绪化、时尚化的新媒体言论，而必须是经由专业规训产生出来的，能够经得起专业检验的。能够代表中国学术研究的质量和思想高度而又具有国际学术地位和影响的话语体系建构应该是从专业性中得来的，这也正是中国学界的广大专业工作者因该自觉承担的责任，自觉追求的境界。

[本文系教育部人文社会科学重点研究基地重大项目“马克思主义文

艺理论与中国当代文艺价值观建设研究”(项目编号:17JJD720011)的阶段性成果]

# The construction of the discourse system of humanities and social sciences in China in the new era should have three pursuits

## ——Taking the discourse construction of literary theory as an example

Tan Haozhe

**Abstract** Relatively speaking, although Chinese modernity academics have made many achievements in the construction of discourse system for more than 100 years, they are still inferior to the subject system and academic system. The discourse system is a symbol of thinking ability, theoretical level, and spiritual character that can be achieved by the Chinese Humanities and Social Sciences Theory Research Institute. It is related to the realization of the social functions of China's humanities and social sciences and its international academic status and academic influence. In the theoretical construction of the new era, we should make more conscious pursuits and efforts in the three aspects of purpose, subjectivity, and professionalism. Purpose is a pre-determined goal presupposition, which is the obvious realization of the disciplinary nature and functions of various theoretical disciplines. There are three main pursuits for its purpose: one is to serve China's own social development, and to create both in specific research fields. Realistic cognitive ability is also a leading theoretical discourse; the second is to participate in and promote the development of world academics in the era of globalization; the third is to face the living conditions of human beings, enter the world of people's lives, and have some inspiration for the improvement and improvement of the world's people effect. Subjectivity is the prescriptive connotation that academic theoretical discourse should have in content and nature, including three levels of individual subjectivity, object subjectivity, and social subjectivity. Individual subjectivity is the embodiment of the individuality of those who are specifically engaged in academic theoretical research; subjectivity is the self-revelation of the objective social content and the needs of the times that constitute the object of contemporary academic research in China in the construction of discourse, and it also reflects the influence of the discourse construction subject on Chinese society. Practice contemporary academic response; social subjectivity mainly includes national subjectivity, that is, the inheritance of the nation's own academic traditions, and subjectivity is the guidance of Marxist theory and methods as the subject of ideology. The third is professional pursuit. The construction of the discourse system is for the innovation of academic thought, and it must be professional. The construction of the discourse system cannot stop at the level of casually expressing thoughts and opinions. It must be theoretically systemic. It is an organic integration of theoretical content with ideological connectivity, logical and normative rational argumentation, and a discourse expression form composed of specific terms. The products of ideology, argumentation logic and expression terms are indispensable. The creation of marked new concepts, new categories, new terms, and new propositions is extremely lacking in our previous theoretical discourse construction and should be strengthened in the future.

**Keywords** Chinese humanities and social sciences; discourse system; purpose; subjectivity; professionalism; literary theory

**Author** Tan Haozhe (1955— ), from Qixia, Shandong, Ph. D. , professor and doctoral supervisor of Shandong University's Literature and Art Aesthetics Research Center, mainly engaged in literary aesthetics and literary theory research.

# 论文学交际中的对话关系

王汶成

**摘　要**　言语交际中的对话关系本质上是一种"涵义关系"，即只要交际各方的各表述之间存在含义上的关联，则无论空间相距多远，时间相隔多长，都应视为建立了一种对话关系。与一般言语交际中的对话关系相比，文学交际中的对话关系有其自身的特点：其一，它是一种间接的对话关系；其二，它是一种隐形的对话关系；其三，它是一种三重交错的对话关系。与此相应，文学交际中的话语似应理解为由作者、作品中叙述的人和人物、读者发出的三种声音的混响交合，理解为由作者创作、作品文本、读者解读三种表现形态组合而成的整体。

**关键词**　文学交际；对话关系；文学话语

**作者简介**　王汶成，山东大学文艺美学中心教授、博士生导师。

借鉴当代对话交流理论，将文学理解为一种交际活动，进而理解为交际活动中的"话语"和"对话"，如今已经成为一个比较时兴的观点。这种理解作为文学研究的一个新视角，的确拓展和深化了原有的对文学本质的认识。但是，文学交际在什么意义上是一种对话，是一种什么对话，它作为一种对话与日常会话有什么不同，简言之，文学交际中的对话关系是怎样的，对这样一个基本问题，有关论者至今并未做出深入探究。而对这样的问题如若不能得到深入探究，那么文学是一种什么样的交际活动，是一种什么样的话语，就都不可能获得有理据的深刻解答。鉴于此，本文专就文学交际中的对话关系问题做一点探讨，以抛砖引玉，希望得到有关论者的关注和批评。

## 一

谈到对话问题，不能不首提俄国的巴赫金。以巴赫金之见，“言语交际要求至少有两个操该语言的说话者——一个说者和一个听者”①，而言语交际中说者与听者间的关系本质上是一种对话关系，但要构成这种对话关系还需要一个基本条件，这就是言说者的表述之间必须要有“涵义上的关联”。虽然“构成这一关系的成分只能是完整的表述”，但“在完整表述的背后有着实际的或潜在的言语主体，即这些表述的作者”，这些作者都要赋予这些表述以一定的含义，只有这些含义间存在各种应答形式的关联，我们才能说他们的表述之间构成了对话关系。所以，对话关系绝非简单地体现为表述之间的“对语”关系，而是体现为表述之间的“一种特殊类型的涵义关系”②。“任何两个表述，如果我们把它们放在涵义层面上加以对比……，那它们就会处于对话的关系之中。”③ 反之，任何两个表述，即使表面上看有应答关系，但如果缺乏含义上的关联，它们之间也构不成对话关系。举例说，你遇到一个熟人，问他：“你身体好吗?”他答道：“天好像要下雨了。”这两句话虽是即时的一问一答的对语，但由于它们之间毫无含义联系，也就构不成对话关系。但是，假设你给一个远方的朋友写信问好，几天后你收到了这位朋友的回信，说他的身体很好，请勿挂念。尽管你与你朋友在各自信中的表述，空间上相距甚远，时间上间隔较长，但

① ［俄］巴赫金：《文本对话与人文》，白春仁等译，河北教育出版社 1998 年版，第 281 页。
② ［俄］巴赫金：《文本对话与人文》，白春仁等译，河北教育出版社 1998 年版，第 333 页。
③ ［俄］巴赫金：《文本对话与人文》，白春仁等译，河北教育出版社 1998 年版，第 322 页。

依然构成了对话关系，因为在你们各自的表述之间存在直接而明显的含义关系。甚至生活在不同时代的两个完全不相识的人说出的话，如果都议论着同一个话题，就有着含义关联，也应被视为构成了对话关系。比如，几百年前某个哲学家说“世界是物质的”，当今某个哲学家说“世界是精神的”。这两句话虽然事隔几百年，而且后一句话并非明确针对前一句话说的，但如果将它们放到一起加以对照，我们也会认为后一句话是对前一句话的反对，在含义上有一种关联，因而两者之间也构成了一种对话关系。由此可见，两个话语之间有没有对话关系，不是看有没有表面上的对语关系，而是看有没有实质上的含义关系。巴赫金认为，正是这种以含义关联为根本的对话关系决定了任何表述间的本质关系，而任何表述也只有放在这种对话关系中，才能得到透彻的理解。

文学交际中的对话关系当然也取决于表述间有无含义关联，只不过文学交际中的这种含义关联及其所决定的对话关系，其表现形式更为复杂多样。譬如我现在正在读列夫·托尔斯泰的《安娜·卡列尼娜》，虽然我不可能认识这部作品的作者，也不可能和作者直接说话，但是我对这部作品总有我自己的一个理解，无论这理解怎么样，都是对作者在作品中描写的人物和表达的思想的一种回应（赞同或反对、一致或不一致），这一回应就与作者的作品在含义层面上发生了直接关联。这样，我就以我的理解式回应先是与作品中的人物然后又与创作作品的作者结成了对话关系。其他阅读过《安娜·卡列尼娜》的人也是一样，无论他或她是哪个时代和哪个国度的人，只要对作品产生了一种理解式回应，都是他或她对作者的一次对话，都与作者结成了一种对话关系。所以，文学交际中的对话关系总是表现为超时空性和多重性的复杂形式，尤其是当我们面对的是一部流传于多个不同时代和国度的文学名著，这种超时空性和多重性更加显著。一部流传久远的文学名著，可以在更长久的时间和更广阔的空间里获得更多样化的理解式回应，因而也就获得更多样化的对话关系。由此也可见出，文学交际活动作为一种既特殊又复杂的言语交际活动，其中各个表述间所表现出的对话关系也是极为特殊而复杂的。归纳起来，文学交际中的对话关系与一般言语交际中的对话关系相比有以下三个特点。

第一个特点是，文学交际中的对话关系是一种间接的对话关系。在文学交际的通常情况下，作者并不直接向哪位确定的读者说话，而是通过作品的创作将他的意图贯注于他所创作的作品中，由此与阅读作品的读者建立一种对话关系。同样，读者也不是直接与作者说话，而是以他对作品及作者意图的理解的方式回应作者，与作者构建一种对话关系。这就是说，文学交际中作者与读者的对话关系通常是通过作品或以作品为中介而间接地构建起来的。表面上看，作者并没有与确定的读者说话，他只是创作了作品；读者也没有与作者说话，他只是解读了作品。但恰恰就是在这种对作品的创作和解读中，作者与读者之间结成了一种对话关系，这样的对话关系就只能是间接的对话关系。

但是，在日常交际中表述间的对话关系一般都是直接的，如前面举的遇熟人问好和给朋友写信的例子，其中的问答呼应都是双方之间的直接对话。即使给朋友写信并非面对面的交际，但也是发信人直接跟收信人说话，收信人如若回信也是直接跟发信人说话，这也构成了一种直接的对话关系，只不过这种直接对话中的两个对语的发出在时间上有较长的间隔而已，不像面对面的会话那样是即时发生的。所有这一切直接的对话关系与文学交际中的作者与读者的间接对话关系相比，都有显著的区别。

在文学交际的正常情况下（特殊情况除外，如作者直接现身于作品中向预期的读者发言，但这种情况极为罕见，而且这种情况也只是作者跟假想的读者而不是实际的读者说话），作者永远不可能与他的作品的实际读者直接说话。作者只是创作了作品，他创作的这个作品并不是他给哪一位确定的读者直接说的话，而是假托了一个叙述人讲述一个他所虚构的故事（叙事作品），或者展示一个他所创造的意象（抒情作品），他正是试图通过他创作的作品里的这些故事或意象与读者构成一种可能的对话关系（如果他的作品有人读，就能构成对话关系；如果他的作品没人读，就不能构成对话关系）。而阅读这部作品的读者也不可能直接和作者说话，也是通过对作品中的故事或意象的理解式应答同作者结成一种对话关系。这样一来，这种对话关系就必然是间接的。巴赫金指出："文本的生活事件，即它的真正本质，总是在两个意识、两个主体的交界线上展开的。"① 这就是说，"两个意识、两个主体"（即作者和读者的意识、主体）间的对话关系是以"文本的生活事件"的"交界线"为中介，间接地构筑起来的。

至于日常的写信，看似与作家的创作作品一样，都是文本的写作，但这两种文本的写作又是截然不同的。前一种文本写作是发信人直接跟收信人说话，构成直接的对话关系；后一种文本写作则首先是故事和意象的创构，然后才可能与读者对话，因而是一种间接的对话关系。诚如卡勒所说的，"文学作品声明要向我们讲述这个世界，但如果它成功了，它是通过创造它所讲述的人物和事件得以成功的"②，"小说通过一部书与读者交谈"③。卡勒说的"我们"是指一部作品实际的读者，这些读者只有通过读解这部作品（一部书），才能与作者"交谈"，才能建立起一种对话关系，这种对话关系当然就是一种间接的对话关系。

第二个特点是，文学交际中的对话关系是一种隐形的对话关系。日常交际中的话语一般是说话者直接对听话者说话，因而日常话语中的对话关系都是明摆在那儿的，是一种显在的对话关系。但在文学话语中，作者只是创构了作品中的故事或意象，并没有向任何一位读者直接说话。如果说作者向读者说了些什么东西，发出了什么声音，那么，他的这些声音只能

① ［俄］巴赫金：《文本对话与人文》，白春仁等译，河北教育出版社 1998 年版，第 305 页。

② ［美］乔纳森·卡勒：《当代学术入门：文学理论》，李平译，辽宁教育出版社、牛津大学出版社 1998 年版，第 104 页。

③ ［美］乔纳森·卡勒：《当代学术入门：文学理论》，李平译，辽宁教育出版社、牛津大学出版社 1998 年版，第 77 页。

隐含在他所创构的故事或意象之中。巴赫金把作者向读者发出的这些声音称为“第二个声音”。他说道，“任何真正创造性的声音，只能是话语中的第二个声音”，“但这第二个声音已不会映出（自身的）影子，因为它表示的是纯粹的关系；而话语那现实客观化、物质化的实体，则全交给了第一个声音”。[①]“第一个声音”指的是作品中由作者设定的叙述人以及人物的声音，而作者的声音则隐藏在第一个声音里，因而叫作“第二个声音”，其实是“无声”的声音。读者在读解作品时，首先听到的是第一个声音，然后才从第一个声音里猜测到第二个声音，并对这第二个声音做出理解式回应，由此就构成了一种特殊的对话关系。这实际上是一种既无声又无形的对话关系，我们称之为“隐形”的对话关系。

具体来说，文学交际中的这种第二个声音隐含在第一个声音中的隐形对话关系，主要通过以下三种方式在作品中体现出来。第一种方式是体现在作者对作品整体的总体构思和总体结构中。作品是由作者创作的，作品中描述的一切（人物、事件、景物以及意象等），无论它们被描述得多么生动、多么有个性，但归根结底都离不开也逃不掉作者的设计和掌控。在巴赫金看来，“作家——这是处于语言之外而善于运用语言工作的人，是会驾驭非直接言语的人”，作品中“所有的人全是被描绘的形象，有着自己的作者，这作者是纯粹的描绘本源”，作品中“不同的视点，也就是不同的世界，彼此紧密地联系在一个复杂的、多声的统一体中。而使这个复杂的统一体运转起来的是作者”。[②] 可以说，作者确立了作品的基本情调、部署了作品的总体格局、设计了作品的修辞手法、安排了作品中人物的关系和命运。正是在对作品整体的这种设计和安排中，隐含着作者的第二个

① 参见［俄］巴赫金《文本对话与人文》，白春仁等译，河北教育出版社 1998 年版，第 309、310 页。

② ［俄］巴赫金：《文本对话与人文》，白春仁等译，河北教育出版社 1998 年版，第 308、309—310、347 页。

声音。作者似乎藏匿在作品整体的幕后，作品里看不到他的身影，但又处处感觉到他的身影的时隐时现。在作品整体发出的这第一个声音里，始终回荡着作者的第二个声音。例如，作者曹雪芹给《红楼梦》安排的是一个“白茫茫大地真干净”的结局，而不是“大团圆”的结局，正是在这种安排里就潜伏着曹雪芹的“第二个声音”。至于这里的“第二个声音”到底说了什么、是什么意思，那就要看每个读者对它有怎样的理解式回应了。但无论怎么回应，都只能是隐形的而不是显在的对话关系。

第二种方式是体现在作者对作品中的叙述人和人物的态度上。作者创作作品时，始终处于作品之外，即始终“外位”于作品。作者只有借助于这种“外位性”，才能保证他的创作主体的地位，“才能以统一的、积极确认的能动性，来囊括整个建构，包括价值上的、空间上的和涵义上的建构”①。作者的外位性不仅决定了他的主体地位，也决定了他难以在作品中直接露面现身，但他可以虚构一个叙述人和众多人物在作品中说话。作品里的发出的声音首先是叙述人的讲述的声音，其次是叙述人讲述的故事中的人物的声音。这两种声音的交响混合就是巴赫金说的作品里的“第一个声音”。但是，由于作者作为创作主体假定和虚构了作品中的叙述人以及叙述人所讲述的人物，因而在作者的这种假定和虚构中就不可避免地浸透着作者对他们的态度，这种态度就成为隐含在叙述人和人物的第一个声音中的第二个声音。对此，巴赫金明确指出，作品中“所有的人物及其言语，都是作者施以态度的（以及作者言语）的客体”，“作者态度是形象的一个建构因素。这一态度是异常复杂的”。② 鲁迅就曾谈到他对他所创造的阿Q这个人物形象的态度，即他说的“哀其不幸，怒其不争”。阅读《阿Q正传》就可看到，鲁迅的这种哀怒交加的“异常复杂的”态度，并不是

① 参见［俄］巴赫金《哲学美学》，晓河等译，河北教育出版社1998年版，第79页。

② 参见［俄］巴赫金《文本对话与人文》，白春仁等译，河北教育出版社1998年版，第319、320页。

在作品中直接表达出来的，而是作为第二个声音蕴藏在作为第一个声音的叙述人的言语和阿 Q 自己说出的言语中的。读者也只能通过读解第一个声音而达到对第二个声音的揭示，从而感受到鲁迅的态度并对其做出或赞同或反对的回应，从而读者也就与鲁迅结成了一种对话关系，但这种关系只能是一种隐形的关系。

第三种方式是体现在作者所创作的作品言语的“情感语调”上①。尽管作品文本的言语是由叙述人的言语及其所叙述的人物的言语合成的，但从本源上讲却是作者创作的产物。凡言语都有被特定语境决定的特定的情感语调。同样的一句话，仅仅因为情感语调的不同就会产生不同的含义。假设有人说出“他死了”这句话，如果这个“他”在说话人看来是个很坏的人，那么这句话就可能带有“痛快”的情调，并流露出“死有余辜”的情感倾向。但如果这个“他”在说话者看来是个很好的人，那么这句话就可能带有“痛惜”的情调，并流露出“好人不长命”的感伤情感。作品文本中的言语，也是作品中的叙述人或人物在一定情境中说出的话，当然也会带有一定的情调。这些话语的情调首先应该是叙述人或人物要表达的情调，因为话语是由叙述人或人物说出的。但由于作者是这些话语的创作本源，他势必会将自己要表达的情调或多或少地灌注到作品文本的言语中，因为他也是在某种情景里进行创作，他也要在创作中表达他的某种情感倾向，有时这种表达甚至是不自觉的。恰如巴赫金说的，“作品的每一因素展现给我们时，已经包含了作者对它的反应”，作者“给自己主人公的每一细节、每一特征、每一生活事件、每一行为、他的思想感情都加上了自己的语调”②。如此一来，作品言语的

---

① “情感语调”是巴赫金相对于“语法语调”提出的一个概念。语法语调是指“作为语言单位的句子的”语调（如疑问语调、感叹语调、祈使语调等），它是“中性的”，“而情感语调句子只是在表述整体中才能获得”，它充满感情色彩。可参阅［俄］巴赫金《文本对话与人文》，白春仁等译，河北教育出版社 1998 年版，第 176 页。

② 参见［俄］巴赫金《哲学美学》，晓河等译，河北教育出版社 1998 年版，第 100 页。

语调里就有了两种情调，一种是叙述人或人物的情调，一种是作者的情调。很显然，这两种情调的关系不是并列的，也不是简单叠加在一起的，而是前者包含着后者，前者是显在的，后者是隐蔽的，后者隐含在前者之中。或者说，叙述人和人物的情调是第一个声音，而作者的情调是隐含在第一个声音中的第二个声音。而且作者的情调作为更内在、更本源的第二个声音往往是统摄作品全局的，可以说，正是通过它才体现出作品整体的“基调”。让我们以李清照的《声声慢·寻寻觅觅》为例加以说明。这首词采用了传统的“悲秋”诗的题材，全词写了抒情主人公暮秋一天的所见和所感。抒情主人公自述她在这一天里心中凄苦异常，若有所失，到处寻找觅求，但又一无所得，反而平添了更多的愁苦。想喝上几杯淡酒以抵挡残秋的悲凉，但无奈的是忽然又听到了南飞秋雁的声声哀鸣；看窗外满地都是败落的菊花，再也不会得到人们的顾恋；偏在这时天又下起了小雨，击打着院子里的梧桐树，淅沥有声。抒情主人公最后感叹说：“这次第，怎一个愁字了得?”其实就词中的这些场景而论，并没有特别之处，词中所展示的意象也都是悲秋诗中司空见惯的，无非淡酒、晚风、飞雁、黄花、梧桐、细雨之类。如果仅仅从抒情主人公诉说的这些情景和从中流露的情调看，我们并不会得到比一般悲秋诗更多的感受。但是，如果我们能够结合作者李清照创作这首词时的具体处境再来读这首词，就可能获得另一番不同寻常的感受。我们知道，女词人创作这首词时正值她的晚年，这时她已经历了靖康之变、丈夫病逝、家财散失、流落异地、居无定所的种种苦难，从一个诗名满天下的才女贵妇一降而成为一个落寞无告的孤寡老妪，可以想见她当时的忧戚悲苦之情有多么惨烈深重！就是处在这样的心境中，女词人创作了这首《声声慢》。首先，女词人选择了“悲秋”这个传统题材，这个题材正好与她的凄凉悲苦的暮年心境相印合。其次，女词人着力塑造了一个秋日里孤寂愁苦的抒情女主人公形象，以便假借这个形象来排遣自己的苦闷。最后，更为重要的一点是，女词人在词句的语调上别具匠心地下了更大的功夫，比如她选用了一般悲秋诗很少用的入声韵（如戚、息、急、识、滴等），并且一改《声声慢》词牌的舒缓语调，大胆而成功地运用了大量的叠字、双声叠韵字以及齿、舌音字（如寻寻觅觅、冷冷清清、点点滴滴、戚戚、将息、伤心、憔悴、黄昏等）。词人的这一切苦心孤诣地选词炼句，不只是加强词句的音乐效果，更重要的是将词人的特殊的情思植入所选用的词句的语调中去，使词句的语调转换成一种蕴含着词人的特殊情思的情感语调。将词人的情思不加雕琢、不留痕迹地转化为词句的情感语调，可以说是该词的最突出的艺术特点和最大的艺术成就。特别是该词的起首一句，词人破天荒地连用了十四个叠字和齿舌音（寻寻觅觅，冷冷清清，凄凄惨惨戚戚），变徐缓为促急，变哀婉为凄厉，为整首词奠定了一种啮齿叮咛的低诉口气和茕独凄惶的情感基调。读者读过此句之后，就可能透过后面描绘的抒情主人公的悲秋形象一下子把捉到埋藏在深处的词作者的情感语调，从而与词作者发生了一种隐形的对话关系。

第三个特点是，文学交际中的对话关系是三重交错的对话关系。就一般情况说，日常话语的对话关系不仅是直接的、显在的，而且是单一的。譬如我要请你在某时间到某餐厅吃饭，你回应说可以或是不可以，这里的对话关系只有在我与你之间发生的单一层次的关系，其中并不嵌入其他的对话关系。但是，在文学交际中的对话关系则呈现出三重套叠的极为复杂的情状。总括起来说，文学交际中的三重对话关系是这样的：第一重是作品中人物（包括叙述人或抒情主人公）间的对话；第二重是作者通过创作作品而与作品中人物发生对话，读者也通过读解作品而与作品中人物发生对话；第三重是外在于作品的作者与读者之间通过和作品中人物的对话而构成了一种对话。这三重对话之间的关系是重重交合套叠的关系，即第三重对话套着第二重对话，第二重对话又套着第一重对话。这种关系也可以反过来说，即第一重对话嵌入在第二重对话里，第二重对话又嵌入在第三重对话里。下面让我们举例说明这种对话关系。

请看英国大诗人弥尔顿的诗歌《五月晨歌》："晶莹的晨星，白日的前驱，/她舞蹈着从东方带来娇侣，/百花的五月，从绿色的怀中撒下金黄色的九轮花和淡红的樱草花。/欢迎，富丽的五月啊，你激扬/欢乐、青春和热情的希望；/林木、树丛是你的装束，/山林、溪谷夸说你的幸福。/我们也用清晨的歌曲向你礼赞，/欢迎你，并且祝你永恒无边！"这是一首歌唱五月的早晨的颂诗，诗中涉及"我们"（歌唱"五月的早晨"的人们或该诗的抒情主人公）、"她"（拟人化了的"晨星"）、"你"（拟人化了的"五月的早晨"）以及拟人化的"山林""溪谷"等这样几个角色。从这首诗里，可以明显听到这样几个声音，一个是"我们"对"你"的赞美（"欢迎，富丽的五月啊""我们也用清晨的歌曲向你礼赞""欢迎你，并且祝你永恒无边"），一个是"她"给予"我们"的奉献（"她舞蹈着从东方带来娇侣"）以及"你"给"我们"带来的愉悦（"你激扬欢乐、青春和热情的希望"），还有"山林、溪谷夸说你的幸福"，等等。诗中这多种声音的交相呼应，就构成了这首诗的第一重对话。第二重对话发生在作者弥尔顿与作品之间以及阅读这首诗的读者与作品之间。弥尔顿创作了这首诗，创造了诗中那些活泼泼的角色（"我们""你""她"等）以及那些生动的意象（"晶莹的晨星""百花的五月""金黄色的九轮花和淡红的樱草花"等）。但是，诗人在这里的创造不是"制作"了一些任其随意摆布的物品，而是凭借其艺术想象力虚构了一些充满着生命的"幻象"①。可以说，诗人的创造在为诗中的幻象（各种角色和意象）注入生命的同时，也与这些有生命的幻象展开了各种形式的对话。譬如，当"百花的五月"涌现在弥尔顿的眼前时，那"百花"或许争先恐后地吁请诗人，仿佛在说：

---

① 可参照苏珊·朗格的观点。朗格认为，如果将诗看作诗人的创造，那么，诗人究竟创造了什么？她的回答是"诗人用语言创造出来的东西是一种关于事件、人物、情感反应、经验、地点和生活状况的幻象"，而且是一种具有"生命的形式"的幻象（参见［美］苏珊·朗格《艺术问题》，滕守尧等译，中国社会科学出版社1983年版，第142—143页）。

“带上我吧！带上我吧！”但诗人只选择了“九轮花”和“樱草花”，而婉拒了其他花的请求。这就是一种对话。这就像一个孕妇感受到胎儿的胎动时对胎儿说“宝宝，别乱动”的这种对话一样。同样，读者在阅读这首诗时也会与诗中的这些活的角色和意象发生对话，一位读者读到“晨星”一句时可能会发问：“晨星我天天见到，有那么美吗？”接着读下面一句，这位读者可能会听到晨星的回答：“是呀，我确实很美啊，你看我载歌载舞地给你们带来了一位‘娇侣’——一轮东升的朝阳！”另一位读者读到“富丽的五月”也许会困惑于“富丽”一词的用意，下面的诗行接着会给他一个解答，他对这个解答或许赞同，也或许不赞同。这些都是读者与诗中的各种有生命的角色和意象的对话。这样，诗人弥尔顿与他创造的角色和意象的对话同读者与他读解的角色和意象的对话一起，就构成了这首诗的第二重对话。这首诗的第三重对话是这样展示出来的，首先是弥尔顿通过他对这首诗的整体幻象的创造，具体说通过对诗中的各个角色和意象的对话性的设计和安排，将他的声音植入这些角色和意象中，他的这个声音就是巴赫金所谓的埋伏在作品中“第一个声音”中的“第二个声音”。深入阅读这首诗，我们就可能隐约听到弥尔顿向我们发出的这个声音：“年轻的朋友们啊，你们的青春就是这五月的早晨，珍爱她吧，热情地拥抱她吧，保持她的美丽一直到永远！”尤其是诗的最后一句“欢迎你，并且祝你永恒无边”，可以使我们更明显地倾听到这个声音。当然，听到听不到这一声音取决于我们对这首诗有没有这样的理解，我们完全也可以有另一种理解。但无论我们有怎样的理解，我们都会听到我们所理解的这“第二个声音”，并给予或赞同或反对的回应，这就构成了这首诗的第三重对话，即，作为作者的弥尔顿与作为读者的我们之间的对话。由此也可看到，这首诗的三重对话之间的关系是层层套叠、环环相扣的，其中第一重对话是显在的，第二重对话是潜在的，第三重对话是隐形的。

## 二

上述文学交际中对话关系的特点，足以使我们感受到这一关系的错综复杂性。在文学交际中，无论话语的角色还是发出的言语声音都是多种多样的，而且这多种多样的话语角色和言语声音又盘根错节地交织在一起，构成了一种多主体、多向度、多声部的对话关系。这不禁使我们再次想起巴赫金在评论陀思妥耶夫斯基小说时提出的著名的“复调式”小说理论。他曾断然指出：“有着众多的各自独立而不相融合的声音和意识，有具有充分价值的不同声音组成真正的复调——这确实是陀思妥耶夫斯基长篇小说的基本特点。”① 他还认为，“在陀思妥耶夫斯基之后，复调有力地闯入了整个文学世界”，“多语体性是现代文学所特有的。广义上的狂欢体裁”。② 巴赫金所说的“复调”，一是指并非只有作者一个言语主体发出声音，而是有多个言语主体发出声音；二是指这多个言语主体及其发出的多种声音之间的关系，本质上是一种对话关系；三是指这种对话关系是多种声音的多向度展开，且其本身也具有种种不同的样式。巴赫金认为，这种以陀思妥耶夫斯基为代表的现代“复调式”小说与传统的偏于“独白式”的小说③有着本质的不同。在复调式小说里，无论是作品的作者和读者，还是作品中的叙述人和人物，都代表一个主体，都发出一个声音。但每个

① ［俄］巴赫金：《陀思妥耶夫斯基诗学问题》，白春仁等译，生活·读书·新知三联书店1988年版，第29页。

② 参见［俄］巴赫金《文本对话与人文》，白春仁等译，河北教育出版社1998年版，第316、278页。

③ 如一些设置了一个无所不知的、像上帝一样的叙述人的传统现实主义小说，一些直抒胸臆的传统浪漫主义诗歌，都属于这种“独白式”的文学话语。但巴赫金同时认为，这种独白式的话语也不是绝对的独白：“独白和对话的区别是相对的，每个对语在一定程度上都具有独白性（因为是一个主体的表述），而每个独白在某种程度上都是一个对语，因为它处于讨论或者问题的语境中，要求先有听者，随后会引起争论等等。”（参阅［俄］巴赫金《文本对话与人文》，白春仁等译，河北教育出版社1998年版，第191页）

声音又不是在自说自话，互不相关，而是就同一个问题、同一个世界向另一个或几个声音以种种不同的方式做出回应或提出疑问。这其中，每一个说者同时也是听者，也倾听其他说者的声音；每一个听者同时也是说者，也向其他听者发出声音；从而构成了多种声音交错混杂的对话关系。前面我们对文学交际中的对话关系三个特点的概括，就是在巴赫金的这一复调小说理论基础上的一种扩展和发挥。

总之，与日常交际相比，文学交际中的对话关系是极为复杂多变的，它至少是三种话语主体及其声音的混响与互动。这三种话语主体及其声音包括作者的声音、作品中叙述人和人物的声音以及读者的声音。尽管在文学交际活动中，最显在的也是最先听到的声音是作品里的声音，但又绝不能因此将文学话语简单地理解为只有作品声音这一种声音，只有作品形态这一种形态。

比如当我们阅读鲁迅的《孔乙己》时，我们最先听到的确实是小说里的各种声音。首先是叙述人的“我”的声音，总体上是“我”以回忆的口吻述说了“我”从 12 岁开始在咸亨酒店做温酒伙计时有关孔乙己的一些往事，细节上是“我”讲述了鲁镇酒店的格局，讲述了如何成为温酒伙计的过程，讲述了“我”亲眼看到的和亲耳听说到的常到酒店喝酒的孔乙己的许多事件，讲述了最后一次见到孔乙己的情形，讲述了自那次以后再也没见到孔乙己，最后一句是：“我到现在终于没有见——大约孔乙己的确死了。”随后听到的就是与叙述人的声音混杂在一起的故事的主人公孔乙己的声音，如“温两碗酒，要一碟茴香豆”“窃书不能算偷”“多乎哉？不多也”，等等。此外，还有其他众多人物的声音，如喝酒人的声音“孔乙己，你脸上又添上新伤疤了”，酒店里众人的“哄笑声”，围着孔乙己的一群孩子的“笑声”，酒店掌柜的声音“孔乙己么？你还欠十九个钱呢”。这些都是从作品文本中直接听到的声音。但是，这些声音绝不是这篇小说的全部，只要把这篇小说放到整个文学交际的复杂对话关系中看，就不难发现，除了这些声音，还有鲁迅发出的声音，还有读者发出的声音。鲁迅为什么虚构“我”这样一个叙述人，为什么塑造孔乙己这样一个人物，为什么选择这样一些事件和场景，为什么采用短篇小说这样一种体式，这一切都体现为鲁迅的创作意图和态度，这也是一种声音——一种发自作者的声音。而读者如何解读“我”讲述的故事，如何阐释孔乙己这个人物形象，如何把握作者的创作意图和态度，当然也是一种声音——一种读者发出的对这篇小说的反应式和回应式的声音。这样，鲁迅这篇小说的话语就包含了三种话语声音，即“我”以及孔乙己等人物的声音、作者的声音和读者的声音。

从鲁迅《孔乙己》这个例子，我们不仅清楚地看到了构成文学话语的三个声音，还看到了这三个声音之间的关系：作品声音是作者声音与读者声音发生联系的中介；作者声音和读者声音虽然都是从作品文本之外发出的，但时间上有先后之别。作者声音先于作品文本或在创作作品文本时发生成形，读者声音后于作品文本或在读解作品文本时发生成形。如此一来，又相应地产生了文学话语的三种形态，这就是作品文本形态、作者创作形态和读者读解形态。显而易见，所有这些对文学话语的新知解都是以对文学交际中的对话关系的新知解为前提的，由此也可见出本文所探讨的论题的理论价值。

## On the dialogue relationship in literary communication

Wang Wencheng

**Abstract** The dialogue relationship in verbal communication is essentially the "relation of meaning", namely, as long as the representations among participators in communication are associated with each other in meaning, then a dialogue relationship has been established regardless of the spatial distances and time intervals. Compared with the dialogue relationship in general verbal communication, the dialogue relationship in literary communication has its own features: firstly, it is an indirect dialogue relationship, secondly, it is an implicit dialogue relationship, thirdly, it is a triple-staggered dialogue relationship. Accordingly, the discourse in literary communication seems to be understood as a startling interplay of three voice, i. e. , authors', narrators' and characters', readers' voice and a whole comprised of three manifestations, i. e. , the creation of authors, the text of works and the interpretation of readers.

**Keywords** literary communication; dialogical relationship; literary discourse

**Author** Wang Wencheng, Professor and doctoral tutor of the Center for Literature and Aesthetics, Shandong University.

# 谈论音乐的一种方式

## ——乐评家谈音乐

凌晨光

**摘　要**　与文学评论家相比，音乐评论家的评论文字有明显不同，其中某些音乐专业术语的使用令这种不同更为明显。而真正的问题在于，乐评家要面对和解决的是音乐的某种程度的不可言说性所造成的难题。他们在描述、解释和评价音乐作品和音乐现象方面勉力而为，通过理解和评论音乐，进入人的情感和精神领域，以达到认识自己的最终目的。从某种意义上说，正视音乐就是正视我们自己，音乐评论的价值也就在于此。

**关键词**　音乐评论；话语；描述；解释；评价

**作者简介**　凌晨光（1965—　），浙江宁波人，文学博士，山东大学文学院教授。主要从事文艺理论及艺术批评理论研究。

乐评家，即音乐评论家，他既不是美学家、哲学家，也不是音乐理论家。他并不对音乐本身或者音乐在人类生活、历史、文化进程中的地位、作用、功能、价值等作一般性的思考和形而上的论述，而是直接面对音乐现象、音乐家和音乐作品，对音乐活动和音乐行为进行描述、阐释和评价。音乐评论家一般接受过良好的音乐教育，自身具有较高的音乐素养和相应的艺术鉴赏力以及出众的文字表达能力。他们谈论音乐时的切入点、关注目标和表达方式都有较为鲜明的特点，对乐评家谈论音乐方式的探讨将会有助于我们把握评论者的身份与其音乐评论话语之间的关系问题。

## 一 乐评家谈音乐的方式很特别吗?

爱尔兰著名作家、音乐评论家萧伯纳（George Bernard Shaw，1856—1950）曾以其一贯的幽默加嘲讽的口吻，用滑稽模仿的笔法写了一段对莫扎特《G 小调交响曲》K. 550 的描述：“迄今为止只在最高音部听到的主部主题移到低音提琴上，此时的小提琴不再是第一部分音型的单纯伴奏，而是演奏了主题的一个新对位。然后，这些部分颠倒过来：小提琴演奏主题，而低音提琴演奏对位音型；依此类推，直到 D 小调属音上结束。而这个 D 小调属音几乎是个与主题毫不相关的主调。接下来的这一乐段我们又回到以原来形式和主调出现第一个主题。”[①] 这段文字与刊登于稍有专业背景的报章杂志上的音乐评论文本别无二致，比如加拿大著名钢琴家格伦·古尔德（Glenn Gould，1932—1982）在为哥伦比亚唱片公司出版的贝多芬最后三首钢琴奏鸣曲所写的唱片内页说明中，就有这样的文字：“举例来说，Op. 109 的第一乐章，典型的‘奏鸣曲式快板’，省略了副部主题的展示，以一段建构于属调上的琶音序列替代，虽然这段序列从头至尾与先前的乐句并没有主题上的连接，却通过一个主导性转调的强化解除了开头几个小节略显仓促的和弦紧张度。然而，到了相应的再现部，乐章不再满足于逐字逐句的文字转换，不再满足于缓解主题的热度，而是从框架中跳脱出来，在整个乐章中头一次也是唯一一次脱离 E 大调的全音阶体系，于自我之中玩起了技巧精妙的变奏。”[②] 看上去，这段文字与萧伯纳的上段文字如出一辙，可视为音乐评论文章在描述作品时的标准表述。

---

① ［美］马克·伊文·邦兹：《西方文化中的音乐简史》，周映辰译，北京大学出版社 2006 年版，第 465 页。

② ［加］格伦·古尔德著，［美］提姆·佩吉编：《古尔德读本》，庄家逊译，漓江出版社 2016 年版，第 82—83 页。

然而有意思的是，萧伯纳的那段滑稽模仿是为了引出以下的疑问和感慨：“这种分析多么丰富啊！并且充满了诸如‘D小调属音’这样的美索不达米亚词汇！先生们女士们，我现在要向你们展示我按照同样的科学方法对哈姆雷特关于自杀的那段内心独白［生存还是死亡……］的著名‘分析’。‘莎士比亚按照通常做法，开门见山地用一个不定式提出主题，在一个简短的连接段之后，主题立即重复。这个连接部分尽管非常简短，但我们却能从中看到选择和否定的形式，而重复的巨大意义很大程度上就依赖于这种形式。然后，我们看到了一个冒号；后面接着是一个短句，其中的重音毫无疑问地落在代词上面，最后是一个句号。’”至此，萧伯纳终于按捺不住，直接跳起来抗议道：“我就写到这里吧，因为说实话，我的语法知识已经耗尽了，但是我想知道的是，文学评论家不允许以这种方法谋生，一旦违反则会受到两个医生和一个地方法官的光顾，然后立刻被拖到贝德拉姆［伦敦一家知名的精神病院］；而如果音乐评论家这样做的话，他将得到等多尊敬，这样做公平吗？”① 这一问题经由萧伯纳提出，音乐评论文字的特别之处即至为明显地呈现在我们面前，但要回答这个问题，或者去证明乐评文字实有如此之必要，却又颇费周章。

萧伯纳出身于音乐氛围浓厚的艺术之家，会弹一手好钢琴，通过自学掌握了丰富的音乐知识，青壮年时期活跃于伦敦的乐坛和评论界，写下了厚厚三卷的音乐评论和散文。中译本《萧翁谈乐——萧伯纳音乐散文评论选》即收录了他自1876—1950年的文章。对于这样一位乐评家和文学家来说，他自己的乐评文字不会以堆砌所谓“美索不达米亚词汇”为荣。但谁又能说，他所反对的那种音乐描述法没有存在的依据和必要呢？加拿大钢琴家古尔德以对巴赫键盘音乐的演绎以及个人在钢琴演奏方面的特立独

① ［美］马克·伊文·邦兹：《西方文化中的音乐简史》，周映辰译，北京大学出版社2006年版，第465页。

行而闻名于世，作为极度完美主义者，他对自己有关音乐的文章也自律甚严且十分看重。那么对于古尔德就贝多芬晚期奏鸣曲所写下的那些评论文字，萧伯纳又会作何评论呢？这是一个想象中的问题，萧伯纳并未真正就古尔德的音乐评论有所褒贬。好在就是同一篇文章里，隔了几段之后，古尔德像是完全换了一套笔墨，用一种诗意盎然的表述重新写出了他对贝多芬作品的理解和评价："这些奏鸣曲是无畏者于漫长旅行中的一次短暂却充满田园诗意的逗留。或许，这些作品并未屈服于他者对其启示录般的描述、界定甚至归类。音乐是一种有韧性的艺术，它总是显得温柔顺从且贤明自如，能灵活地适应各种环境，因此要将音乐捏成人们想要的样子并不是什么难事，然而正如这些摆在我们面前的作品，当它引领人们走向幸福之巅时，对于听者而言，更快乐的途径是不去多此一举。"① 这段话里没有引入音乐专业术语，它运用隐喻等修辞手法，把音乐对象尽量向人的生活经验拉近。然而，人们又难有把握去说，这样的文字比起前段论及同一作品的专业性较强的文字，对我们鉴赏作品的帮助更大。当然，就萧伯纳本人来说，多半更愿意接受后一种表述方式。

其实我们未尝不可把古尔德在同一篇文章里评论笔调的转换看成一个智力超群且习惯于别出心裁的写作者的一次文字炫技。古尔德以弹奏巴赫的复调音乐而闻名，有人曾不无调侃地说，要演奏好巴赫，需要三个脑袋同时工作：两个分别负责左右手的旋律线条，第三个专管线条之间的对位与交织。而在音乐的演绎过程中，古尔德又从不循规蹈矩，而是时有惊人之举。这样的人写乐评，笔调的转换以至身份的假托都不在其话下。比如一篇就贝多芬第五交响曲的钢琴改编版唱片的评论，便是古尔德假托四位不同身份的蹩脚乐评人而写下的四段臆造的乐评文字。在这四段乐评中，

---

① ［加］格伦·古尔德著，［美］提姆·佩吉编：《古尔德读本》，庄家逊译，漓江出版社 2016 年版，第 83—84 页。

古尔德尽显其犀利尖刻的风格，对四类身份各异的乐评人进行了无情的嘲讽。第一位是“汉弗莱·普芮斯—戴维斯爵士”，以一种盲目的自负与统领全局的口吻对美国唱片行业的发展趋向作了概括——19 世纪相当抽象的键盘作品成为录音领域的关注对象，然后转入对这张改编的贝多芬第五交响曲唱片的评价：这是对贝多芬第五交响曲不同寻常的解读，然而对于大不列颠的音乐收藏者而言这并没有什么新奇之处。第二位是“卡尔海因茨·亨克尔（博士）教授”，他以专业的身份扮演了一个真相揭示者的角色。他从一个音乐细节切入，指出正因为作品中有“C”这个音，贝多芬的音乐中有了神来的一笔，而其真相是一个真实丑陋的瞬间。第三位是“S. 弗莱明医生”，他那不着边际的学究式话语谈及中年人的职业选择，学校教育的惩罚性闯入与青少年的创伤经验的关系以及加拿大音乐人的“能量商数”等问题，却对作曲家和作品本身只字未提。第四位是记者“佐尔坦·莫斯塔尼”，他的乐评文字以“冬日的太阳漫不经心地投射在纽约第十三、第三大道交汇的街区”这样的景色描写开始，以欧·亨利小说式的结尾收束，把乐评写成了抒情美文加浪漫故事。[①] 如果我们明确地把这四篇假托的乐评文字看作古尔德为我们现场示范“什么是要不得的音乐评论”，就不会为古尔德为什么要端出这么一盘味道怪异的乐评文字“大杂烩”而困惑不解了。

## 二　好的乐评家如何谈音乐？

的确，乐评文字的写作并无一定之规，轻快自如的文体本身也会激发写作者的灵感、创造力甚至是恶作剧的心理。萧伯纳就曾对他本人并未出

① ［加］格伦·古尔德著，［美］提姆·佩吉编：《古尔德读本》，庄家逊译，漓江出版社 2016 年版，第 85—91 页。

席的一次音乐会写过评论，在最后的结束语中，他先是写下一个带有虚拟语气的句子："就我们自己而言，我们也会在这位演奏大师的音乐会上比希律王还疯狂地为其天才鼓掌喝彩。"然后紧接着，谜底被揭开："只是——我们没有到场。"① 然而，当乐评家真正严肃地对待"如何成为一个合格的乐评家"这样的问题时，他们的思考也是最为值得重视的。对此，萧伯纳有明确的认识："除了具备良好的常识和对这世界的丰富认知这项基本条件之外，一个音乐评论家还应该具备三个主要条件：1. 必须具备高尚精深的音乐审美鉴赏力和趣味；2. 必须是一个熟练的写家；3. 必须是个有经验的评论者。到处都能找到这三项中缺一少二的乐评者，但只有这三项的完整结合才是优秀乐评工作所必不可少的。"② 与这种理想状态下的乐评家相对，萧伯纳分析了两种不那么合格的乐评文字：一是让音乐家写乐评，二是让新闻记者写乐评。音乐家写的乐评如果不合格，往往不是因为他们的文字缺乏文采，因为人们对于朴素直接地表达自己的文字并不排斥，而是因为他们不能批评，即不能公允地表达他对批评对象的认识与评价。这样的"音乐家总是心怀妒意地捍卫自己特别喜欢的作品和作曲家，同时本能地反对对手一方的意见，就像在家里开沙龙音乐会的贵妇那样，他们看不出来，教授教学生如何分解减七和弦，与评论家站在全世界面前剖析一位其权威不在他之下的艺术家的作品之间的区别。一个人也许能把对位玩得滚瓜烂熟，但倘若他只是个二流音乐教师的话，他就会怒气冲冲地把那些享誉欧洲的作曲家视为无知、做作的闯入者与冒充者而一律加以镇压——但这就同真正的评论（甭管他对某某作曲家的作品有多么不赞成）风马牛不相及

---

① ［爱尔兰］萧伯纳：《萧翁谈乐——萧伯纳音乐散文评论选》，冷杉译，生活·读书·新知三联书店2005年版，第13页。

② ［爱尔兰］萧伯纳：《萧翁谈乐——萧伯纳音乐散文评论选》，冷杉译，生活·读书·新知三联书店2005年版，第2页。

了”。[①] 另外，新闻记者写乐评一般不用担心文字功夫的问题，其软肋往往在于音乐的品位：“所以，新闻记者仅因见机会就抓而充当乐评人的例子并不鲜见，并且靠大量描述性的报道和关于音乐及音乐家的琐碎新闻来遮掩自己的缺陷。这样的乐评人倘若其身上还潜藏着评论和音乐的才能的话，那么经过数年摔打还能学会他的行当；但这种写家中的有些人无此潜力，就只好永远当门外汉了。”[②] 萧伯纳对自己是否具备上述三条乐评家之条件，当然是自信而肯定的，作家的文笔和音乐家的素养令他的这种自我定位底气十足，只是当他有时回顾自己早年的乐评家生涯时，也会间或为自己的不够成熟而心生懊悔。在发表于 1897 年 12 月号《苏格兰音乐月刊》的一篇文章中，对于二十年前写过的音乐评论文字，他反思道：“尽管如此，我在那时所不可饶恕地欠缺的东西也不是文字能力和音乐知识，而是批评的功底。假如那时我知道如何批评的话，即使年轻，我也本该是个蛮不错的评论家了。可惜当时我不知道，所以我的音乐知识和文学表达能力就让我变得比只是一个采访音乐的新闻记者和新闻业的美文家来的恶毒得多。”[③]

让萧伯纳感到后悔的乐评文字，应该包括他对勃拉姆斯的恶评。在 1888—1893 年发表的多篇乐评中，他就勃拉姆斯的钢琴协奏曲、交响曲等所作的评价都是负面的：“剥去这些交响曲的矫饰外壳，您将发现它们不过是一连串不完整的舞曲和民歌曲调。”[④]“真正的勃拉姆斯只不过是一个多愁善感的情色之人长了只极佳的耳朵而已。”[⑤] 而做出这种判断的依据和

① ［爱尔兰］萧伯纳：《萧翁谈乐——萧伯纳音乐散文评论选》，冷杉译，生活·读书·新知三联书店 2005 年版，第 2 页。

② ［爱尔兰］萧伯纳：《萧翁谈乐——萧伯纳音乐散文评论选》，冷杉译，生活·读书·新知三联书店 2005 年版，第 3 页。

③ ［爱尔兰］萧伯纳：《萧翁谈乐——萧伯纳音乐散文评论选》，冷杉译，生活·读书·新知三联书店 2005 年版，第 4 页。

④ ［爱尔兰］萧伯纳：《萧翁谈乐——萧伯纳音乐散文评论选》，冷杉译，生活·读书·新知三联书店 2005 年版，第 128 页。

⑤ ［爱尔兰］萧伯纳：《萧翁谈乐——萧伯纳音乐散文评论选》，冷杉译，生活·读书·新知三联书店 2005 年版，第 158 页。

原因，更多是出自他个人的艺术品位：“勃拉姆斯在其大部头作品的首尾处惯常使用绚丽矫饰的语言，而这种语言无论在文字还是音乐上都与我的品味不符。”① 在发表这些言论四十多年之后，具体说是在1936年，萧伯纳在一则附记中表示了迟到的歉意：“在每一位作曲家的作品里，都会有一些经过句是平庸的，重复着当时音乐的老套。而每当一位天才新星升起时，面对他那些陌生甚至是‘难听’的音乐语言，谙熟音乐老套的评论家们容易只看到新作品中的平庸部分，而对其新颖独创之处视而不见。……看来我那时还没有看出勃拉姆斯音乐的独特之处，我在此道歉。”② 一个对自己的过去有如此清醒的再认，对什么是好的乐评家有如此明晰的理解的人，其乐评文字应该不难告诉我们，好的乐评家是如何谈论音乐的。

以对莫扎特音乐的评论为例，在表达自己对其音乐的偏爱时，萧伯纳的文字尽显其文学家的文采和批评家的犀利，话语透彻清楚而又生动有加，比喻和对比手法运用自如，在读者面前勾勒出了清晰灵动的形象：“我在音乐上的全部自尊和自信，都是建立在我对莫扎特音乐的真切欣赏的基础之上的。……在涉及英雄主义、激情、暴烈等极端因素的音乐领域里，所有别的音乐家都是那么亢奋与激烈，唯有莫扎特一人表现出彻底的沉着和冷静，在其他的作曲家都用铁掌狠狠抓住栏杆、并以独眼巨人般的重击狠敲它们时，莫扎特却永远对它们施以润物无声式的轻捶。在相似灵感的同样压力下，其他作曲家会把提坦写得抽风，而莫扎特却能考虑周全、举重若轻，把庞然大物写得春风化雨、简洁明快，而这也正是那些提坦迷们不待见莫扎特的原因所在。”③ 一段文字，自然地将莫扎特的音乐风

① ［爱尔兰］萧伯纳：《萧翁谈乐——萧伯纳音乐散文评论选》，冷杉译，生活·读书·新知三联书店2005年版，第128页。

② ［爱尔兰］萧伯纳：《萧翁谈乐——萧伯纳音乐散文评论选》，冷杉译，生活·读书·新知三联书店2005年版，第92页。

③ ［爱尔兰］萧伯纳：《萧翁谈乐——萧伯纳音乐散文评论选》，冷杉译，生活·读书·新知三联书店2005年版，第156页。

格，莫扎特与其他作曲家相比最为特异之处以及为什么有些听众会不喜欢莫扎特等问题放在一起并一道说清，这的确是乐评家功力的体现。而当萧伯纳的作家底色在其批评文字间洇开之时，其表达的畅快优美无疑增加了内容的说服力："贝多芬的第七交响曲之所以流行（李希特老是不厌其烦地重复它），显然要归功于它的第一乐章的那种万马奔腾的节奏，以及它末乐章的那种连跺脚带狂奔的活力，更别说它的优美的'小快板'中那段简朴的赞美诗般的曲调了。而贝多芬的第八交响曲在所有的更微妙细小之处都胜过'第七'一筹。它拥有巨大的欢乐性和细致的嬉戏性，以及完美的爽直性格和自发性；它那如丝般的天国旋律会突然从庞大的音流中析出，并如白云般轻飘仙逝；它还有许多诡秘、妖娆的和声技巧，如女人的卖弄风情，伴随着那些难以抵御的悠扬主题，在经过无数次佯攻以及撩拨人的邀请和允诺之后，突然从最意想不到的角落里钻出来扑到你的怀里，并以最意气风发的欢乐迸发使你神魂颠倒。"① 当然，萧伯纳的乐评，其思想的力度更集中地体现在如下方面：他能够敏锐地看到艺术现象之内或其背后所蕴含的社会文化意味，并用时评家的快捷干脆的笔触直戳事实的内涵与真相。"现在我们觉得不能把贝多芬的第七交响曲和瓦格纳的《汤豪舍》序曲没完没了地听下去。当我们一时听厌了它们，并意识到除了丰富的强度变化之外还有细腻的情绪变换之后，我们便踏上了真正的莫扎特音乐的鉴赏之路，并开始从别的方面——而不仅仅是它很新颖别致这一面——来估价瓦格纳最伟大的作品。目前，阻挠我们达到这一目标的障碍就是我们日常生活的沉闷乏味，它让我们放纵地需求艺术中的轰动和刺激，而心灵的迟钝和麻木又阻挠我们感知和品尝那些最细腻精致的音乐中的理性实质，这两个缺陷都是我们的文化不发达造成的后果；而只要这种画面不改观，

① ［爱尔兰］萧伯纳：《萧翁谈乐——萧伯纳音乐散文评论选》，冷杉译，生活·读书·新知三联书店2005年版，第189页。

莫扎特的音乐就只好躺在书架上尘封，但这只能使没文化的一代人更糟，而无损《唐璜》曲作者的一根毫毛。”① 面对这样的乐评文字，谁还会对乐评家的思想力度有所怀疑呢？即使有人不想接受这最后的结论，他也会想一想，乐评家为什么要这么说。

乐评文字的价值还体现在如格伦·古尔德这样的音乐家对音乐对象的思考与评判上。据《古尔德读本》的编纂人，也是古尔德本人的好友，美国著名音乐评论家提姆·佩吉（Tim Page，1954— ）所说：“对于自己喜欢的话题，古尔德总是笔耕不辍——论述阿诺德·勋伯格的文章便可以单独成册，并且没有一段文字是重复的。”② 在一篇专论勋伯格音乐文章《阿诺德·勋伯格：一种观念》中，古尔德对勋伯格的音乐史定位问题进行思考后，得出结论说勋伯格的音乐代表了从浪漫主义瓦格纳式传统中生发而出的“极简”，并以此与“17 世纪早期出现的其他作曲家无疑要比文艺复兴时期的大师简单得多”③ 这一判断相比拟，而充分肯定了勋伯格音乐之“新”（或者用德国哲学家阿多诺的话说是“进步”）。古尔德还总结到，勋伯格为全新的声音世界注入了以下影响，一是造成了听众与作曲家关系的离间，勋伯格用其激进的音乐语言隔断了听众参与和作曲家创作之间的纽带；二是提供了新的思维角度，在古尔德看来，无调性的音乐语汇具有集体感、集体意识，它悄然无声地融入了人的感官世界；三是有助于人的兽性与欲望的释放，无调性音乐让人意识到，我们的生活如同音乐般可以承受足够宽广的情感体验，以及各式各样的感情冲击。④ 在文章最后，古尔

---

① ［爱尔兰］萧伯纳：《萧翁谈乐——萧伯纳音乐散文评论选》，冷杉译，生活·读书·新知三联书店 2005 年版，第 139 页。

② ［加］格伦·古尔德著，［美］提姆·佩吉编：《古尔德读本》，庄家逊译，漓江出版社 2016 年版，引言，第 1 页。

③ ［加］格伦·古尔德著，［美］提姆·佩吉编：《古尔德读本》，庄家逊译，漓江出版社 2016 年版，第 168 页。

④ ［加］格伦·古尔德著，［美］提姆·佩吉编：《古尔德读本》，庄家逊译，漓江出版社 2016 年版，第 181—182 页。

德意味深长地谈到了勋伯格在去世前的最后一次演说，题目叫“我的进化”。演讲中，他回忆了自己在维也纳的岁月，并讲述了一段关于弗朗茨·约瑟夫一世的故事：在出席工业、艺术博览会这样的场合时，大会主席会向皇帝引荐那些重要的实业家和艺术家，在向皇帝介绍完贵宾之后，会议主席又会转向贵宾，加一句：“这是皇帝陛下。”经过数次这样的重复流程之后，皇帝轻声说道：“现在，我希望所有在场的人都认识我是谁了。”讲完这个故事后，勋伯格说：“我可以期盼五十年后，他们将认识我是谁吗?”也许阿多诺在《新音乐的哲学》一书中，把勋伯格与音乐的进步相联系，并以此与斯特拉文斯基的倒退相比较，表达了对勋伯格音乐的一种认识，而且也许会得到勋伯格的首肯，如果他真的能读到阿多诺这本书的话。但作家米兰·昆德拉（Milan Kundera，1929—　）基于为斯特拉文斯基音乐的辩护而向阿多诺提出的质疑，又使问题朝着复杂的方向发展。尤其是昆德拉用“思维短路”定位阿多诺的历史决定论色彩的音乐进步观，并对阿多诺的艺术敏感度和音乐鉴赏力提出质疑的时候，我们发现，竟然是古尔德的表述似乎更有思想深度：“我们拿着放大镜审视勋伯格，靠得太近以至于并不能做出真正的评估。今天我们口中说出的关于他的一切都是猜想的结果或者盲目的迷信，或者将他关于历史进化观点的解读视作进入其音乐的重中之重。但如果你也需要我来一番揣测，如果你接受它就像接受这样一个人的观点，他真正努力将作曲家同理论家分开，并努力不把逊于完美的逻辑（它有时左右着勋伯格的理论）与对他的作品的评价判断相混淆，那么，我的揣测就是，我们将有一天会真正地了解‘他是谁’，将来的某一天我们将懂得他是史上最伟大的作曲家之一。”① 在我看来，这段文字应该比仅仅从德国古典美学与哲学的理论背景和黑格尔对艺术不应是单纯娱乐，而

① ［加］格伦·古尔德著，［美］提姆·佩吉编：《古尔德读本》，庄家逊译，漓江出版社2016年版，第184页。

要展现真理的说教出发，标举勋伯格音乐之进步性的意义更加重大和深远，因为它真正切中了勋伯格的音乐实践及创作体验之肯綮。“多数人认同勋伯格是一股至关重要的历史性力量，却断然拒绝此人的音乐。显然，证明勋伯格是我们时代不可或缺的人物比证明他的深刻、有远见、伟大要容易得多。人们倾向于将革新者勋伯格的理论与作曲家勋伯格的真实创作区分对待，而这恰恰是折磨作曲家一生的梦魇。勋伯格只是简单地把自己视作一名作曲家，他始终坚信，自己发展出的任何创作构想都只关乎作曲。”① 据说在勋伯格最后的演讲中，还说过这样的话：“到目前为止，我想我创作音乐的原因与他人对我的定位相去甚远。”这里的“他人”不知是否包括了阿多诺，但应该不会包括古尔德。

## 三　为什么要如此谈音乐

上述音乐评论文字中，有对社会风俗的把握，对人性欲望的剖析，对审美情趣的判断，对艺术甘苦的体认，而在这些精彩的表达中，的确并未出现多少萧伯纳所谓“美索不达米亚词汇”，这也许可以说明，不用那些词汇也可以写出好的乐评，尤其是面对公众已经较为熟悉的曲目而不需对它进行对应于聆听接受层面的形式结构分析和描述的时候。但这并不等于说，“美索不达米亚词汇”对于乐评一定是有害的，或者，在文学评论中避免使用的方法也同样不能出现于音乐评论。问题的关键不在用还是不用那些音乐术语，而在于对音乐呈现于听者的听觉层面的描绘是否有存在的必要，如有必要又应该如何进行。

就乐评文字来说，如果成功地跳过和避开对作品本身的描述环节，那么

① ［加］格伦·古尔德著，［美］提姆·佩吉编：《古尔德读本》，庄家逊译，漓江出版社2016年版，第166页。

音乐专业术语出现的概率将会下降，“美索不达米亚词汇”也会变得罕见。但如果乐评者要向听众说明一曲面目新颖的作品，表述他给自己的聆听感受留下的印象，那么，对作品音响效果和声音结构的描摹就是不可避免的。比如对美国现代作曲家查尔斯·艾夫斯（Charles Edward Ives，1874—1954）的作品《黑暗中的中央公园》的分析，就不能不如此进行：“乐曲的开头部分是由琴弦发出的一种轻声的、严格说来是无调性的哼唱，各种音调的转换非常柔和而又相互交织，听上去似乎没有特定的方向。……《中央公园》的开头便是这样一个段落，它持续了一段时间而没有更多的别的东西出现，直到铜管乐在远处隐约地发出噼啪的声响。接着，便是一个钢琴乐曲的段落；再往后，是拉格泰姆音调在一片弦乐声的掩蔽之下奏响起来，声音逐渐增大，直到最后压倒了一切其他的声音——整部乐曲就此结束。这就是我们所听到的东西的一个大致轮廓。”① 的确如萧伯纳所言，如果用这样的笔法描述莎士比亚悲剧中的一段独白，将会尽显其中的荒谬和滑稽。但为什么在音乐评论文字中，这种描述又是某种程度而言必不可少的呢？对于艾夫斯这部作品的接下来的解释是这样的：“这部乐曲是一个人在黑暗中散步于中央公园时可能听到声音的一个记录或一种回响，人们可能就根据这一点确认艾夫斯创作了一部再现性的音乐作品，除此之外，别无其他。但是，在另一个层面上，这部作品就像艾夫斯的许多其他作品一样，有一种令人困惑的品质。”② 我们发现，前段对乐曲的描述对于我们把握作品的再现主题（公园之夜）和内在品质（令人困惑）都是十分有帮助甚至是必要的。这与对一个悲剧主人公的个人独白话语做语法分析的效果完全不同。那么，如何来理解这种不同呢？

---

① ［英］阿伦·瑞德莱：《音乐哲学》，王德峰、夏巍、李宏昀译，上海人民出版社2007年版，第28—29页。

② ［英］阿伦·瑞德莱：《音乐哲学》，王德峰、夏巍、李宏昀译，上海人民出版社2007年版，第29页。

对于包括文学作品在内的一般艺术作品，做语法分析式的结构描述是不适合的，但这种方法却可以用于对音乐作品的形式结构分析与说明，这一现象表明，音乐与其他艺术门类有本质上的区别，以至于适用于音乐的东西未必会适用于其他艺术门类。而对于音乐艺术的特性，它与其他艺术门类的本质不同的把握，以德国哲学家叔本华（Arthur Schopenhauer，1788—1860）的表达最为明确。“叔本华把自己关于艺术的思想纳入了他那宏大而雄心勃勃的形而上体系。在叔本华看来，现实世界的本质是‘意志’；而唯有音乐是这个‘意志’的完整‘副本’，音乐是通向现实之终极性的唯一通道。”① “意志的恰如其分的客体化便是（柏拉图的）理念；用个别事物的表现（因为这种表现永远是艺术作品本身）引起【人们】对理念的认识（这只在认识的主体也有了相应的变化时才有可能）是所有其他艺术的目的，所以这一切艺术都只是间接地，即凭借理念来把意志客体化了的。我们的世界既然并不是别的什么，而只是理念在杂多性中的显现；那么音乐，因为它跳过了理念，也完全是不依赖现象世界的，简直是无视现象世界；在某种意义上说即令这世界完全不存在，音乐却还是存在；然而对于其他艺术却不能这样说。音乐乃是全部意志的直接客体化和写照，犹如世界自身，就如理念之为这种客体化和写照一样，而理念分化为杂多之后的现象便构成个别事物的世界，所以音乐不同于其他艺术，绝不是理念的写照，而是意志自身的写照。【尽管】这理念也是意志的客体性。因此音乐的效果比其他艺术的效果要强烈得多，深入得多；因为其他艺术所说的只是阴影，而音乐所说的却是本质。”② “因为音乐并不像所有其他艺术那样表现出理念，或者说，表现出意欲（一般译为意志——笔者注）客

---

① ［英］阿伦·瑞德莱：《音乐哲学》，王德峰、夏巍、李宏昀译，上海人民出版社 2007 年版，第 176 页。

② ［德］叔本华：《作为意志和表象的世界》，石冲白译，商务印书馆 1982 年版，第 356—357 页。

体化的级别，而是要直接表现意欲本身，所以，由此可以解释为何音乐直接作用于听者的意欲，亦即直接作用于听众的感觉和情绪，在顷刻之间就能加强，甚至改变听众的情绪。”① 按照叔本华的理解，音乐是意志的直接表现，它不同于其他艺术经过了客体化为理念，进而变成杂多的现象世界。因此，从某种意义上说，音乐是无形的，是无法用语言符号对其外在形貌进行描摹的。音乐的深刻性如何用语言表达，在叔本华那里的处理方式是求助于哲学话语。叔本华的逻辑是，既然“音乐用一种最普遍的语言，用一种特有的材料——单是一些声音——而能以最大的明确性和真实性说出世界的内在本质”，而“哲学的任务并不是别的，而是在一些很普遍的概念中全面而正确地复述和表出世界的内在本质”，那么下面的论述就是顺理成章的了：“假定我们对于音乐所作的充分正确的、完备的、深入细节的说明成功了，即是说把音乐所表示的又在概念中予以一个详尽的复述成功了，那么，这同样也就会是在概念中充分地复述和说明了这个世界，或是和这种说明完全同一意义，也就会是真正的哲学。”② 这里的问题是，音乐不同于别的艺术，因此适用于别的艺术的描述说明，未必适用于音乐。音乐从某种意义上看是不可言说的。

关于音乐的不可言说性，一个具体的表现就是人们在音乐面前所感受到的语言表达的无能为力。美国作曲家、指挥家艾伦·科普兰（Aaron Copland，1900—1990）对此的表述明确而漂亮：“全部问题都可以通过下面简单的问答加以说明：‘音乐有意义吗？’我的回答是‘有的。’‘你能用语言把这个意义说清楚吗？’我的回答是‘不能’，这便是两难之处。”③ 德国浪漫主义作曲家门德尔松曾这样说：“一首我喜爱的乐曲对我表达的

---

① ［德］叔本华：《论音乐》，见《叔本华美学随笔》，韦启昌译，上海人民出版社 2014 年版，第 179 页。

② ［德］叔本华：《作为意志和表象的世界》，石冲白译，商务印书馆 1982 年版，第 366 页。

③ ［美］艾伦·科普兰：《如何听懂音乐》，曹利群译，百花文艺出版社 2017 年版，第 14 页。

思想是不能用文字来说明的，这不是因为音乐不具体，而是因为它太具体了。于是，我发现，在当我用文字来表达音乐的思想时，我感到有的好像是说对了，但同时又感到全部都说得不令人满意……”① 对此，萧伯纳也有类似看法，他总结道：“事实上，有大量具有高度诗意和高度戏剧性的感觉是仅靠语言表达不出来的，因为言辞只是思维而不是感觉的反映，而只能靠音乐来做最透彻的表达。”② 在此，尤其值得注意的是语言对音乐的可能的“损害”。英国学者阿伦·瑞德莱（Aaron Ridley，1962— ）曾指出，对于音乐作品内涵意义的语言表达本身只是对音乐的一种注解和释义，它可能帮助我们感受和理解作品，但不能代替我们对作品的切身理解，举例来说，“世界是富于威胁而可以抵抗的”这一表述可以作为贝多芬第五交响曲的文字释义或注释，但这句话不能代替人们对贝多芬这部伟大交响曲的实际聆听。如果听者的头脑胶着于这句话而不再去真实地感受作品，那么这种语言注解就是有害无益的。

然而事情的另一面也许是这样的，正因为音乐具有某种意义上的不可言说性，因此对音乐的每一次言说的尝试，都带有勉力而为的价值。这也基本上解释了，为什么对于文学作品话语表达的语法分析，是一种退行性的拆解行为，它对我们把握作品意义无所助益；而在音乐领域中，这种结构和语法分析却具有正面的意义。因为它像是一种从无到有的创制，至少是转换，而非从高级到低级的返祖或还原。问题的关键在于，如何完成从文字描述到“感觉实体”的转换。且看萧伯纳针对当时大众口味对这个问题的精彩论述：“假设您是个年轻人，正在津津有味地读《三个火枪手》，或某本司各特的传奇小说，那么，看在上帝的分儿上，您究竟能从对那些决斗、私奔、逃逸、造反和炽热恋情的单纯描述中获得多少满足呢？作为

① 转引自［英］戴里克·柯克《音乐语言》，茅于润译，人民音乐出版社1981年版，第20页。

② ［爱尔兰］萧伯纳：《萧翁谈乐——萧伯纳音乐散文评论选》，冷杉译，生活·读书·新知三联书店2005年版，第166页。

年轻人，您也许会说能获得很多满足，但假如您能找到一种书，它给您的不仅是对这些激动人心的情感的描述，而且还给您这些情感本身——热血的沸腾、神经纤维的绷紧、汗毛的直竖、身上起鸡皮疙瘩、升华超验的感觉、无所畏惧的狂怒等等——那又会怎样呢？（吉尔伯特先生把这种理想化的感觉贴切地总结为‘不用冒险的英雄主义’。）而这种书就在您的手边。请把您的《三个火枪手》塞进废纸篓，再买一本梅耶贝尔的歌剧《胡格诺派教徒》的声乐总谱吧，然后走向墙角的钢琴，坐下‘叮叮咚咚’地弹一气吧，您将在音乐中找到那种感觉的实体，而这东西一个小说家只能将它描述给您。”[①] 在萧伯纳看来，音乐提供给听众的那种“感觉的实体”只能从流动的音符中漫延开来，它的感染力是任何一个小说家的文笔力所不逮的。但问题的另一面是，要想把握无形的音乐，还不得不借助于有形的笼圈，就像古尔德所说：“有时候我们试图通过某种方式将抓不着形的音乐体验具体化，比如借助一些写好的词。”[②] 这样看来，借助语言体验音乐，又是人们不得已而为之的事了。

那么，用语言描摹情感，如果不是简单地以表示情感的名词或形容词从概念上直接地提示和定位它，人们又能通过语言复制出什么呢？英国学者彼得·斯特劳森（Peter Fredric Strwson，1919—2006）对此的见解是：“我们去描述一部艺术作品的唯一方法，应该既适合于审美评价的目的，又绝不使用评价性的语言，所以我们就只能这样说话：‘这部作品是如此这般的，等等’。我们在这样说时，是用语言把作品复制了一遍，但是，这样做无疑也并不属于‘描述的’方法。”[③] 斯特劳森的意思似乎

---

① ［爱尔兰］萧伯纳：《萧翁谈乐——萧伯纳音乐散文评论选》，冷杉译，生活·读书·新知三联书店2005年版，第179页。

② ［加］格伦·古尔德著，［美］提姆·佩吉编：《古尔德读本》，庄家逊译，漓江出版社2016年版，第383页。

③ 转引自［英］阿伦·瑞德莱《音乐哲学》，王德峰、夏巍、李宏昀译，上海人民出版社2007年版，第162页。

是，语言对作品的复现不等于对作品的描述，因为描述本身就带有描述者的意图和所谓“审美评价的目的”，从某种意义上说，这种评价目的是先于描述行为的，由这种目的所指导的行为一开始就不同于对物体的“如其所是”的描摹。这样说来，对音乐所传达情感的描述无法脱离于审美的评价目的，而“如其所是”的复制就只能用对象形式结构分析的方式进行，那么，“美索不达米亚词汇”也许就是不可避免的话语组成要素了。

其实，回归到“乐评家为什么要如此谈音乐”这个问题，真正关键之处尚不在于“美索不达米亚词汇”是否可以用于乐评，而在于音乐评论的真正目的到底何在。古尔德发挥其惯用的批判性思维，对一种可能的负面的音乐教育做了这样的设想：“或许这恰恰是整个结构复杂的音乐教育语汇中意图实现的目标——培养人们对声音中一系列有象征意味的事件作出某些反应？在整个过程中，没有真实的事件产生真实的反应，只有伪装的事件激发伪装的反应。或许，我们就像巴甫洛夫的狗一样，当认出延留的十三和弦就浑身发冷打战，而当听到属七和弦的解决就倍感舒适惬意。的确，我们知道这些都是我们期待的反馈，我们‘被教育’作出这些反应。或许我们逐渐学会用自己的能力给‘反应’贴上标签，除了讨好我们自己，它们没有其他更多的内容。于是乎，关于音乐的全部训练只是一场‘反射机制’的演示。”① 我们如何才能避免像巴甫洛夫的狗一样仅仅对某种音乐现象做出条件反射似的反应？音乐体验中真正具有人类普遍意义的东西是什么？也许，这才是真正优秀的乐评家在其即便是文浅意显的乐评文字中所能寄托的蕴藉和表达的目标。如此说来，英国学者戴里克·柯克（Deryck Cooke，1919—1976）的担心不无道理：“当我们为了人类的普遍

① ［加］格伦·古尔德著，［美］提姆·佩吉编：《古尔德读本》，庄家逊译，漓江出版社 2016 年版，第 6 页。

利益，应该像文学批评家那样去解释、说明我们这种艺术的伟大作品时，我们却愈来愈多地使自己局限于琐屑的事物之中，诸如技巧性的分析和属于音乐学的（musicological）细微末节；并且还对这种孤立的、与人类生活脱离的研究方法感到自豪。”① 然而这种困境只要人们一转念就会有望全面克服，那就是意识到，体验音乐是为了认识自己。“总之，如果一个人要去完成一项任务，从一开始——当他开始像希腊人那样进行哲学推究，并发展‘认识你自己’这个口号的时候——他就必须了解下意识中的自己；而最能明确表现下意识的语言是音乐。”② 通过引导人们体验音乐而最终认识自己，进而认识周围世界，就是音乐评论的最终目标。在全面塑造健全人格、培育文化素养方面，音乐不可替代。萧伯纳指出，音乐把文学只能提示给人们的想象的东西直接提供给人的感官。“既然如此，一个人怎能藐视音乐、或声称没有音乐也照样完成了他（或她）的文化修养呢？”③

归结一句话，对音乐结构的描述是一种为经验定形的过程，为克服面对音乐时语言的无能或无助，乐评家只能在预先设定的立意下对音乐对象加以语词化复制，并进而以作品描述指向理解和评价，其最终目的是通过理解音乐而认识我们自己。音乐是生活的一部分，是世界的一部分，我们理应正视它，而引导我们正视音乐的优秀乐评文字，其价值不可替代。

[此文系教育部人文社会科学重点研究基地重大课题“艺术理论与批评的当代形态研究”（项目号：10JJD750003）的阶段性成果]

① ［英］戴里克·柯克：《音乐语言》，茅于润译，人民音乐出版社1981年版，第2—3页。
② ［英］戴里克·柯克：《音乐语言》，茅于润译，人民音乐出版社1981年版，第2页。
③ ［爱尔兰］萧伯纳：《萧翁谈乐——萧伯纳音乐散文评论选》，冷杉译，生活·读书·新知三联书店2005年版，第182页。

# A Way of Talking about Music

## ——How Do Music Critics Talk about Music

Ling Chenguang

**Abstract** Compared with literary critics, music critics writing are significantly different, which use some musical terminology that the difference is more obvious. The real problem is a must face and solve the problem is caused by a certain degree of the ineffability of music. The music critics managed to stay in terms of description, interpretation and evaluation of music and music phenomenon, through the understanding of music and commentary, into people's emotional and spiritual realm, in order to reach their ultimate goal. In a sense, facing music is facing ourselves, and the value of music criticism lies in this.

**Keywords** Music Commentary; Discourse; Description; Interpretation; Evaluation

**Author** Ling Chenguang (1965—), from Ningbo, Zhejiang, Ph. D., professor of Shandong University School of Letters. Mainly engaged in the research of literary theory and art criticism theory.

# 马克思主义文论

Marxist Literary Theory

# 马克思主义视域中的俄国形式主义价值重估

杨建刚

**摘要** 作为20世纪文论史上最为重要的理论思潮，马克思主义虽然与俄国形式主义在文学观念、研究方法和价值立场等方面均有所不同，但在发展过程中却也与其发生了深度的对话。与20年代苏联马克思主义者将俄国形式主义作为资产阶级的美学遗产而加以批判不同，西方重要的马克思主义文学理论家都在不同的语境中，从不同的角度，对俄国形式主义进行了学理批判和价值重估。巴赫金把俄国形式主义看作马克思主义的"好的敌手"、詹姆逊认为它仍是"语言牢笼"中的"囚徒"、本尼特视它为一份"丢失的遗产"，而伊格尔顿则将它作为重建马克思主义阅读理论的重要方法。时值俄国形式主义诞生100周年之际，考察马克思主义者对俄国形式主义价值重估的历程和角度，对于俄国形式主义学术价值的再挖掘和中国文论的未来发展都具有参考价值。

**关键词** 好的敌手；语言牢笼；丢失的遗产；阅读方法

**作者简介** 杨建刚，陕西三原人，山东大学文艺美学研究中心副教授、文学博士。

以1917年什克洛夫斯基发表他的代表性论文《艺术即手法》这个时间点开始计算，俄国形式主义已经经历了整整100年的发展历程。作为理论现代化的起点，它开启了文学理论的科学范式，与布拉格学派、法国结构主义、英美新批评，乃至解构主义一同构成了西方文论中的形式论学派。作为20世纪文论史上最为重要的理论思潮，马克思主义虽然与俄国形式主义在文学观念、研究方法和价值立场等方面均有所不同，但在发展过程中却也与其发生了深度的对话。与20年代苏联马克思主义者将俄国形式主义作为资产阶级的美学遗产而加以批判不同，巴赫金、詹姆逊、本尼特和伊格尔顿等重要的马克思主义文学理论家都在不同的语境中，从不同的角度，对俄国形式主义进行了价值重估，通过对它的观点和方法进行辨析、批判和借鉴而将其作为理论资源纳入马克思主义文学理论的建构之中，从而丰富和发展了马克思主义。因此，在俄国形式主义诞生100周年之际，对一个世纪以来马克思主义与俄国形式主义的对话历程，以及重要的马克思主义文艺理论家对俄国形式主义进行学理批判和价值重估的角度与方法加以分析和研究，对于俄国形式主义的学术价值的再挖掘和马克思主义文学理论的当代发展都是极有必要的。

## 巴赫金：作为“好的敌手”的形式主义

在20世纪20年代的苏联马克思主义者中，对待俄国形式主义以及文学艺术中的形式主义方法的态度是充满争议的。在十月革命至20年代前几年，刚刚掌握政权的苏维埃政府的工作重心在于政治和经济领域，对文化和文学艺术问题尚无暇顾及。但是，当政治局势变得稳定、经济危机也得以缓解之后，为使马克思主义在意识形态领域内取得领导权，在批评领域已经取得突飞猛进的发展的形式主义自然成为马克思主义的重要“敌手”。这一批判首先由托洛茨基于1923年发起，卢纳察尔斯基紧随其后，直至30年代初期形式主义在俄国的文学批评界真正式微乃至消亡。虽然托洛茨基和卢纳察尔斯基都承认形式的重要性，认为形式主义学派具有重要的学术史价值，如果能够“限定在合理的范围内”，就会“有助于阐释形式的艺术心理特点（形式的精练性、迅速性、对比性、夸张性等）”①，但是，

① ［苏］托洛茨基：《文学与革命》，刘文飞等译，外国文学出版社1992年版，第152页。

他们恰恰没有意识到这一点而超出了这个“合理的范围”，没有将形式主义作为马克思主义批评的一种辅助和补充，相反将其作为文学研究中唯一全面而正确的方法。从政治性质角度来看，他们都认为俄国形式主义是“被移回俄国、重归故里的资产阶级滞后成熟或早已熟透的产物”①。俄国形式主义的出现是资产阶级的一场保卫战，而形式主义与马克思主义的矛盾是资产阶级立宪民主制与共产主义之间矛盾的间接表现。因此，展开对形式主义的批判也就成为刚刚取得政权的马克思主义者为了巩固政权、在意识形态领域内获得领导权的一次主动出击。

巴赫金的学术研究并不具有官方色彩，因而可以理性地从学术的角度认识和评估形式主义的学术价值。在巴赫金看来，思想的本质是对话性的，思想只有在对话中才能够得到完善和发展。而要使这种对话富有成效，选择一个既有学术价值又有足够分量的“敌手”就非常重要，甚至“给予好的敌手的评价，应当比给予坏的战友的评价高得多”②。在马克思主义文艺学这一年轻学科的建设过程中，那些庸俗社会学就是“坏的战友”，而俄国形式主义则是其“好的敌手”。之所以说俄国形式主义是“敌手”，是因为它在“确定特点”问题上的理论倾向与马克思主义的倾向是“完全对立”的，而“确定特点”恰恰是建立马克思主义文艺学的“首要任务”。这个“敌手”之所以是“好的”，则是因为“形式主义总的来说起过有益的作用。它把文学科学的极其重要的问题提上日程，而且提得十分尖锐，以至于现在无法回避和忽视它们。尽管没有解决这些问题，但是他们的错误本身、这些错误的大胆和始终一贯，更使人们把注意力集中到提出的问题上”。③ 但是，形式主义的这种学术价值并没有被马克思主义理

---

① ［苏］卢纳察尔斯基：《艺术及其最新形式》，郭家申译，百花文艺出版社 1998 年版，第 315 页。

② 《巴赫金全集》（第二卷），钱中文主编，河北教育出版社 2009 年版，第 336 页。

③ 《巴赫金全集》（第二卷），钱中文主编，河北教育出版社 2009 年版，第 335 页。

论家正确认识，形式主义也没有被作为马克思主义的有力补充。相反，他们对形式主义的批判并不是一种学术意义上的“正面的交锋”，而是一种政治性的“背后打击”。也正是这种对话立场的缺失使马克思主义失去了吸收和借鉴形式主义合理价值的机会，从而影响了马克思主义的发展。因此，巴赫金认为：“马克思主义尤其不能避开形式方法，因为形式主义者正是作为鉴别家出现的，他们在俄国文学科学中确定几乎是第一个扮演了这个角色。”①

马克思主义文艺学要取得新的发展，就不能在马克思主义与形式主义之间采取非此即彼的二元对立态度，不能在批判形式主义的错误倾向的同时连同其学说中的合理部分也一并抛弃。正确的态度应该是，深入形式主义学说内部，对形式主义者的每一个论据从学理上加以检验和辩驳，因为只有切实地“通过形式主义”，才能够真正地“超越形式主义”。正是基于这一学术理念和方法，巴赫金从马克思主义的立场出发展开了对形式主义的客观分析和学理批判。

从方法论角度来看，巴赫金认为，庸俗社会学属于“非诗学的社会学”，俄国形式主义是“非社会学的诗学”，而马克思主义文艺学则应该是一种全新的“社会学诗学”。这种“社会学诗学”提倡一种整体性文学观，反对将文学简单割裂为形式与内容、内在性与外在性的二元对立。形式主义者强调文学的自律性，试图通过把文学的本体归结为形式而“觊觎艺术科学的立法者地位”，但只是“在真正的科学尚未诞生时草率而自负地标榜科学性”②，最终“演变成了一种‘形式主义的世界观’”③。

什克洛夫斯基的“旗帜”和“纺纱”比喻作为一种宣言，从理论层面

---

① 《巴赫金全集》（第二卷），钱中文主编，河北教育出版社2009年版，第152页。
② 《巴赫金全集》（第一卷），钱中文主编，河北教育出版社2009年版，第315页。
③ 《巴赫金全集》（第二卷），钱中文主编，河北教育出版社2009年版，第3页。

将形式主义的目标提得非常响亮，然而，正如任何“新的东西在其发展的早期，及最富创造性的阶段上，向来是表现为片面的、极端的形式”① 一样，也正是这种极端而片面的宣言使俄国形式主义长期以来备受诟病。但是，从学术史的视角来看，形式主义是针对俄国艺术理论中的“内容美学”的激烈回应，仅仅属于“历史中的一种情绪”，是特定时期的历史产物。只是出于论争的目的，形式主义才“做过了头”，从而使其观点显得极端化。不可否认的是，那些极力批判形式主义的人往往都是以此宣言为靶子，并没有真正进入形式主义者的批评实践内部，而他们的批评实践就要比他们的宣言温和得多。

形式主义者认为只有以语言学为基础才能建立真正的文学科学，因此提倡在诗歌研究中“复活”词语。在巴赫金看来，形式主义“复活词语”的积极方面在于对曾经被内容美学忽视的那些诗歌大师的浓厚兴趣，并使俄国文艺学中长期以来极少关注的文学的形式、结构、技巧、情节等因素“首次成为严肃的研究对象”。在诗歌语音结构领域中的所有研究中，形式主义者也达到了比象征主义者“更高的学术水平”。但是其消极方面也极为明显，甚至对形式主义的发展是致命的。形式主义在“复活词语”的同时，却因为割裂词语与其意识形态内涵的关联而使它陷入了“彻头彻尾”的“消极的虚无主义倾向”。诗歌语言与实用语言的区分是形式主义理论的方法论基础，但是二者之间的界限并不明确。一种语言是诗歌语言还是实用语言并不取决于其语言学特征，而是基于其特殊用法。“它只有在艺术作品中具有结构功能时，才成为诗歌语言。离开艺术结构，它作为一种特殊语言，如同法语、德语和其他语言一样，是非诗歌语言。”② 只有实用语言失去了新鲜性而变得自动化了的时候，诗

① 《巴赫金全集》（第四卷），钱中文主编，河北教育出版社2009年版，第442页。
② 《巴赫金全集》（第二卷），钱中文主编，河北教育出版社2009年版，第209页。

歌语言才能够登台。因此，巴赫金认为，“形式主义的理论就是让诗歌语言过这种寄生生活”。①

形式主义者反对形式与内容的二分法，提出了材料和手法的替代性方案。但是，巴赫金认为，把诗学结构区分为材料和手法是缺乏根据的，因为所有被形式主义归为材料的一切也都具有结构的意义，而被他们称为手法的东西却是空洞的、没有任何内容的公式。在审美活动中，内容和形式共同构成了一个审美客体。“审美客体”不仅包含了内容和形式，而且包含了读者、作者和作品等诸多要素，是艺术活动中所有因素所构成的整体艺术世界。在审美客体中没有内容和形式的严格区分，哲学的、政治的、宗教的和伦理的等意识形态内容必须转化为形式，并表现为艺术形式才能具有审美价值。审美价值的实现不仅仅依赖于形式，还包括丰富的意识形态内容，二者的相互融合才能够构成一个完美的艺术世界。

陌生化是形式主义的核心概念和理论基石。什克洛夫斯基引用托尔斯泰作品中“以马的眼光看待世界”的例子来强调陌生化的语言所带来的新奇感，但是，在巴赫金看来，什克洛夫斯基对托尔斯泰的理解是错误的，因为托尔斯泰使用这种陌生化手法并不仅仅是为了事物本身的奇异化，也不仅仅是让读者感受到物本身；相反，他的真正目的是“别的事物”，即揭示其中所包含的道德价值和意识形态意义。可见，什克洛夫斯基事实上是对陌生化手法的一种“纯消极的理解”，而为了“不惜代价”地推行这种理解，他恰恰在“强行改变”托尔斯泰的陌生化手法的道德内涵。在什克洛夫斯基的观念里，手法总是被置于与含义、思想、艺术真实、社会内容等相对立的地位，甚至认为，在艺术中这一切都是不存在的，艺术所拥有的仅仅是手法。显而易见，在什克洛夫斯基的陌生化概念中始终贯穿着一种“论战的和甚至悖谬

① 《巴赫金全集》（第二卷），钱中文主编，河北教育出版社2009年版，第221页。

得令人吃惊的口气”①。

形式主义者的文学史观以“自动化—可感觉性”的对立为基础，文学的发展就是这种新旧形式不断演替的过程，其发展不是社会历史文化发展的需要所推动的，而是由文学艺术自身内部打破自动化接受的心理需求推动。巴赫金认为这是一种心理主义和非历史的文学史观，它深植于形式主义理论的基础之中，修正和放弃这些前提，形式主义者的整个理论就会完全崩溃。马克思主义强调历史的作用力，文学的发展是社会历史推动的结果，这种历史的范畴在形式主义的学说中是没有基础的。对形式主义者来说，“历史只是一个堆放用来说明他们的理论主张的大量材料的仓库”，而“对历史的这种态度，在很大程度上使得形式主义者不容易及时地认识自己的错误和及时地修正他们最初的学说的基本原理”。②

如果说托洛茨基和卢纳察尔斯基从建立马克思主义文化领导权的立场出发把形式主义看作意识形态领域内的“坏的敌手”，那么巴赫金则是从建构马克思主义文艺学的学术立场出发把形式主义看作文学艺术领域内的“好的敌手”。巴赫金看待形式主义的学术立场使他不同于西方学术界把俄国形式主义的衰亡看作政治压迫的结果，而是认为由于形式主义自身体系的封闭性使其失去了向前推进的动力。形式主义不能够适应变化着的社会历史现实，以至于在20世纪20年代后期，伴随着其得以产生的文学环境的改变，形式主义也就跟着走向了自己的终点。

## 詹姆逊：作为“语言牢笼”中的“囚徒”的形式主义

虽然厄利希的经典著作《俄国形式主义：历史与学说》早在1955年

① 《巴赫金全集》（第二卷），钱中文主编，河北教育出版社2009年版，第184页。
② 《巴赫金全集》（第二卷），钱中文主编，河北教育出版社2009年版，第332—334页。

就由海牙出版社出版，但遗憾的是，及至70年代，俄国形式主义对美国批评界的影响是非常小，而结构主义更是为美国学术界所陌生。因此，为了将这两股思潮向美国学术界予以“概括性介绍”，同时也对它们的基本方法论予以辩证而客观的“不能简单地全盘接受或全盘否定”的“批评”，詹姆逊写作了《语言的牢笼》一书。

詹姆逊认为，美国学术界之所以对形式主义的兴趣不浓，原因在于仅仅把形式主义看作斯拉夫学者的精神遗产；而结构主义方法在美国的学术氛围中也不合时宜，因为美国批评家们往往把文学构造本身归入已经消失或正在消失的手工技艺及其他技能的行列。但是，从理论自身的学术价值来看，不可否认的是，形式主义“提出了深远的见解，这些见解结构独特，与传统‘方法’提出的见解完全不同”[①]。因此，在美国的学术氛围中，尤其是在马克思主义的立场上，对俄国形式主义和结构主义的学术价值予以重估，不仅有利于二者在美国的传播，更有利于美国文学批评的发展。

在詹姆逊看来，索绪尔的结构语言学在20世纪的西方学术界促成了一个“思想上的大解放”，并作为语言学转向的重要组成部分带来了人文社会科学领域的一次范式革命，即“以语言为模式！按照语言学的逻辑把一切从头再思考一遍！”。[②] 索绪尔语言学是语言学革命的方法论基础，而俄国形式主义和结构主义则是建立于其上的“取得了最有实质性和最持久的成就”的两个“同族通婚的亲属系统中的表兄弟”。因此，“澄清索绪尔的语言学提出的共时方法和时间与历史现实之间可能发生的各种关系”就是其首要任务。索绪尔为语言学研究提供了一种共时模式以及系统、差异、

① ［美］弗雷德里克·詹姆逊：《语言的牢笼　马克思主义与形式》，钱佼汝等译，百花洲文艺出版社1997年版，第72页。

② ［美］弗雷德里克·詹姆逊：《语言的牢笼　马克思主义与形式》，钱佼汝等译，百花洲文艺出版社1997年版，第2页。

对立等方法论原则，詹姆逊对此给予了充分的肯定，认为它使语言学作为一种模式和一种给人以启示的比喻重新回到了文学和哲学领域，而且是“像一门真正的科学的样子而堂堂正正地回来的”①。在索绪尔语言学的影响下，20 世纪的文学和哲学研究不再停留在对主观经验的分析和描述，而成为一种新的科学。但是，尽管如此，詹姆逊也认识到，从马克思主义的角度来看，索绪尔对共时与历时的区分是不顾历史也不符合辩证法的，而“唯一的解决办法是把整个问题提到一个更高的辩证水平上，选择一个新的出发点，按新的范畴把有关的问题彻底重新提出”②。正是基于对索绪尔语言学的学术价值和历史局限的辩证分析，詹姆逊展开了对建立于其基础之上的俄国形式主义和法国结构主义的分析和批判。

对于俄国形式主义的历史命运、研究方法和学术贡献，詹姆逊给予了“同情之理解”。在詹姆逊看来，“什克洛夫斯基本人的观点既是俄国形式主义的出发点，也是它自身内部矛盾的发源地”。③ 什克洛夫斯基为形式主义奠定了理论基础，而他的宣言和口号的局限性也极大地束缚了形式主义的批评实践。与巴赫金对俄国形式主义在“确定特点”问题上的肯定一样，詹姆逊也认为俄国形式主义者把文学的内在因素与外在因素分离开来，坚持回归文学自身，以文学形式为本体，以文学的语言和技法为研究中心的理论定位和研究方法“已经很辩证”了。因此，尽管形式主义存在诸多缺陷，也不管其系统思维的最终价值如何，现代文学批评必须从他们所设定的这一新的起点开始。俄国形式主义与英美新批评尽管具有类似的学术取向和研究方法，但是在诸多方面具有远比新批评派更积极、更辩证

---

① ［美］弗雷德里克·詹姆逊：《语言的牢笼　马克思主义与形式》，钱佼汝等译，百花洲文艺出版社 1997 年版，第 2 页。

② ［美］弗雷德里克·詹姆逊：《语言的牢笼　马克思主义与形式》，钱佼汝等译，百花洲文艺出版社 1997 年版，第 15 页。

③ ［美］弗雷德里克·詹姆逊：《语言的牢笼　马克思主义与形式》，钱佼汝等译，百花洲文艺出版社 1997 年版，第 39 页。

的态度。除了重新确定了文学的研究对象之外，什克洛夫斯基的另一贡献就是提出了陌生化这一具有奠基性的重要概念。詹姆逊充分肯定了陌生化的理论价值：陌生化把纯文学系统与任何其他的语言使用形式区别开来，从而推动了现代文学理论的建立；陌生化使文学作品的共时系统中的各要素根据更新艺术感知这一最终目的的不同作用而构成了一种等级；陌生化包含着一种文学史观念，不同共时系统的更替是一种历史的突变，暗含着向历时研究的回归。但与此同时，詹姆逊也注意到，陌生化并不是形式主义者的首创，它作为一种艺术手法具有悠久的传统，并往往被用于政治和社会目的。“它不再将我们的注意力引向人类生活自然的和形而上的境况中，而是指向人类生活的不合理的社会结构，而我们则已经把这种结构理所当然地视为某种自然的、永恒的东西，所以急需对它进行陌生化的处理。”[①] 然而，什克洛夫斯基仅仅把陌生化限定在文学的领域内，其政治价值和伦理意义被悬置了，而布莱希特的间离效果和马尔库塞的新感性正是在这一点上对什克洛夫斯基的陌生化进行了补充和发展。而且，什克洛夫斯基在论述陌生化时出现了两个大的转移，即由内容中的陌生化向形式中的陌生化的转移和由强调本体到强调技法的转移。这种定位的游移使其理论本身具有了一定的模糊性和含混性。他把暴露技法作为陌生化的手段，但对技法的过度强调使形式主义者像新批评家一样“把鹅妈妈的童谣拆得鸡零狗碎”，系统的文学整体被肢解为各种形式要素的拼贴和组装。更为重要的是，形式主义的理论和方法在诗歌研究方面较有说服力，但在小说研究中其解释力则大为削弱，普罗普对民间故事的结构分析方法就难以应用于变化多样的长篇小说。

詹姆逊认为，如果说俄国形式主义“最终关心的是如何以整个文学系

① ［美］弗雷德里克·詹姆逊：《语言的牢笼　马克思主义与形式》，钱佼汝等译，百花洲文艺出版社 1997 年版，第 47 页。

统（语言）为背景来区别看待每一部艺术作品（言语）"，那么它的"表兄弟"结构主义"则将作为语言的部分表现形式的个别单位重新融入语言，以描述整个符号系统的结构为己任"①。索绪尔的共时语言学在为二者提供了卓有成效的方法论的同时也成为其进一步发展的桎梏。因此，与巴赫金认为什克洛夫斯基已经把"被俘的诗歌词语领出监狱"② 不同，詹姆逊认为俄国形式主义尤其是结构主义依然是困于索绪尔所建构的"语言的牢笼"之中的"囚徒"。而要将其解救出来唯有将"共时分析和历史意识、结构和自我意识、语言和历史"重新结合起来，这正是马克思主义之所长。詹姆逊认为马克思主义是"一条无法逾越的地平线"，它可以将知识市场上的所有理论纳入其中而成为自身建构的有效成分。因此，与苏联马克思主义对形式主义的拒斥和否定不同，詹姆逊"决不认为形式主义——无论捷克的还是俄国的——同马克思主义是不可调和的"③，而结构主义则完全是马克思主义问题性中的一部分，并"大大得益于马克思主义"④。他自己早期的三部代表作《语言的牢笼》、《马克思主义与形式》和《政治无意识》的主要目的就是通过将形式主义（结构主义）与马克思主义结合起来建构一种"马克思主义的文本阐释学"，借用形式主义的结构分析方法挖掘文本深层的"政治无意识"。正是基于这一方法论，学术界将他的学说命名为"社会形式诗学"，他自己也干脆用"马克思主义与形式"概括自己一生的学术努力。

---

① ［美］弗雷德里克·詹姆逊：《语言的牢笼　马克思主义与形式》，钱佼汝等译，百花洲文艺出版社1997年版，第83页。

② 《巴赫金全集》（第二卷），钱中文主编，河北教育出版社2009年版，第177页。

③ ［美］弗雷德里克·詹姆逊：《语言的牢笼　马克思主义与形式》，钱佼汝等译，百花洲文艺出版社1997年版，第347页。

④ ［美］弗雷德里克·詹姆逊：《语言的牢笼　马克思主义与形式》，钱佼汝等译，百花洲文艺出版社1997年版，第84页。

## 本尼特：作为“丢失的遗产”的形式主义

托尼·本尼特的《形式主义和马克思主义》是西方学术界研究二者关系的一部力作。在这部著作中，本尼特不仅对俄国形式主义的理论和方法进行了分析，而且对马克思主义与形式主义对话的历史及其可能性进行了深入探讨。本尼特认为：“俄国形式主义的确要比仓促的马克思主义更完善，它远远不是单纯地关注纯粹的技术问题，他们的研究引发了那些传统的文学描述中面临的严重且基本的问题。”① 因此，与苏联马克思主义者把形式主义作为敌手而展开批判不同，“形式主义更应该受到马克思主义批评家的认真对待和同情理解”。而且，通过对形式主义著作的“批评性重审”，马克思主义文学批评中所遇到的很多问题都能得到“部分地纠正”。从马克思主义视角中重新审视和评估形式主义这一“丢失的遗产”，并将其吸收进马克思主义文学批评的建构之中，将是克服马克思主义面临的诸多困难并推动马克思主义文学批评未来发展的一条有效路径。

通过对苏联马克思主义的俄国形式主义批判、巴赫金在二者之间对话的尝试以及阿尔都塞与形式主义之间的相似性等问题的分析，本尼特认为，根本没有必要去“要求”或“创造”形式主义和马克思主义之间的对话，因为事实上这种对话已经进行，而且还特别富有成效，而他写作此书的目的就是要“将两种传统的思想杂糅在一起——形式主义与其后兴起的阿尔都塞主义的文学批评——来寻找因而会产生怎样的批评的摩擦”②。要做到这一点，对形式主义的学说和方法进行“地基清理”式的辨析便是其

① ［英］托尼·本尼特：《形式主义和马克思主义》，曾军等译，河南大学出版社2011年版，第171页。

② ［英］托尼·本尼特：《形式主义和马克思主义》，曾军等译，河南大学出版社2011年版，第168页。

首要工作。本尼特认为："形式主义从索绪尔那里继承的遗产本质上是一把双刃剑。"[①] 索绪尔对共时语言学和历时语言学、语言和言语、能指和所指的区分为文学研究提供了一种结构主义分析方法，使文学研究在共时的层面上展开。但是，"文学并不是关于语言的作品而是使用语言的作品，是一种自主实践，一种有别于其他的、由对日常语言的加工组成的独特实践"[②]，以此为基础的形式主义者的文学研究也就自然将社会、历史等因素悬置了起来，放在了括号里。因此，本尼特将索绪尔的语言观和形式主义的文学系统观比喻为东方神话中的"会飞的魔毯"："二者都盘旋于空中，都从这个方向或那个方向起飞，因为都没有解释它们如何被推动的方式，所以人们只能得出结论，它们具有魔力。"[③]

俄国形式主义的目的是建立一门独立的文学科学，而任何一门科学的建立首先要做的就是确定其对象。在形式主义者看来，其研究对象就是文学性，即"使一部作品成为文学作品的东西"。表面看来，形式主义者把"文学性"作为文学的本质，并"把文学概念作为超越历史的抽象概念"，从而建构一种"文本形而上学"。但是，在本尼特看来，形式主义的理论是反本质主义的，因为其文学性并不是"一种纯粹形式的属性、一种内在特性"，而是一种由陌生化这一孪生概念所定义的关系属性，或者一种语言的使用效果。正是这种反本质主义的理论立场，促使形式主义者把研究重心并不聚焦于特定的文本，而是"文本间的关系系统"。也就是说，文学性并不存在于特定的文本中，而是存在于"文本内部及文本间的互文关系"中。这样，文学性就不再是固定的，而是流动的，同一文本在不同的

① ［英］托尼·本尼特：《形式主义和马克思主义》，曾军等译，河南大学出版社2011年版，第61页。

② ［英］托尼·本尼特：《形式主义和马克思主义》，曾军等译，河南大学出版社2011年版，第38页。

③ ［英］托尼·本尼特：《形式主义和马克思主义》，曾军等译，河南大学出版社2011年版，第62页。

关系系统中也就具有了文学和非文学的双重性。在本尼特看来，巴赫金与形式主义一样，都看到了文学文本在“文学系统”中的特定位置对于文学的功能和价值的意义，但同时也认识到文学的功能和价值并不是抽象的，而是要放到具体的历史情境中才能够得以理解和阐释。巴赫金通过马克思主义的立场对形式主义的批判与超越为马克思主义与形式主义的对话提供了典范。通过这种对话，巴赫金“为马克思主义批评勾勒了一个新的领域，一个不间断的、历史的领域”。这种“历史诗学”的建构也使巴赫金本人成为“我们时代的理论英雄”①。本尼特认为，遗憾的是，巴赫金所开创的这种富有成效的对话尝试却被卢卡奇及其主张的反映论阻断了，直到20世纪60年代阿尔都塞学派兴起之后，这种对话才再一次成为一种极具生产性的理论方法。显然，本尼特对卢卡奇的理解有误，但他对阿尔都塞与形式主义之间对话的可能性的认识却是准确的。

本尼特指出，阿尔都塞“开辟了一套马克思主义的全新关注，一种与形式主义者相似地看问题的新方法，并对马克思主义文学批评产生影响”②。正是阿尔都塞的创造性工作，才使马克思主义与形式主义之间的对话成为可能。在阿尔都塞的哲学体系中，科学、文学与意识形态之间不存在从属关系，而是平行且同时发生的，并构成了一个稳定结构。文学艺术处于科学和意识形态的中间地带，因此也具有科学和意识形态的双重属性。文学不是意识形态的直接反映，而是通过艺术的方式使人们“看到”“觉察到”和“感觉到”意识形态。也就是说，要正确理解文学的含义和意义，就需要将其作为界于科学和意识形态之间的调停者或斡旋者，因为它的“美学效应”显现于其“知识效应”和“意识形态效应”的相互作

① ［英］托尼·本尼特：《形式主义和马克思主义》，曾军等译，河南大学出版社2011年版，第177页。

② ［英］托尼·本尼特：《形式主义和马克思主义》，曾军等译，河南大学出版社2011年版，第31页。

用中。正是在这个意义上，本尼特认为，阿尔都塞与俄国形式主义之间具有理论的一致性。在形式主义者看来，文学艺术是通过陌生化的语言而使读者的感知复杂化，并在这个认知过程中产生审美感受。同样，在阿尔都塞这里，文学艺术不是意识形态的直接呈现，而是将其融化于一个美丽的故事或艺术的形式之中，使读者在阅读故事或直观形式的过程中，“看到”、“觉察到”和“感觉到”其中所蕴含的意识形态。

阿尔都塞与俄国形式主义之间的这种相似性，以及二者之间的对话，为“后阿尔都塞主义”或“阿尔都塞学派”的理论建构奠定了基础并提供了方向。阿尔都塞的弟子马歇雷和伊格尔顿的文学生产理论，以及雷内·巴利巴尔（Renée Balibar）和多米尼科·拉波特（Dominique Laporte）对文学与社会进程关系的探讨，就是在这个方向上所取得的理论成就。正因为如此，本尼特认为，“阿尔都塞他们遗留下的工作是寄生于形式主义的”，或者更准确地说，这些马克思主义文学理论本身就是形式主义的“特殊变体”。[①] 正是基于与俄国形式主义的这种关联性，本尼特认识到，俄国形式主义既是阿尔都塞学派文学批评的出发点，也是其因循守旧、墨守成规这一主要缺陷的发源地。正是出于对二者的相关性以及彼此的成就和缺陷的认识，他看到了在二者之间进行对话的可能性。因此，相对于巴赫金和詹姆逊，我们可以说，本尼特的研究是以一个阿尔都塞主义者的立场，通过对形式主义的理论与方法进行重估和借鉴来丰富和发展马克思主义文学批评。

## 伊格尔顿：作为“阅读方法”的形式主义

伊格尔顿把什克洛夫斯基的《艺术即手法》这篇文章的发表作为现代

① ［英］托尼·本尼特：《形式主义和马克思主义》，曾军等译，河南大学出版社 2011 年版，第 119 页。

文学理论诞生的标志，因为他所倡导的建立独立的文学科学的目标和方法使其与以模仿说和表现说为代表的传统文论区别开来，并开启了以文学自身为主要研究对象的新范式。更重要的是，形式主义的某些观念和方法符合伊格尔顿所主张的马克思主义文学理论和批评理念，并可以为建立马克思主义的“阅读理论”提供一种行之有效的方法论。

伊格尔顿认为马克思主义文学理论和批评具有人类学的、政治的、意识形态的和经济的这四种基本模式。其中，意识形态批评模式不只关注文学艺术的内容中的意识形态，更把“形式的意识形态”作为核心内容。在伊格尔顿看来，“马克思主义批评不只是一种‘文学社会学’，只考虑小说怎样获得出版，是否提到工人阶级等等。马克思主义批评的目的是更充分地阐明文学作品；这意味着要敏锐地注意文学作品的形式、风格和含义。但是，它也意味着把这些形式、风格和含义作为特定历史下的产物来理解”。[①] 也就是说，“形式的意识形态”既可以避免单纯的形式主义，又可以避开庸俗社会学，而是通过对作品的形式分析来挖掘文本深层的意识形态信息。正是基于这一理念，伊格尔顿对卢卡奇和阿多诺等西方马克思主义者的形式观极为赞赏，并进而建构了自己的文学生产理论，用以分析社会意识形态和作家意识形态等如何转化为审美意识形态而进入文本的。近年来，伊格尔顿发现马克思主义批评家，尤其是青年学生，缺乏一种文学阅读和文本分析的训练和能力，因此开始从马克思主义的视角思考我们到底该“怎样读文学”的问题。在《如何读诗》和《文学阅读指南》这两本新著中，伊格尔顿对形式主义的基本理念和方法进行了辨析，并在此基础上阐明了自己的马克思主义阅读观。

在伊格尔顿看来，作为一个文学理论家和政治批评家，如果对作品

① ［英］特里·伊格尔顿：《马克思主义与文学批评》，文宝译，人民文学出版社 1980 年版，第 6 页。

的语言没有一定的敏感度，那么他就既不可能提出政治问题，也不可能提出理论问题。而要提高对语言的敏感度，首要的工作就是阅读，而且是认认真真地通过“慢读”细察文学的形式和技巧，感受文学语言的魅力。学文学的人最经常犯的错误就是直奔“说什么”而不管“怎么说的”，这种阅读方式就是将作品的“文学性”弃之不顾。事实上，“文学作品既有报道性，也有修辞性。它需要读者高度警觉的阅读，警觉于它的口吻、气氛、速度、体裁、句法、语法、肌理、节奏、叙事结构、标点、多义性——乃至一切可归为‘形式’的东西”①。但是，对文学形式的把握并不是文学阅读的最终目的。“人们有时谈到挖掘诗歌语言‘背后’的思想，但这一空间隐喻是一种误导。因为语言并不像是一种用后即可扔掉的玻璃纸，有现成的思想包裹于其中。相反，一首诗的语言就是其思想的构型。”② 因此，马克思主义的阅读观就是“提倡用作品的形式来判断作品的内容”③。

以此理念为出发点，形式主义的基本观点就要进行全新的审视。伊格尔顿认为俄国形式主义是“把诗定义为能指对所指的超越的第一个现代批评流派”，但是他们的缺陷也非常明显，因为“对语言比通常更敏感，并非必然意味着语言要特别地‘被重视’。一首诗可以是在语言上具有创造性的，却不去炫耀地突出这一事实。也就是说，是在它们所建立的能指和所指两者之间的比例有所不同。所有诗歌流派，或不同的文化时期，或相同诗人写的不同作品，也是如此。正是这一点被俄国形式主义者在很大程度上忽视了”。④ 虽然把诗定义为“增高、丰富和强化的言语”有一定的合理性，但是不容忽视的是，诗也是一种“道德的陈述”。诗歌不只是一种

① ［英］特里·伊格尔顿：《文学阅读指南》，范浩译，河南大学出版社 2015 年版，第 2 页。
② ［英］特里·伊格尔顿：《如何读诗》，陈太胜译，北京大学出版社 2016 年版，第 3 页。
③ ［英］特里·伊格尔顿：《文学阅读指南》，范浩译，河南大学出版社 2015 年版，第 3 页。
④ ［英］特里·伊格尔顿：《如何读诗》，陈太胜译，北京大学出版社 2016 年版，第 68—69 页。

“语言艺术”，它还是一种“社会活动”。从言语行为理论的角度来看，“诗是行动，不单是纸面上的事物。我们可以把一首诗想成声音和意义的模式；但我们也可以把它看成意在达成某件事的策略”。① 因此，仅仅从语言的层面把握诗是不够的，还应该关注诗的言语效果和社会效应，而要做到这一点就要对形式主义的文学观予以扬弃。

形式主义者认为，文学性就是“使文学成为文学的东西”，但是伊格尔顿认识到，文学性并不等同于文学，文学性可以蔓延到玩笑话、谜语和广告语等非文学之中，而一些像现实主义小说这样的文学作品中文学性却可能相对稀少。文学性并不具有固定的本质，而是一个话语之间的差异性关系，可见文学性并不是判断一段文字是不是文学的一个好的标准，因此伊格尔顿更加赞同莫里斯和卡勒所主张的“文学就像杂草”这一比喻。形式主义把陌生化作为文学性的核心要素，而对标准语言、日常语言和诗歌语言的区分则是其基础。陌生化的诗歌语言必须以规范和标准语言为前提，但是，伊格尔顿认为，就语言而言并不存在“一种由全社会所有成员同等分享的通货”，它总是因人而异，对一个人是陌生的语言对另一个人可能相当熟悉，因此，“从语言强烈地意识到其自身的意义上来看，依据某种观点看起来像是诗的东西，也许在另一个人那儿又只是普通言语”②。在日常语言中，人们往往“得意而忘言”，诗歌则将人的注意力重新引向语言自身。但是，不可否认的是，“任何实际语言都是由极为复杂的一系列话语组成的，而这些话语由于使用者的阶级、地域、性别、地位等等之间的不同而互有区别”③，因此并不存在纯粹的诗歌语言。人们常说在诗中就像“透过窗子玻璃看到屋内世界”一样“通过形式发现意义”，但

① ［英］特里·伊格尔顿：《如何读诗》，陈太胜译，北京大学出版社2016年版，第130页。
② ［英］特里·伊格尔顿：《如何读诗》，陈太胜译，北京大学出版社2016年版，第71页。
③ ［英］特里·伊格尔顿：《二十世纪西方文学理论》，伍晓明译，北京大学出版社2007年版，第5页。

是，在伊格尔顿看来，这个比喻是不恰当的，因为在诗歌语言中并没有所谓的“里面”和“外面”的区分。如果说诗的内容是它说了什么，而诗的形式是它怎么说的，那么，这种区分往往是一种哲学意义上为了分析的便利而强行为之，并非实际的差异。在实际的阅读经验中诗的内容与形式并不可分，比如通常所说的语调、节奏、押韵、句法、谐音、语法、标点等形式要素，事实上都是意义的生产者，而不只是意义的容器。如果改变其中任何一个，意义本身也就会随之发生改变。因此，在诗歌中，形式与内容的传统划分“明显存在漏洞”。马克思主义的文学阅读应该是“根据‘怎么说’来把握‘说了什么’，或者，用稍微更专业一点的话来阐释，即是从非语义方面（声音、节奏、结构、版面样式等）来把握语义（意义）”①。基于这一阅读理念和方法，他分别在《如何读诗》中通过对具体的诗歌作品的语言、情调、高音、强度、纹理、句法、含混、标点等要素和在《文学阅读指南》中通过对小说的开头、人物、叙事、解读和价值等要素的实证性分析来对他的诗歌和小说阅读理论进行了阐明和例证。总而言之，在伊格尔顿看来，马克思主义的文学阅读应该借鉴形式主义的“细读法”和形式分析技巧，但要摒弃其唯形式论，而是要通过对文学形式的分析发掘文本内部的意识形态。

## 结　语

总体而言，在20世纪文学理论的发展过程中，马克思主义与形式主义之间经历了一个从对抗到对话的发展过程。苏联马克思主义与俄国形式主义之间的对抗使二者失去了相互借鉴以改进自身的机会，而对话则使马克思主义与形式主义（尤其是结构主义）均取得了较大的成就，巴赫金、詹姆逊、本尼特和

① ［英］特里·伊格尔顿：《如何读诗》，陈太胜译，北京大学出版社2016年版，第95页。

伊格尔顿就是马克思主义者中通过对形式主义进行价值重估和借鉴而发展了马克思主义的典型代表。俄国形式主义虽然只有短短十余年的历程，但是，其学术生命却在20世纪的诸多文学理论流派中得以延续，姚斯就明确指出读者反映批评的出现就是马克思主义与形式主义对话的直接结果。① 而且，这种对话并没有结束，美国的文学创作和批评界在世纪之交出现的“新形式主义”就继承了俄国形式主义和英美新批评的衣钵，并与马克思主义形成了新的对话。②

20世纪的中国文学界对形式主义的态度与西方类似，也经历了一个从批判到借鉴的过程。80年代初，中国学术界基本是将形式主义作为一种与马克思主义的“内容美学”相对立的“形式主义美学”而予以批判，苏联学术界批判俄国形式主义的大量文章也基本译自这一时期。90年代之后，对形式主义的研究逐渐走向深入，中国的形式文论和形式美学也成为一个重要的知识域。近年来，马克思主义与形式主义之间的对话已经引起了文艺学界的关注，借鉴形式主义的方法论也成为马克思主义文学理论建构的重要方面。但是，不可否认，直至目前，仍有学者认为，形式主义是一种唯形式论并对此进行批判，其论调依然停留在20年代的苏联时期，显得极为陈旧。因此，重新审视俄国形式主义的理论遗产和方法论启示，考察西方马克思主义者对俄国形式主义的价值重估和学理批判，将有助于俄国形式主义理论价值的再挖掘和中国文论的未来发展。

（本文系“山东大学青年学者未来计划”项目（编号：2015WLJH02）的阶段性成果）

---

① ［德］H. R. 姚斯、［美］R. C. 霍拉勃：《接受美学与接受理论》，周宁、金元浦译，辽宁人民出版社1987年版，第23页。

② Marjorie Levinson，“What Is New Formalism?”，*PMLA*，Vol. 122，No. 2（Mar.，2007），p. 558.

# Revaluation of Russian Formalism in the Horizon of Marxism

Yang Jiangang

**Abstract** As a most important theory in the history of $20^{th}$ literary theory, Marxism has different theoretical perspective, research method and value standpoint with Russian Formalism. However, these two theories have dialogued deeply in their history. The Marxists of Soviet Union critiqued Russian Formalism as the aesthetic heritage of Bourgeoisie in the 20s of 20th century. Differently, many important Marxists of literary theory critique and reevaluate Russian Formalism academically in different social context and from different point of view. Mikhail Bakhtin looks Russian Formalism as a good opponent of Marxism, Fredric Jameson sees Russian Formalism as a prisoner in the prison house of language and Tony Bennett regards Russian Formalism as a lost heritage. When the 100 anniversary of the establishment of Russian Formalism, we discuss the history and point of view of the reevaluation of Russian Formalism by the Marxists and believe that it will be very useful for the rediscovery of the academic value of Russian Formalism and the development of Chinese literary theory.

**Keywords** Good Opponent; Prison House of Language; Lost Heritage; Reading Method

**Author** Yang Jian gang, from Sanyuan, Shanxi, Doctor of literature, is an associate professor at the Center of Literary Theory and Aesthetics of Shandong University.

# “后理论”时代马克思主义文论的更新

## ——兼评《文化唯物主义与现代美学问题——20世纪英国马克思主义文学批评范式与经验研究》

曹成竹

**摘　要**　在“后理论”时代我们需要反思和检视理论的弊端，在面向当代、面向文艺和社会现实中实现理论的健康发展和更新。对于马克思主义文论而言，其理论更新的力量应当而且也只能从自身的经验中发掘。只有真正理解了马克思主义文论是如何在特殊的历史语境中、在与历史和不断发展的社会现实的对话关系中深化和丰富自身的传统，我们才能够更好地继往开来。《文化唯物主义与现代美学问题》以英国马克思主义文学批评的理论范式与文学经验为对象，从这一特殊而又重要的理论传统中充分汲取了智慧和经验，为马克思主义文论的当代发展和理论更新提供了动力。

**关键词**　“后理论”时代；英国马克思主义文论；文化唯物主义

**作者简介**　曹成竹，文学博士，山东大学文艺美学研究中心副教授，主要从事马克思主义文论、审美人类学、民间文艺美学研究。

## 引言：从“后理论”时代谈起

自20世纪60年代以来，以“后”为标志的各种思潮和文化现象兴起。如今，这一代表着终结、反叛和新兴的概念已经渗透到每个角落，并且因为人们的过度热议而显得有些“落后”了。然而，对概念的使用和探讨并不等于解决了问题本身，就文艺学和美学而言，虽然“后理论时代”已成为被普遍接受的共识，但如伊格尔顿在《理论之后》中列举的“理论”的诸多弊端犹然存在。我们的研究仍在一定程度上局限于“理论”这一封闭的小圈子中，或者热衷于求新求异，或者陷入“理论形而上”的崇拜，而对社会生活中鲜活多变的文艺现象缺乏应有的敏感性、关注热情和解释能力。当然，“后理论”绝不意味着理论本身的终结或者死亡，而是提示我们在旧的理论权威退场、新历史语境来临之际，理论需要反思和检视自身的缺陷，在应对文艺和现实的新问题中实现自我更新。这一态度对于当代中国马克思主义文论也是同样迫切需要的。我们曾聚焦于对“经典马克思主义”“西方马克思主义”“新马克思主义”“后马克思主义”的理论探讨和辨析，对这些问题的学理研究也已经取得了卓有成效的成果。然而，在今天这样一个“后理论”时代，对马克思主义理论的标签化的固守显然是不能令人满意的，我们应当在多元开放的视野下以及与社会现实紧密联系的要求下，认真反思马克思主义文论的理论更新问题。

在我看来，段吉方教授的《文化唯物主义与现代美学问题——20 世纪英国马克思主义文学批评理论范式与经验研究》（中山大学出版社 2017 年版）即隐含了对此问题的一种解答。该书以 20 世纪的历史为线索，发掘了英国马克思主义文学批评作为一个整体的内在有机联系及其理论特征，阐发了其对于当代中国马克思主义文论的影响和启示意义。这一成果不仅是对英国马克思主义文学批评的理论把握，也为“后理论”时代马克思主义文论如何继承和发掘自身传统的丰富遗产、实现理论的更新和再生产提供了有益借鉴。我们可以结合“马克思主义文论应当如何回归传统”以及“英国马克思主义文论的独特价值”两方面问题的探讨，来说明该书的理论价值。

## 一　多元化与历史化的范式观：马克思主义文论的更新路径

马克思主义文论的理论更新不能无中生有，而是应当从自身传统中，从已有的历史经验中汲取智慧，因为马克思主义文论本身就是从与历史进程和社会现实的对话中不断发展和完善起来的。因此，我们首先需要思考的是，马克思主义文论应当如何回归传统？马克思在《路易·波拿巴的雾月十八日》中以一种带有隐喻和双关的笔调探讨了“继承传统”的问题。该书的重点是分析资产阶级革命进程中，对于前人传统的模仿可能具有推动历史进步的积极意义（如1789年的资产阶级革命），也可能成为一种滑稽拙劣的阻碍历史发展的屏障（如1851年的路易·波拿巴的政变）。马克思在开篇写道：“人们自己创造自己的历史，但是他们并不是随心所欲地创造，并不是在他们自己选定的条件下创造，而是在直接碰到的、既定的、从过去继承下来的条件下创造。”① 马克思的这一断言，对于我们思考马克思主义文论的传统问题也具有启发性。传统是不可绕过的，也是创造新历史的基础和必要条件。与法国资产阶级政治进程的经验相仿，我们对马克思主义文论传统的发掘，也应当以推动马克思主义文论更好地应对现实问题，以顺应社会发展和面向未来为目的，而不是对于旧有传统的僵化继承和机械重复。当然，这里绝不是说马克思主义文论的旧有传统已经过时了。相反，无论是作为马克思主义文论总原则的历史唯物主义，还是其一系列经典命题如“历史的”与“美学的”批评原则、“美的规律”问题、“席勒化”与“莎士比亚化”、典型论、生产论、反映论等，这些源于马克思、恩格斯经典论著并被其继承者们发掘构建起来的文艺思想，可谓马克思主义文论的“伟大的传统”。这一传统在今天仍不失其深刻合理性，

---

① ［德］马克思：《路易·波拿巴的雾月十八日》，人民出版社2015年版，第9页。

而且更有重新标举的必要性。但我们也的确在历史上简化理解了马克思主义文论，将一种狭义的政治批评作为解释文艺作品的独断权威，限制了文艺创作和批评的健康发展。此外，上面提到的经典命题也成为理论权威，在一定程度上遮蔽了我们扩充这些命题以及阐发新命题的可能。更重要的是，马克思主义文论的原则和理论命题，都是在对文艺作品及其所处时代的对话和批判中发展出来的。因此，回归传统首先意味着在新的历史时期对于马克思主义文论经典命题的重新强调，也意味着通过对马克思主义经典文艺思想的再发掘，为已有命题注入新鲜内涵，同时发现新的命题，使这一“伟大传统”能够更好地应对当代语境。

然而，对马克思主义文论传统的再发掘和再更新，不能仅仅固守马恩原著及以苏联为代表的“经典化”路线，还应当充分吸纳西方马克思主义文论的遗产和经验。针对不同于马克思时代的历史语境和国家结构，针对变化了的文艺和文化现实，西方马克思主义文论家既继承了马克思的遗产，又对其理论做出了创造性的发展，如总体性、异化、文化领导权、文化唯物主义、审美乌托邦、审美意识形态等，这些理论经过不断的充实和完善，已经成了马克思主义文论传统的一部分。可以说，回归马克思主义文论的传统，需要以开放的视野、批判的精神和当代的眼光，把马克思主义“伟大传统”之外的更加多元、丰富和新鲜的“传统”提炼出来。

此外，更重要的一点，对传统的回归并不是简单地阅读原著和提炼理论概念，而是应当以马克思主义的社会历史观这一“传统”为原则，在历史的视野下真正理解和把握研究对象的理论特征并总结其批评经验。换言之，应当以马克思主义的“历史”传统来检视和更新马克思主义文论的新传统。英国马克思主义理论家弗朗西斯·马尔赫恩在描述和展望当代马克思主义文学批评的发展状况时，谈到了“历史中的修辞学”、“阅读语境的历史化”、“历史唯物主义的总原则”和“文本价值的文化政治性”四个方面[1]。显而易见，“历史”是被作者反复强调的一个原则。我们知道在马克思主义文学批评传统中，对于“历史的”原则，一方面有马克思、恩格斯的从社会客观现实、历史规律、阶级状况等方面做出的以“现实主义”为立场的历史批评，又有卢卡奇、布莱希特、本雅明、威廉斯等人的对于艺术创作风格惯例与社会历史进程之间关系的考察，还有被阿尔都塞、戈德曼、詹姆逊等人发展出来的对于文本形式与作者所属群体及其历史位置的精巧分析。而在1968年为分界点的当代，“历史”的原则不仅得到了马克思主义文学批评的继承，还在语言修辞、大众阅读、文学文本界定等方面有了新的拓展。马克思主义文论对“历史”原则的坚持提示我们，马克思主义文论本身就是历史的一部分，而历史也是理解马克思主义文论的最重要的参照坐标，我们只有在历史中才能更好地理解马克思主义文论的生成、探索和发展完善的嬗变轨迹，也只有在历史中才能更好地接近、发掘和更新马克思主义文论的“传统”。

以上探讨看似有些绕远，实际上是紧贴《文化唯物主义与现代美学问题——20世纪英国马克思主义文学批评范式与经验研究》一书的。该书在导论中就提出：“马克思主义文学批评从经典观念到多元主题的发展，这是无法阻挡的历史洪流，也是它的当代发展的表现。马克思主义文学批评的问题领域不断深化，需要我们更加重视马克思主义文学批评的历史语境，不断回到马克思主义文学批评的提问方式，同时也需要密切关注马克思主义文学批评研究的不同理论形态与发展方向，不断吸收有益经验，以提升理论的生命力。”[2] 正是这种开放多元的理论观念以及回归历史的语境意识和关注马克思主义批评与现实对话的问题意识，促使作者将思考聚焦

---

① 参见［英］弗朗西斯·马尔赫恩编《当代马克思主义文学批评》，刘象愚、陈永国、马海良译，北京大学出版社2002年版，第20—34页。

② 段吉方：《文化唯物主义与现代美学问题——20世纪英国马克思主义文学批评范式与经验研究》，中山大学出版社2017年版，第2页。

于20世纪英国马克思主义文学批评，并以历史化、问题化和总体化的“理论范式”观，对这一对象的理论形态与影响进行了全面考察。该书把“范式”作为一种更加宏观的理论观照角度，本身就是历史化的视野和理论创新意识的结合。一种理论的产生不是孤立的和排他的，而是多种理论之间沟通对话、张力制约的结果。无论是理论的“家族相似性”还是新理论的“星丛”式闪烁，都指向理论背后潜在的认知模式和情感结构，也就是某种范式的存在。对于英国马克思主义文学批评而言，其文化和美学问题本身便是范式的总体显现，或者说对文化问题和美学问题的思考与关注，是20世纪英国马克思主义文学批评的总体特征，也是20世纪60年代以来英国马克思主义文论能够在西方马克思主义文论中独树一帜的关键所在。“文化唯物主义”“葛兰西转向”“审美意识形态”等概念不仅代表了不同历史时期占据主导地位的理论话语模式，还能使我们看到英国马克思主义文论的理论探索与继承和转向，以及这些理论各自的持久生命力。可以说，对英国马克思主义文学批评理论范式的研究，向我们呈现了英国马克思主义文论这一独特“传统”在20世纪历史进程中不断探索形成的稳定深刻的理论创见与影响广泛的理论价值。

## 二　文化理论与文学批评：英国马克思主义文论的独特经验

在多元的、历史化的传统观启示下，我们应当进一步思考的问题是，英国马克思主义文论具有哪些独特的理论价值？换句话说，英国马克思主义文论作为一种“小传统”，在马克思主义文论整体版图中的特殊性何在？它是否能够为马克思主义文论这一“大传统”提供独具价值的贡献？

在西方马克思主义的理论历史上，英国一度并不占据十分显豁的位置。虽然在20世纪早期就涌现出考德威尔、韦斯特等优秀的马克思主义文学批评家，但他们或者英年早逝，或者较为简单机械地运用马克思主义理论，这使得他们的理论既有天才创见又显得并不够成熟。20 世纪三四十年代，在英国文学批评界占主导地位的是瑞恰兹的实用批评和利维斯主义，两者相结合的文学批评观，一方面强调文学研究聚焦于文本的客观方法；另一方面又试图通过文学细读传承“伟大的传统”，提升大众的道德水平和感觉能力。此时期的马克思主义左派文学研究陷入了沉寂和面对文学“无话可说”的无力状态。20 世纪 50 年代后期，英国社会历史语境有了诸多新变化，以威廉斯、霍加特、汤普森为代表的“新左派”崛起，他们吸收了英国文学批评特有的文本细读经验，同时又摒弃了文学和文化的精英主义观念，开始探索文化与社会、工人阶级文化、大众文化以及新技术媒介带来的文化传播问题等，由此开启了英国马克思主义文论的文化转向。20 世纪 70 年代，葛兰西的“文化领导权”理论被引介入英国，引发了文化研究的“葛兰西转向”。此后对文化权力的支配—抵抗、给定—自主的张力关系的思考成为新的关注焦点，对大众文化、少数族群文化、青年亚文化的研究，对大众文化文本、文化政策、文化产品和文化经验的研究蔚然成风。从更高的层面来说，文化是以共享意义为网络的生活方式，而与文化紧密交织的是美学问题。可以说美学既是文化症候最典型的表征形式，也是对这一症候最清晰有力的诊断。威廉斯的现代悲剧观、“感觉结构”概念、伊格尔顿的审美意识形态理论、托尼·本尼特对审美治理问题的研究，都将文化问题转换为美学问题，并力图在马克思主义的理论立场和框架内解释这些问题。在此意义上，英国马克思主义文论的晚近发展与一般意义上的文化研究有着显著的区别，既以马克思主义理论为基石，又与文学艺术现象和美学问题意识紧密地联系在一起，从而具有了更加独到的理论贡献。正如西方马克思主义理论家佩里·安德森所言：“在过去十年中，马克思主义理论的地理位置已经从根本上转移了。今天，学术成果的重心似乎落在说英语的地区，而不是像战争期间和战后的情形那样，分别落在说德语或拉丁语民族的欧洲。这种地域性的转移表明了一种引人注目的历史变化，在马克思主义文化传统上最落后的资本主义国家世界，突然间很多方面都已变成最先进的了……英国与大陆欧洲的传统关系现在已经出现了实质性的颠倒——马克思主义文化现在在英国比在任何大陆国家都更有生命力和创造力。”① 这里，安德森是对当代西方马克思主义发展的新态势做出的总体描述，他所说的成为新的学术重心的“英语世界”，主要是指英国、美国等资本主义国家，而英国的表现最为积极活跃。以威廉斯为代表的文化唯物主义理论，则无疑是此时期英国马克思主义文论最为突出的理论贡献。

英国能够后来居上成为马克思主义理论新的重心和前沿，绝不是偶然的。英国马克思主义文论受英国特有的经验主义哲学传统影响，也受到本国20世纪前半叶的文学批评传统的影响，这使得英国马克思主义文论对于感性、感觉、经验等问题有着敏锐的关注，而且与源自德国的法兰克福学派和源自法国的阿尔都塞学派相比，英国文论家更关注的是文学，而不是音乐、绘画等现代艺术。他们也更善于采用文学批评和文本细读的方法，而不是以哲学思辨的方式进行抽象论证。此外，英国马克思主义文论家与工人阶级文化、成人教育事业保持着紧密联系，他们并没有其他西方马克思主义流派特别是法兰克福学派的“自上而下”的寄希望于现代艺术审美启蒙的精英主义立场，而是具有紧贴工人和人民大众的“自下而上”的立场，他们对工人阶级文化、青年亚文化、少数群体文化持有更多的理解和同情，并试图发掘这些文化的生命力和抵抗性要素，积极探索构建社会主义共同文化或新兴文化的可能性。可以说较之其他西方马克思主义理论流派，英国马克思主义文论更为务实、更为传统也更为乐观积极，无论是它对于文学问题及批评方法的坚守，还是对于文化问题的积极拓展，以及它

---

① ［英］佩里·安德森：《当代西方马克思主义》，余文烈译，东方出版社1989年版，第24—26页。

对于工人阶级文化和工人运动的关注态度，都更贴近马克思主义的正统观念。这使英国马克思主义文论在一定程度上弥补了西方马克思主义的理论偏颇，也更加适用于当代社会和文化语境，其对中国马克思主义文论的启示意义是毋庸置疑的。

《文化唯物主义与现代美学问题——20 世纪英国马克思主义文学批评范式与经验研究》准确地把握了英国马克思主义文论的以上特点，提炼出了其贡献与价值。可以说文学批评是英国马克思主义文论的重要支点和方法基础，而文化和美学问题则是其背后的推动力和归宿。英国马克思主义文论家深受阿诺德、瑞恰兹、利维斯的文学观念和批评方法影响，在威廉斯、伊格尔顿等人的研究中，能够很明显地看到对文学价值的重视和“细读法”的影子。更重要的是，他们在吸收“利维斯的遗产”养分的同时又以马克思主义的社会历史批评为原则，威廉斯的“感觉结构”、本尼特的“阅读型构”以及伊格尔顿和本尼特对形式主义问题的评析，都强调以结合历史文化语境的开放态度面对文本，而不是把文本变为想象中的“纯粹客体”。可以说，英国文学批评传统赋予了英国马克思主义文论面对文学作品时的细致精巧的介入态度，使其超越了之前马克思主义文论面对文学作品时的简化、僵化的困境，而更具有批评的自洽性和理论的说服力。而对于马克思主义理论本身的坚持和创造性发展，又使英国马克思主义文论得以改进和超越了英国文学批评传统，确保了自身理论的开放性、合理性、积极性与先进性。《文化唯物主义与现代美学问题——20 世纪英国马克思主义文学批评范式与经验研究》以“文学批评经验”为切入点，不仅准确把握了“文学批评”作为英国文学研究特有的遗产或传统，对于英国马克思主义文论走向成熟的不可或缺的影响，还准确标明了这一传统的“经验性”。在我看来，“经验”这一关键概念的选取是可以做多方面理解的：其一，我们应当看到英国马克思主义文学批评本身有诸多宝贵经验，它们为英国马克思主义文论理论范式的生成提供了源于实践的直接动力；

其二，英国马克思主义文论在很大程度上借鉴吸收了英国文学批评的经验，英国文学批评传统作为一种“无意识”经验对于英国马克思主义文论的潜在滋养作用，值得我们总结提炼和反思；其三，英国马克思主义文学批评本身又具有鲜明的“经验”性，对“经验”作为一种理论观念、批评路径以及实证效果方面的重视，是英国马克思主义文论区别于其他国家马克思主义文论的重要特征。《文化唯物主义与现代美学问题——20世纪英国马克思主义文学批评范式与经验研究》一书在章节设置和逻辑结构上，始终贯彻着对于“经验”这一问题的思考与呈现，这不仅有助于我们把握英国马克思主义文论本身的多重经验，也有益于当代中国马克思主义文论吸收和借鉴其宝贵经验。

## 结　语

回到我们一开始提出的问题，也就是“后理论”时代的理论何去何从的问题。伊格尔顿的《理论之后》倡导一种能够真正有效介入文艺作品和社会现实的理论，这是对所有的文学和文化理论提出的总体要求，对于当代的马克思主义文论也十分具有启发性。可以说，在“后理论”时代我们需要反思和检视理论的弊端，在面向当代、面向文艺和社会现实中实现理论的健康发展和更新。对于马克思主义文论而言，其理论更新的力量应当而且也只能从自身的经验中发掘。只有真正理解了马克思主义文论是如何在特殊的历史语境中，在与历史和不断发展的社会现实的对话关系中深化和丰富自身的传统，我们才能够更好地继往开来。在此意义上说，《文化唯物主义与现代美学问题——20世纪英国马克思主义文学批评范式与经验研究》一书值得我们充分研读。它以英国马克思主义文学批评的理论范式与文学经验为对象，从这一特殊而又重要的理论传统中充分汲取了智慧和经验，其研究思路和理论创见都为当代马克思主义文论的理论更新提供了十分有益的借鉴。

[文章发表于《贵州大学学报》(社会科学版) 2020 年第 2 期]

## The Theoretical Renewal of Marxist Literary Theory in "Post-Theoretical" Era

Cao Chengzhu

**Abstract** In the "post-theory" era, we need to reflect on and examine the shortcomings of the theory, and realize the healthy development and renewal of the theory by orienting it to contemporary era, arts and social realities. For Marxist literary theory, the power of its theoretical update should be excavated from its own experiences. We should really understand how the Marxist literary theory keep deepening and enriching its tradition in the special historical context and a close contact to developing social reality. Cultural Materialism and Problem of Modern Aesthetics take the paradigm and experience of the British marxist literary criticism as an object, shows us how should we draw wisdom and strength from British Marxist literary theory which has a special and important tradition.

**Keywords** "post-theory" era; British Marxist literary theory; Cultural materialism

**Author** Cao Chengzhu, Doctor of literature, is an associate Professor of Center for Theory of Literature and Aesthetics, Shandong University. His academic interests are Marxist literary theory, aesthetic anthropology, folk art and aesthetics.

# 古代文论

Ancient literary theory

# 试论董仲舒的“礼乐教化”美育思想

祁海文

**摘　要**　在中国美育思想史上，董仲舒最早提出了“礼乐教化”概念。他根据对汉初以来政治的思考，主张“更化”，以“礼乐教化”为国家“适于治”之道；董仲舒继承发展了先秦儒家的美育观，以“德教”为中心，突出强调了礼乐的“纯其美”“安其情”等美育功能；在人性与礼乐教化关系问题上，董仲舒主张“性有善质而未能为善”“性非教化不成”，从而为礼乐教化的美育观奠定了人性论基础；董仲舒吸取、融会了道家、阴阳五行家等相关思想，将“中和”提升为天地之道，主张“德莫大于和，而道莫正于中”，在政治上提倡“以中和理天下”，在人生修养上强调“以中和养其身”，从而丰富了儒家“中和”论美学观念。

**关键词**　礼乐教化；礼以节人，乐以发和；性非教化不成；以中和养其身

**作者简介**　祁海文（1965—），吉林榆树人。山东大学文学院、山东大学文艺美学研究中心教授，博士生导师，主要从事中国文学批评史和中国美学研究。

在中国思想的发展史上，董仲舒（前179—前104年?）的出现，标志着自春秋晚期以来的百家争鸣局面以儒家最后被定为一尊而宣告结束；自战国后期以来的百家学说交流、会通的思想趋势，也以融合儒家、道家、阴阳五行家等而成的新儒学的出现而告一段落。对中国美育思想的发展来说，情况也同样如此。儒家美育思想从此取得了在中国美育思想中的主导地位。

公元前141年，汉武帝继位，多次下诏各地举荐贤良文学之士，策问

治国之道。武帝元光元年（前134年），董仲舒应诏先后三次回答武帝策问。在《举贤良对策》中，董仲舒从他的天人哲学出发，全面阐述了对汉代思想文化建设的看法。其中的“更化”以实施“礼乐教化”“诸不在六艺之科、孔子之术者，皆绝其道，勿使并进”① 等建议，尤其获得了汉武帝赏识。《举贤良对策》的思想，在董仲舒的《春秋繁露》中续有发展和深化。他以对春秋公羊学的研究为根基，吸取、融入了道家、阴阳五行家等的相关学说，对孔子以来的儒家思想予以重新阐释，建立起以天人感应为核心的神学化的政治、伦理哲学。在中国美育思想史上，董仲舒最早提出了“礼乐教化”概念，明确将“礼乐教化”视为国家长治久安之道，依据其天人哲学对礼乐的教化功能、礼乐教化的人性论根据、礼乐教化的“中和”审美境界等问题予以全面论述，从而确立了儒家思想在中国美育思想史的主导地位。董仲舒对儒家美育相关问题的论述，在很大程度上确立了汉代美育思想的思考与论述界域。

## 一 “礼乐教化之功”

儒家自孔子起，就认为“礼乐”是治国平天下的重要手段。如，孔子指出：“天下有道，则礼乐征伐自天子出”②，“颜渊问为邦。子曰：‘行夏之时，乘殷之辂，服周之冕，乐则《韶》《舞》。放郑声，远佞人。’”③ 荀子以“礼乐”为“先王之道”，指出“先王之道，礼乐正其盛者也”，先王“导之以礼乐而民和睦”④，“三王既已定法度，制礼乐而传之，有不用

① （汉）董仲舒：《举贤良对策》，（汉）班固：《汉书·董仲舒传》，中华书局1962年版，第2523页。

② 《论语·季氏》，杨伯峻：《论语译注》，中华书局1980年版，第174页。

③ 《论语·卫灵公》，杨伯峻：《论语译注》，中华书局1980年版，第164页。

④ 《荀子·乐论》，（清）王先谦：《荀子集解》，沈啸寰、王星贤整理，中华书局2013年版，第449、450页。

而改自作”①。汉初以来，陆贾、贾谊等讨论政治问题，也十分重视礼乐的社会教化作用。但只是到了董仲舒，才把“礼乐”与“教化”合成为一个概念，以“礼乐教化”为治理国家必须施行的最重要的政策来对待。他说：“道者，所由适于治之路也，仁义礼乐皆其具也。故圣王已没，而子孙长久安宁数百岁，此皆礼乐教化之功也。”② 通过“礼乐”的教化，使“仁义”大行于天下，是国家“所由适于治之路”。有“圣王”，固然是理想的政治，但礼乐教化却能保证国家“长久安宁”。

董仲舒提倡礼乐教化，有其明确的现实目的。按照他的天人感应哲学，王朝的兴衰都是“天命”使然，新王朝的兴起是“受命”于天，而且必将有“受命之符”出现。但在董仲舒看来，从汉兴到武帝继位已近七十年，“天地未应而美祥莫至”，甚至有“灾害生”。其中原因，就在于“教化不立而万民不正”③。因此，他向汉武帝提出“更化”主张，认为“更化则可善治，善治则灾害日去，福禄日来”④。所谓“更化”，是指改变春秋战国以来“以乱济乱”的局面，尤其要改变以严刑酷法治天下之举措。董仲舒指出：“周末世，大为亡道，以失天下。”⑤ 秦“师申商之法，行韩非之说，憎帝王之道，以贪狼为俗，非有文德以教训于下也”。“其遗毒余烈，至今未灭。”⑥

因此，“更化”意味着重振“先王之道”“复修教化”。董仲舒指出：“圣王之继乱世也，扫除其迹而悉去之，复修教化而崇起之”，“王者未作乐之时，乃用先王之乐宜于世者，而以深入教化于民”。又说：“夫仁谊礼

① 《荀子·大略》，（清）王先谦《荀子集解》，沈啸寰、王星贤整理，中华书局2013年版，第612页。
② （汉）董仲舒：《举贤良对策》，（汉）班固：《汉书》，中华书局1962年版，第2499页。
③ （汉）董仲舒：《举贤良对策》，（汉）班固：《汉书》，中华书局1962年版，第2503页。
④ （汉）董仲舒：《举贤良对策》，（汉）班固：《汉书》，中华书局1962年版，第2505页。
⑤ （汉）董仲舒：《举贤良对策》，（汉）班固：《汉书》，中华书局1962年版，第2504页。
⑥ （汉）董仲舒：《举贤良对策》，（汉）班固：《汉书》，中华书局1962年版，第2510、2504页。

知信五常之道，王者所当修饬也。”① 可见，董仲舒所谓的“更化”，就是指用“先王”之礼乐“以深入教化于民”，使“仁谊礼知信五常之道”大行于天下。

为了推行礼乐教化，董仲舒建议汉武帝采取两个相关措施。其一是广立学校以养士。“立大学以教于国，设庠序以化于邑，渐民以仁，摩民以谊，节民以礼。”在京师“立大学”，在地方政府“设庠序”，目的是“养士”以推行教化。“养士之大者，莫大乎太学。太学者，贤士之所关也，教化之本原也。”② 其二是“推明孔氏，抑黜百家”③。“诸不在六艺之科、孔子之术者，皆绝其道，勿使并进。”董仲舒认为，这样就可以使“邪辟之说灭息，然后统纪可一而法度可明，民知所从矣”④。这实际是把“六艺之科”作为汉代官学教育唯一内容，而“孔子之术”即儒家所提倡的“仁义”之道也成为礼乐教化的根本目的。《汉书·董仲舒传》说：“自武帝初立，魏其、武安侯为相而隆儒矣。及仲舒对册，推明孔氏，抑黜百家，立学校之官，州郡举茂材孝廉，皆自仲舒发之。”⑤ 由“隆儒”到“独尊儒术”，董仲舒提倡礼乐教化，不仅推动了儒家经学的发展，而且直接促使儒家无论在政治上还是在思想上都取得了统治地位，中国美育也由此走上了以儒家美育为主体的时代。

董仲舒的礼乐教化论，是其天人哲学的体现。首先，是他的“肃慎三本”说。董仲舒指出：“君人者，国之本也。夫为国，其化莫大于

---

① （汉）董仲舒：《举贤良对策》，（汉）班固：《汉书·董仲舒传》，中华书局1962年版，第2504、2499、2505页。

② （汉）董仲舒：《举贤良对策》，（汉）班固：《汉书·董仲舒传》，中华书局1962年版，第2503、2512页。

③ （汉）董仲舒：《举贤良对策》，（汉）班固：《汉书·董仲舒传》，中华书局1962年版，第2525页。

④ （汉）董仲舒：《举贤良对策》，（汉）班固：《汉书·董仲舒传》，中华书局1962年版，第2523页。

⑤ （汉）班固：《汉书·董仲舒传》，中华书局1962年版，第2525页。

崇本。”“天地人，万物之本也。天生之，地养之，人成之。天生之以孝悌，地养之以衣食，人成之以礼乐。三者相为手足，合以成体，不可一无也。”① 天地生养万物，而“君人者”则以“礼乐”成就万物。“三本”相辅相成，不可缺一。董仲舒说：“明主贤君必于其信，是故肃慎三本。郊祀致敬，共事祖祢，举显孝悌，表异孝行，所以奉天本也；秉耒躬耕，采桑亲蚕，垦草殖谷，开辟以足衣食，所以奉地本也；立辟雍庠序，修孝悌敬让，明以教化，感以礼乐，所以奉人本也。”② “崇本”说确立了“君人者”在天地之间的使命，也赋予了“明主贤君”参与天地化育万物的伦理责任。所谓“成之以礼乐”，就是通过“立辟雍庠序”来推行礼乐教化，使人养成来源于“天本”的“孝悌敬让”等美德。其次，是他的“任德不任刑”的“天人”观。按照董仲舒的天人学说，天有阴阳二气，以生成、养育万物。阴阳二气虽和合而各有不同的性质和职能，“天地之常，一阴一阳。阳者天之德也，阴者天之刑也”。③ 阴阳二气的运行，“阴终岁四移，而阳常居实”，这表明天是“亲阳而疏阴，任德而远刑”④的。董仲舒认为，人世的一切均取法于天道。“仁义制度之数，尽取之天。”⑤ 所以，实施礼乐教化，是“天意”的要求。“王者承天意以从事，故任德教而不任刑”⑥。

董仲舒称礼乐教化为“德教”，“德教”的具体实施就是“简六艺以赡

① （汉）董仲舒：《春秋繁露·立元神》，（清）苏舆：《春秋繁露义证》，钟哲点校，中华书局1992年版，第167页。

② （汉）董仲舒：《春秋繁露·立元神》，（清）苏舆：《春秋繁露义证》，钟哲点校，中华书局1992年版，第169页。

③ （汉）董仲舒：《春秋繁露·阴阳义》，（清）苏舆：《春秋繁露义证》，钟哲点校，中华书局1992年版，第341页。

④ （汉）董仲舒：《春秋繁露·天辨在人》，（清）苏舆：《春秋繁露义证》，钟哲点校，中华书局1992年版，第336页。

⑤ （汉）董仲舒：《春秋繁露·基义》，（清）苏舆：《春秋繁露义证》，钟哲点校，中华书局1992年版，第351页。

⑥ （汉）董仲舒：《举贤良对策》，（汉）班固：《汉书·董仲舒传》，中华书局1962年版，第2502页。

养之”。他指出：“君子知在位者之不能以恶服人也，是故简六艺以赡养之。《诗》、《书》序其志，礼、乐纯其美，《易》、《春秋》明其知。……《诗》道志，故长于质；礼制节，故长于文；乐咏德，故长于风；《书》著功，故长于事；《易》本天地，故长于数；《春秋》正是非，故长于治人。”① 这里的“序其志”“纯其美”“明其知”，分别指“六艺”对人的思想、情感、智慧的规范、陶冶、提升等美育作用。清人苏舆解释说：“志、美、知，属习六艺者言之。‘序其志’，使无邪慝；‘纯其美’，使不躁厉；‘明其智’，使顺于阴阳，谨于伦类。”② 司马迁曾受教于董仲舒，他对“六艺”的“赡养”功能也有相近阐发：“礼以节人，乐以发和，《书》以道事，《诗》以达意，《易》以道化，《春秋》以道义。”③ 董仲舒把礼、乐、诗置于“六艺”的前列，诗、乐固然是艺术，礼也具有艺术性，因此，对于礼乐教化，董仲舒虽然主要是从治国平天下的政治高度立论的，但他的观点，无论就教化内容来说，还是就教化作用来说，都具有美育意义。

## 二　“礼以节人，乐以发和”

董仲舒所说的用以教化的“礼乐”，首先是作为封建等级制度之体制的礼乐制度。他指出：“礼者，继天地，体阴阳，而慎主客，序尊卑、贵贱、大小之位，而差外内、远近、新故之级者也。”④ 作为等级规范的礼乐，规定了各等级人物所享有和应遵守的礼节。“天地之生万物也以养人，

① （汉）董仲舒：《春秋繁露·基义》，（清）苏舆：《春秋繁露义证》，钟哲点校，中华书局1992年版，第35—36页。

② （清）苏舆：《春秋繁露义证》，钟哲点校，中华书局1992年版，第35页。

③ （汉）班固：《汉书·司马迁传》，中华书局1962年版，第2717页。

④ （汉）董仲舒：《春秋繁露·奉本》，（清）苏舆：《春秋繁露义证》，钟哲点校，中华书局1992年版，第275—276页。

故其可适者以养身体，其可威者以为容服。礼之所为兴也。”① 礼乐的施行，有一整套规范化、仪式化的礼仪（包括乐舞）、礼节、礼貌、礼物等，并且有相应的“五采”“文章”之美。董仲舒认为，礼的意义和价值并不在于仪式、色彩、音声等，而在于“文采所遂生之意”，“染五采，饰文章者，非以为益肌肤血气之情也，将以贵贵尊贤，而明别上下之伦，使教亟行，使化易成，为治为之也”。② 礼乐以规范化、仪式化的具有审美特征的形式，象征、标示出尊卑、贵贱、大小、外内、远近等政治的、伦理的等级和相应的行为规范，也体现了相应的道德要求。正因为如此，礼乐才能发挥政治、道德教化作用。“制度文采玄黄之饰，所以明尊卑，异贵贱，而劝有德也。”③

礼之功能，主要是“节人”。首先，是“度制”作用。董仲舒指出：“圣人之道，众堤防之类也。谓之度制，谓之礼节。故贵贱有等，衣服有制，朝廷有位，乡党有序，则民有所让而不敢争，所以一之也。”④“度制”“礼节”是对各阶层之人的欲望、行为等的规定，它主要起“堤防”的作用，即节制、规范人的欲望、行为，发挥防乱于“嫌疑纤微”之间的教化作用。其次，是“仪节”功能，即以规范化、仪式化的形式赋予人的情感、欲望以符合其等级的表现形式。董仲舒指出：“夫礼，体情而防乱者也。民之情，不能制其欲。使之度礼，目视正色，耳听正声，口食正味，身行正道，非夺之情也，所以安其情也。……其入人不知，习忘乃为，常然若性，不可不察也。纯知轻思则虑达，节欲顺行则伦得。以谏争僩静为

---

① （汉）董仲舒：《春秋繁露·服制像》，（清）苏舆：《春秋繁露义证》，钟哲点校，中华书局 1992 年版，第 151 页。

② （汉）董仲舒：《春秋繁露·度制》，（清）苏舆：《春秋繁露义证》，钟哲点校，中华书局 1992 年版，第 232 页。

③ （汉）董仲舒：《举贤良对策》，（汉）班固：《汉书·董仲舒传》，中华书局 1962 年版，第 2510 页。

④ （汉）董仲舒：《春秋繁露·度制》，（清）苏舆：《春秋繁露义证》，钟哲点校，中华书局 1992 年版，第 231 页。

宅，以礼义为道，则文德。”① 所谓“非夺之情也，所以安其情也”，表明礼的目的不是禁欲，它既是人的情感、欲望的表现形式，也是对情感、欲望等的规范和塑造，能够使“目视”“耳听”“口食”“身行”均得其“正道”，这就是“度礼”。当“度礼”达到“习忘乃为，常然若性”，就能自然而然地“节欲顺行”。再次，是“文德”之成就。礼使人的情感、欲望得到恰当的表现形式，人能够自然地“节欲顺行”，就是“身行正道”。因此，礼同时也是人的德行之规范化、仪式化的表现。这就是“文德”。董仲舒指出：“志为质，物为文”，‘质文两备，然后礼成”。所以，“志敬而节具，则君子予之知礼；志和而音雅，则君子予之知乐”。② 就“文德”的意义来说，礼使人文雅，使人的情感、欲望、德行获得审美化的表现形式。

在中国礼乐传统中，“乐”既是礼的组成部分，又具有相对独立性。董仲舒基本上是在礼乐传统的背景和礼乐教化的观念下论“乐”的，因此特别重视“乐”的感动人心、移风易俗的美育作用。他说：“乐者，所以变民风，化民俗也。其变民也易，其化人也著。故声发于和而本于情，接于肌肤，臧于骨髓。故王道虽微缺，而管弦之声未衰也。”③ 这种意义上的“乐”，主要是指历代帝王彰显其文治武功的“大乐”，如舜帝的《韶》乐、周武王的《武》乐等。《礼记·乐记》说：“王者功成作乐，治定制礼”④，这是先秦以来儒家相沿甚久的基本主张。对此问题，董仲舒是结合他的“更化”说进行论述的。在他看来，一个新王朝的产生，是“受命于天”，所以“新王必改制”，以证明自己“受命于天”。“大改制于初，所

① （汉）董仲舒《春秋繁露·天道施》，（清）苏舆：《春秋繁露义证》，钟哲点校，中华书局1992年版，第469—470页。

② （汉）董仲舒《春秋繁露·玉杯》，（清）苏舆：《春秋繁露义证》，钟哲点校，中华书局1992年版，第27页。

③ （汉）董仲舒《举贤良对策》，（汉）班固：《汉书·董仲舒传》，中华书局1962年版，第2499页。

④ （汉）郑玄注，（唐）孔颖达疏：《礼记正义》，吕友仁整理，上海古籍出版社2008年版，第1474页。

以明天命也；更作乐于终，所以见天功也。”① “大改制于初”，就是“更化”。在王朝“受命”之初，首先要改制度、易服色、兴“教化”，至于“乐”，则“用先王之乐宜于世者，而以深入教化于民”。这是因为“教化之情不得，雅颂之乐不成”②。而到了治定功成，万民百姓对王者治理天下之功德发出由衷的赞美之时，王者才“更作乐于终”。因为，“乐者，盈于内而动发于外者也”，“乐”应该是人民充满于内心的欢乐之情感的真诚表现，所以，“天下未遍合和，王者不虚作乐”。③ “改制”是为了显示“新王”受命于天，而天命的授予，在董仲舒看来，同时也必然是来自民众的拥戴。但“民之所同乐”一定要在“新王”治定功成之时才能充分显示出来。因此，对董仲舒来说，“更作乐”，固然是标榜王者治国平天下的文治武功，但同时也是为了显示“受命于天”的正当性，即所谓“见天功”。而且，治定功成所作之乐，更具有深刻的审美教化作用。“先王显德以示民，民乐而歌之以为诗，说而化之以为俗。故不令而自行，不禁而自止，从上之意，不待使之，若自然矣。”④

## 三　“质朴之谓性，性非教化不成”

董仲舒之所以提倡礼乐教化，不仅是出于政治需要，也不仅为了上应天命，也是根源于人性之必然要求。先秦儒家，孟子主“性善”，荀子言“性恶”。汉初以来儒家学者论人性，大体承继孟子的“性善”思路，但也明

① （汉）董仲舒：《春秋繁露·楚庄王》，（清）苏舆：《春秋繁露义证》，钟哲点校，中华书局1992年版，第17、19页。

② （汉）董仲舒：《举贤良对策》，（汉）班固：《汉书·董仲舒传》，中华书局1962年版，第2499页。

③ （汉）董仲舒：《春秋繁露·楚庄王》，（清）苏舆：《春秋繁露义证》，钟哲点校，中华书局1992年版，第19页。

④ （汉）董仲舒：《春秋繁露·身之养重于义》，（清）苏舆：《春秋繁露义证》，钟哲点校，中华书局1992年版，第265页。

显受到荀子的影响。董仲舒的基本看法是:“性有善质而未能为善。”[①] 在他看来,“性者,生之质也;情者,人之欲也”,“质朴之谓性,性非教化不成;人欲之谓情,情非度制不节”。[②] 人的“性”和“情”,来源于天的“阴阳之施”。“人之诚,有贪有仁。仁贪之气,两在于身。身之名,取诸天。天两有阴阳之施,身亦两有贪仁之性。”[③] “仁贪之气”,即“性”与“情”。“情”与“性”都是天之所命,所以,情亦性也[④],情与性合称“贪仁之性”。因为性仁而情贪,所以,董仲舒的人性论既不是性善也不是性恶。不过,董仲舒也承认,人的天性中有自发的禁恶向善的意识。“栣众恶于内,弗使得发于外者,心也。故心之为名,栣也。”“栣”,就是禁。心禁恶,即“损其欲而辍其情以应天”[⑤]。就这种自发的倾向来说,“天之为人性命,使行仁义而羞可耻”。[⑥] 但董仲舒又认为,这种自发的向善并不足以保证成善,教化仍然是必需的。“必知天性不乘于教,终不能栣。”[⑦]

对董仲舒来说,虽然性仁,心可禁恶,但只能说人性有向善的倾向,其本身并不就是善。“性之名,非生与?如其生之自然之资,谓之性。性者,质也。”[⑧] “性”是与生俱来的自然的资质,只能说是“善质”,而不能

---

① (汉)董仲舒:《春秋繁露·深察名号》,(清)苏舆:《春秋繁露义证》,钟哲点校,中华书局1992年版,第303页。

② (汉)董仲舒:《举贤良对策》,(汉)班固:《汉书·董仲舒传》,中华书局1962年版,第2501、2515页。

③ (汉)董仲舒:《春秋繁露·深察名号》,(清)苏舆:《春秋繁露义证》,钟哲点校,中华书局1992年版,第294—296页。

④ (汉)董仲舒:《春秋繁露·深察名号》,(清)苏舆:《春秋繁露义证》,钟哲点校,中华书局1992年版,第296、298页。

⑤ (汉)董仲舒:《春秋繁露·深察名号》,(清)苏舆:《春秋繁露义证》,钟哲点校,中华书局1992年版,第293、296页。

⑥ (汉)董仲舒:《春秋繁露·竹林》,(清)苏舆:《春秋繁露义证》,钟哲点校,中华书局1992年版,第61页。

⑦ (汉)董仲舒:《春秋繁露·深察名号》,(清)苏舆:《春秋繁露义证》,钟哲点校,中华书局1992年版,第296页。

⑧ (汉)董仲舒:《春秋繁露·深察名号》,(清)苏舆:《春秋繁露义证》,钟哲点校,中华书局1992年版,第291—292页。

说“性善”。再者，“情亦性也。谓性已善，奈其情何”?[①] 董仲舒以禾苗和米的关系为例说明性与善的关系，指出：“善如米，性如禾。禾虽出米，而禾未可谓米也；性虽出善，而性未可谓善也。米与善，人之继天而成于外也，非在天所为之内也。天所为，有所至而止。止之内谓之天，止之外谓之王教。王教在性外，而性不得不遂。故曰：性有善质，而未能为善也。”[②] “善出性中”，但“性”并不就是“善”。“性”是上天造就的，“善”则是“人事”即“王教”的结果。“性”所以能“待教而为善”[③]，是因为“性”有“善质”，有向善发展的可能性，但其本身还是“未能为善”的。也正因为“性未可谓善”而有“善质”，处于“性”之外的“王教”才能得以实施，使可能性变为现实性。

董仲舒所以详细辨析“性”与“善”之不同及其关系，显然是为了强调“王教”，即礼乐教化的必要性。他说：“今谓性已善，不几于无教而如其自然，又不顺于为政之道矣。”[④] “今案其真质，而谓民性已善者，是失天意而去王任也。万民之性苟已善，则王者受命尚何任也?”[⑤] 董仲舒认为，如果人性是“善”的，那么，不仅礼乐教化失去了存在的意义，而且等于取消了“天意”。因为，“天意”赋予了君王教化天下的责任：“天生民性有善质，而未能善，于是为之立王以善之。此天意也。民受未能善之性于天，而退受成性之教于王。王承天意，以成民之性为任者也。”[⑥] 所

---

① （汉）董仲舒：《春秋繁露·深察名号》，（清）苏舆：《春秋繁露义证》，钟哲点校，中华书局1992年版，第298页。

② （汉）董仲舒：《春秋繁露·实性》，（清）苏舆：《春秋繁露义证》，钟哲点校，中华书局1992年版，第311页。

③ （汉）董仲舒：《春秋繁露·深察名号》，（清）苏舆：《春秋繁露义证》，钟哲点校，中华书局1992年版，第300页。

④ （汉）董仲舒：《春秋繁露·实性》，（清）苏舆：《春秋繁露义证》，钟哲点校，中华书局1992年版，第311页。

⑤ （汉）董仲舒：《春秋繁露·深察名号》，（清）苏舆：《春秋繁露义证》，钟哲点校，中华书局1992年版，第301页。

⑥ （汉）董仲舒：《春秋繁露·深察名号》，（清）苏舆：《春秋繁露义证》，钟哲点校，中华书局1992年版，第302页。

以，人性与礼乐教化的正当关系是："无其质，则王教不能化；无其王教，则质朴不能善。"[①]

董仲舒对人性与礼乐教化关系的论述，把礼乐教化视为来自"天意"的政治使命，确实为礼乐教化的实施提供了人性论依据，也提高了礼乐教化的地位，但同时，也在很大程度上取消了人的自发地"向善"即自觉的美育修养的可能性，使人性的发展只能依赖于"王教"这个外在的政治权威。这一观念，使他的礼乐教化论带有明显的政治强制色彩。

## 四　"德莫大于和，而道莫正于中"

"中和"是先秦儒家的审美理想。孔子以"中庸"为最高的德行，指出："中庸之为德也，其至矣乎！民鲜久矣。"[②] 东汉郑玄注云："庸，常也。中和可常行之行也。"南宋朱熹注云："中者，无过不及之名也。庸，平常也。至，极也。"[③] 孔子以"中庸"为"中和"之至德，在德行修养上主张"过犹不及"[④]，其论《诗经·周南·关雎》的"乐而不淫，哀而不伤"，论《韶》乐《武》乐所强调的"尽善尽美"[⑤] 观念等，都贯穿着"过犹不及"的要求。孔子弟子有若论"礼"，以为"礼之用，和为贵。先王之道，斯为美。小大由之。有所不行，知和而和，不以礼节之，亦不可行也"[⑥]，显然是以"中和"为礼乐的理想境界。这一观念到荀子，得到了

---

① （汉）董仲舒：《春秋繁露·实性》，（清）苏舆：《春秋繁露义证》，钟哲点校，中华书局1992年版，第313页。

② 《论语·雍也》，杨伯峻译注：《论语译注》，中华书局1980年版，第64页。

③ 参见程树德《论语集释》，程俊英、蒋见元点校，中华书局2013年版，第493页。

④ 《论语·先进》，杨伯峻译注：《论语译注》，中华书局1980年版，第114页。

⑤ 《论语·八佾》，杨伯峻译注：《论语译注》，中华书局1980年版，第30、33页。

⑥ 《论语·学而》，杨伯峻译注：《论语译注》，中华书局1980年版，第8页。

更充分而明显的揭示。荀子认为，“礼之敬文也，乐之中和也，《诗》、《书》之博也，《春秋》之微也，在天地之间者毕矣”。[①] 又说：“故乐者，天下之大齐也，中和之纪也，人性之所必不免也。是先王立乐之术也。”[②] 战国末期的《吕氏春秋》论“乐”，受春秋以来的阴阳五行学说和道家养生论的影响，提出了“适音”“和乐”等观念，从艺术和养生角度发展了“中和”观念。董仲舒基于其天人哲学，吸收、融会了道家和阴阳五行学说的相关看法，将“中和”提升为天人合一之道，在政治上主张“以中和理天下”，在人生修养上强调“以中和养其身”，从而丰富了儒家“中和”论的美育内涵。

董仲舒在《春秋繁露·循天之道》中比较全面地阐述了他的“中和”论美学观。首先，“中和”即天道之“中和”。他说：“天有两和，以成二中。岁立其中，用之无穷。是北方之中用合阴，而物始动于下；南方之中用合阳，而养始美于上。其动于下者，不得东方之和不能生，中春是也；其养于上者，不得西方之和不能成，中秋是也。然则天地之美恶在？两和之处，二中之所来归而遂其为也。”[③]“中和”，首先是指天地阴阳二气运行的适度与和谐。从方位上说，北方、南方为“二中”，东方、西方为“两和”；从季节上说，冬、夏二季为“二中”，春、秋二季为“两和”。这种意义上的“中和”，指的是天地之气的运行规律。

其次，“中和”是万物生长、发育、成就之道。董仲舒认为，“天地之经，至东方之中，而所生大养；至西方之中，而所养大成。一岁四起业，而必于中。中之所为，而必就于和。故曰：和其要也。和者，天之正也，

① 《荀子·劝学》，（清）王先谦：《荀子集解》，沈啸寰、王星贤整理，中华书局 2013 年版，第 14 页。

② 《荀子·乐论》，（清）王先谦：《荀子集解》，沈啸寰、王星贤整理，中华书局 2013 年版，第 449 页。

③ （汉）董仲舒：《春秋繁露·循天之道》，（清）苏舆：《春秋繁露义证》，钟哲点校，中华书局 1992 年版，第 444 页。按：本文断句与点校略有不同。

阴阳之平也，其气最良，物之所生也。诚择其和者，以为大得天地之奉也。天地之道，虽有不和者，必归之于和，而所为有功；虽有不中者，必止之于中，而所为不失”。① 天地阴阳二气的运行，是以生长、养育、成就万物为目的的，而万物只有在“和”即阴阳和谐的情况下才能得以生成，也只有在二气运行得其“中”之时才能得以养育、成就。在“中”与“和”之间，“和”是“中”的目的和理想，是“天地之美”之所在。“中者，天之用也；和者，天之功也。举天地之道，而美于和，是故物生皆贵气而迎养之。”②

再次，“中和”是万物之美的普遍规律。董仲舒说：“法人八尺，四尺其中也。宫者，中央之音也；甘者，中央之味也；四尺者，中央之制也。是故三王之礼，味皆尚甘，声皆尚和。处其身，所以常自渐于天地之道。”③“法人”，即标准的人。味尚甘，声尚宫，最符合“中和”之美的标准。“处其身”即以甘味、和声等“中和”之美为对象来养生修身。这就是“自渐于天地之道”。

最后，“中和”是政治、道德、审美的基本原则。“中者，天地之所终始也；而和者，天地之所生成也。夫德莫大于和，而道莫正于中。中者，天地之美达理也，圣人之所保守也。……是故能以中和理天下者，其德大盛；能以中和养其身者，其寿极命。”④ 这已经很接近《礼记·中庸》所说的“中也者，天下之大本也；和也者，天下之达道也”⑤ 了。董仲舒在政

---

① （汉）董仲舒：《春秋繁露·循天之道》，（清）苏舆：《春秋繁露义证》，钟哲点校，中华书局 1992 年版，第 446—447 页。

② （汉）董仲舒：《春秋繁露·循天之道》，（清）苏舆：《春秋繁露义证》，钟哲点校，中华书局 1992 年版，第 447 页。

③ （汉）董仲舒：《春秋繁露·循天之道》，（清）苏舆：《春秋繁露义证》，钟哲点校，中华书局 1992 年版，第 450 页。

④ （汉）董仲舒：《春秋繁露·循天之道》，（清）苏舆：《春秋繁露义证》，钟哲点校，中华书局 1992 年版，第 444—445 页。

⑤ （汉）郑玄注，（唐）孔颖达疏：《礼记正义》，吕友仁整理，上海古籍出版社 2008 年版，第 1987—1988 页。

治上提倡“以中和理天下”，以“中和”为“天地之美达理”，意味着“中和”不仅是美的标准，也是审美的理想境界。

《春秋繁露·循天之道》着重探讨的是“循天之道以养其身”，即“以中和养其身”的问题。“养身”的范围比较广泛，就日常居处来说，“男女体其盛，臭味取其胜，居处就其和，劳佚居其中，寒暖无失适，饥饱无过平，欲恶度理，动静顺性，喜怒止于中，忧惧反之正。此中和常在乎其身，谓之得天地泰”。[①] 这涉及饮食、居处、劳逸的调节，动静、情感的修养问题。“以中和养其身”，使“中和常在乎其身”，是董仲舒的“养身”原则。董仲舒的“养身”，即是“养生”。“养生”以“养气”为主。“凡养生者，莫精于气”，“养生之大者，乃在爱气”。[②] 首先，是饮食益气。董仲舒指出，四季交叠，每个季节都各有其所美之物，如冬季之荠、夏之荼等。饮食应选择各个季节最美的食物，“视代美而代养之，同时美者杂食之，是皆其所宜也”。[③] 其次，是以“养心”来“养气”。“气从神而成，神从意而出。心之所之谓意。意劳者神扰，神扰者气少，气少者难久矣。”[④] 人由气构成，气多则健康长寿。而人之气又受心神影响，所以，“养心”比饮食益气更为重要。“君子闲欲止恶以平意，平意以静神，静神以养气。气多而治，则养身之大者得矣。”[⑤] 这实际涉及了精神修养的问题。再次，“养心”以“养生”，实质是审美的人生修养。董仲舒指出：“和乐者，生之外泰也；精神者，生之内充也。外泰不若内充，而况外伤

① （汉）董仲舒：《春秋繁露·循天之道》，（清）苏舆：《春秋繁露义证》，钟哲点校，中华书局1992年版，第456页。

② （汉）董仲舒：《春秋繁露·循天之道》，（清）苏舆：《春秋繁露义证》，钟哲点校，中华书局1992年版，第452、453页。

③ （汉）董仲舒：《春秋繁露·循天之道》，（清）苏舆：《春秋繁露义证》，钟哲点校，中华书局1992年版，第454页。

④ （汉）董仲舒：《春秋繁露·循天之道》，（清）苏舆：《春秋繁露义证》，钟哲点校，中华书局1992年版，第452页。

⑤ （汉）董仲舒：《春秋繁露·循天之道》，（清）苏舆：《春秋繁露义证》，钟哲点校，中华书局1992年版，第452页

乎？忿恤忧恨者，生之伤也；和说劝善者，生之养也。君子慎小物而无大败也。行中正，声向荣，气意和平，居处虞乐，可谓养生矣。”① “和乐”在外，相对于“精神”来说，可能指情感的愉悦，即“和说”；相对于情感来说，则可以理解为以“和”为特征的“乐”，即“声向荣”的艺术。尽管董仲舒强调“外泰不若内充”，“气意和平”的心态更为重要和根本，但“气意和平”本身就是一种审美心态，以“和乐”为特征的“声向荣”也是其“以中和养其身”的重要内容。由此，“以中和养其身”具体落实到以“中和”养其心，精神修养也以“中和”为基本原则。董仲舒就此指出：“心和平而不失中正，取天地之美以养其身。”②

先秦道家最重视“养生”问题，《吕氏春秋》探讨过音乐之审美与“养生”的关系问题，与董仲舒同时的刘安主编的《淮南子》以精神修养为核心深入发展了道家的“养生”论。董仲舒显然吸收了道家、阴阳家的相关学说，以其天人哲学为根基，既将“中和”之美提升到“天地之美”的地位，又将“中和”原则落实到以精神修养为核心的修身养性的实践中，从而发展了儒家美育思想。

## On the Dong Zhongshu's aesthetic education thought of "ritual and musical education"

Qi Haiwen

**Abstract** In the history of Chinese aesthetic education, Dong Zhongshu first proposed the concept of "ritual and musical education". Based on his thoughts on politics since the beginning

① （汉）董仲舒：《春秋繁露·循天之道》，（清）苏舆：《春秋繁露义证》，钟哲点校，中华书局1992年版，第453页。

② （汉）董仲舒：《春秋繁露·循天之道》，（清）苏舆：《春秋繁露义证》，钟哲点校，中华书局1992年版，第449页。

of the Han Dynasty, heproposed "reform" andadvocated "ritual and musical education" as the country's "suitable for governance"; Dong Zhongshu inherited and developed the pre-Qin Confucian aesthetic education concept, with "moral education" as the center toemphasize the aesthetic function of "pure beauty" and "peace of mind" of rites and music; on the issue of the relationship between human nature and ritual and musical education, Dong Zhongshu advocated "human nature is good and cannot be good", "human nature without education is not successful". Thus, it laid the foundation of human nature for the aesthetic education concept of ritual and musical education; Dong Zhongshu absorbed and integrated the Taoist, Yin Yang Wu Xing and other related ideas, and promoted "the core of Golden Mean" to the Taoof heaven and earth, and advocated that "morality is no greater than harmony, and Taois no more correct thanmiddle". He advocated "togovern the world with the core of Golden Mean" in politics, and emphasized "to cultivate the body with the core of Golden Mean" in life cultivation, thus enriching the Confucian "the core of Golden Mean" theory of aesthetics.

**Keywords** ritual and musical education; rites used to control peopleandmusic used toharmonize people; human nature without education is not successful; to cultivate the body with the core of Golden Mean

**Author** Qi Haiwen( 1965—), born in Yushu City, Jilin Province, is aprofessor of Shandong University College of Literature and the Center for Literary Theory. And Aesthetics Of Shandong University, a doctoral tutor, mainly engaged in the history of Chinese literary criticism and Chinese aesthetics.

# 儒学何以成为中国女性解放的理论依据？

## ——罗莎莉《儒学与女性》读后感

伏　煦

## 一

20世纪初以来，儒学被视作包括性别歧视在内的种种旧中国的社会不平等状况的理论基础，因为无法在其中找到疗救中国的方案以抵御西方的入侵，故而儒学本身为许多有识之士所抛弃。在西方学界，从事性别研究的学者并未从中国文化的因素出发考虑中国女性的历史与现状，亦存在将儒学视作中国女性受害的理论依据的简单化倾向。但这种观点在最近二十多年已开始受到质疑，从事中国妇女史研究的学者对这种意识形态先行的妇女史写作模式进行了反思，其中高彦颐（Dorothy Ko）《闺塾师：明末清初江南的才女文化》（1994）一书绪论“从“五四”妇女史观再出发”的意见颇具代表性，她认为，“受害的‘封建’女性形象之所以根深蒂固，在某种程度上是出自一种分析上的混淆，即错误地将标准的规定视为经过的现实，这种混淆的出现，是因缺乏某种历史性的考察，即从女性自身的视角来考察其所处的世界”。[①]

① ［美］高彦颐：《闺塾师：明末清初江南的才女文化》，李志生译，江苏人民出版社2005年版，第4页。

高彦颐的《闺塾师：明末清初江南的才女文化》一书，堪称对特定历史阶段、个别区域与某一阶层的中国女性进行研究的典范之作，20 世纪 90 年代，西方学界与之同样精彩的专题研究，亦有伊沛霞的《内闱：宋代妇女的婚姻和生活》（1993）、曼素恩《缀珍录——十八世纪及其前后的中国妇女》（1997）等，这些著作有一个引人注目的共性，就是走出对中国女性作为受害者的想象，从历史本身出发讨论中国妇女的生活状况，努力走进她们的内心世界，在这一过程中改变了以往妇女史书写的刻板印象。在这些个案研究的基础之上，是否可能从整体来研究中国女性在儒家为主流意识形态的历史环境之下的处境？罗莎莉（Rosenlee Li-Hsiang Lisa）以 2006 年出版《儒学与女性》（英文原名为 *Confucianism and Women*：*A Philosophical Interpretation*，纽约大学出版社）一书尝试讨论了这个牵涉面更广的问题。具体来讲，《儒学与女性》一书首先要解决的问题是“儒学是不是彻底的性别歧视主义”这个历史问题，在回答这个问题的基础之上，作者也尝试讨论了儒学对中国女性的现状和未来能否起到积极的作用，也就是说，儒学能否通过自我调节而非引进西方道德理论来直面性别不平等。

《儒学与女性》一书共分为七章，其中第一章“导言”，介绍了构成该书主体的第二—第七章的主要内容；第二章“儒学、中国性以及‘仁’的道德人格”的大部分内容是在为西方读者提供一个儒学的历史源流简介，在结束全章之前作者提出了这样一个问题：如何解释儒家“仁”的伦理道德或人格在理论层面上的开放性与社会历史实际中女性的服从地位之间的矛盾；从第三章开始，作者正式开始讨论儒学这一中国传统的意识形态体系与女性及性别差异之间复杂的互动关系。

## 二

第三章“阴阳、性别特质及其互补性”和第四章“内外、两性之别与恰如其分的礼仪”是从性别差异或者说两性不同的功能这一角度，来考虑中国女性在儒学的理论框架中的地位。首先，作者在第三章的开头强调了在人际关系中的中国女性，她们是女儿、妻子和母亲，不存在脱离这些关系的女性个体，前近代中国的性别体系应该放置到亲属体系中去理解；其次，中国的阴阳隐喻与西方性别观念中男女的二元性不同的是，阴阳是非对抗性的、互补的一对概念，两者之间不存在价值意义上的高下，只有性质上的差异；最后，阴阳隐喻与性别相关而不仅针对性别，在汉代宇宙论中时常用来表示超越两性的状态，如君臣、父子等关系。而在西方的理论语境中，男女的二元对立中，与男性相关的是处于优越地位的理性、精神等特质，与女性相关的是处于卑贱地位的感性、肉体等特质，从这个角度看，中国的阴阳隐喻本身并不构成性别不平等的理论依据。

如果说对阴阳隐喻的分析是从形而上的宇宙论来解释中国的性别关系和性别差异，那么第四章所论的基于性别功能的“内外”，落实到了社会生活的实际。这里的“内外”，其界限并非实体意义的边界，而是文化意义上的象征性界限，这种文化秩序也就包含了和性别有关的亲属关系和社会角色，即《周易·家人》所说的：“女正位乎内，男正位乎外。男女正，天地之大义也。”两性分属于各自“内外”领域，在儒家看来是社会稳定与繁荣的基础。虽然“内外”之别实际上没有一个严格的界限，而且女性在某些情况下也得以跨越看似森严的“内外”界限，比如干预政治事务和从事文学创作，吊诡的是，许多杰出女性恰恰是因为跨越了“内外”的界限而赢得生前身后的赞誉。作者认为：“中国女性的生存困境可以部分通过作为规范的内外理念来说明。在内外理念下，真实的越界行为在可见的、表现为性别得体的情况下是被允许的。由于内外是一种功能性的、规范性别得体的区分，女性只有在隐蔽的情况下才能进入政治、社会以及文学等外部领域。也就是说，她们无法获得正式的行为权利。”[①]“隐蔽”的说法或许不够确切，固然没有相关机制来鼓励中国女性参与文学活动，但也没有特别的限制，她们的成就也可以得到以男性为主的批评家的认可。

与西方不同的是，在儒学的价值体系中，两性的才能并无高下之分，不平等体现在社会功能的差异上，“内外”之别是儒学理论中稳定社会秩序的重要原则，其具体的界限却“依赖于社会政治环境下的独特构造，内外之间的界限不断移动并且不时作出新的调整”[②]。在第五章，作者以妇德女教类文本为例，进一步探讨了女性在“内”领域中的性别认定和对“外”领域文化追求之间的自然冲突。

## 三

第五章“妇德女教类文本与女性所独有的‘内’领域”论述了帝国的列女传记文本中，女性道德标准由早期的无性别特征，如《列女传》的“仁智”“节义”等，逐渐发展为突出强调女性特征的标准，如贞洁和母教。这一过程被以往许多研究者解读为儒学成为官方意识形态后，对女性的压迫加强，如纪传体正史的《列女传》演变成“烈女传”，但这未尝不可视为女性的性别特质与两性间的差异逐渐得到认识并且强化的过程，在这一过程中，女性自身也参与了性别差异的建构。在论述妇德女教类文本《女四书》的时候，罗莎莉指出：“男女作者身份之权威的平等与男性和女性在各自适当领域的教育相联系。正如《四书》指代‘外’领域中的儒家人格典范——君子，《女四书》则代表了才华横溢之女性所定义的‘内’领域中理想的女性人

① ［美］罗莎莉：《儒学与女性》，丁佳伟、曹秀娟译，江苏人民出版社 2015 年版，第 103 页。
② ［美］罗莎莉：《儒学与女性》，丁佳伟、曹秀娟译，江苏人民出版社 2015 年版，第 81 页。

格。"① 作者指出《女四书》中的《女诫》，其保守性并没有表面上那么严重，其中补充说明了《礼记·昏义》的"四德"，体现的是作为妻子的女性在"内"的领域中应当具备的女性特质。到了明清时期，对"妇言"的再度解释也是出人意料的，这一美德从语言扩展到文字表达，成为女性从事文学创作的理论依据。

虽然罗莎莉无意否认《女诫》的保守性，但在她看来，作为《女诫》和《女论语》的作者，班昭与宋若莘、宋若昭姐妹的著作内容无疑是强调女性应该在"内"领域中展示出一种不同于男性的道德品质，然而她们的著述行为本身却逾越了"内"领域，被罗莎莉称作"超越文盲和大众女性范畴的独居式文人生活"（p. 123）。这一矛盾并未妨碍班昭被后世视作"女圣人"，甚至为后世女性提供了德才兼备的合法性，在《女四书》的后两种，明代徐皇后的《内训》和清代刘氏的《女范捷录》中，女性接受教育的合理性成为受到重视的问题，知识被视作拥有美德的前提。然而女性的才华不能让她们走出"内"的领域，在"外"大显身手，这种无法实现自我价值的不幸，可以说是在"内外"之别的限制中衍生而来的，有别于西方从智力的有限性特征来定义"女性"范畴②。不过此处作者或许应该适当考虑中西方男性不同的女性才华观念：中国男性中不乏对女性才华赞赏和褒扬之辈，而西方男性多无视甚至贬斥。在以男性为主导的社会中，男性对女性展示才能的宽容度，在事实上对女性能否"走出"闺门有非常重要的影响。而中国男性较为温和与肯定的态度，或许可以从事实层面为我们重新考量中国女性才能的发展空间提供启发。

在第六章"儒学与中国的性别歧视主义"中，罗莎莉着力探讨"内外"这一功能性差异的更深层原因，以及中国历史上广泛存在的性别压迫

① ［美］罗莎莉：《儒学与女性》，丁佳伟、曹秀娟译，江苏人民出版社2015年版，第118页。
② ［美］罗莎莉：《儒学与女性》，丁佳伟、曹秀娟译，江苏人民出版社2015年版，第134页。

行为和儒学的联系，“女权主义者对于儒学中包含男性至上主义的批判或许存在一定的合理性”，但她反对“将某些礼仪文本或个别儒生的男性至上主义言论等同于整个儒学或儒学中的性别主义”①，因为这样会带来两种负面的结果，一是将摒弃儒学看作实现中国性别平等的必要充分条件，二是因为个别言论而否定其学说的价值②。作者对儒学在中国女性受到歧视的问题上扮演的替罪羊和被告者角色颇有微词，毕竟残杀女婴、收养童养媳、纳妾、缠足和守寡等社会行为，都在某种程度上与作为儒学道德体系的重要理念，即“仁”的精神相违背。她指出，中国女性受压迫的根源比起作为国家意识形态的儒学更为深刻，这个更深刻的根源正是中国的家庭制度，“家族传承、祖先崇拜、孝道以及文化力量之间复杂的交互作用共同构成了中国性别压迫的文化基础”③，换言之，是比儒学更早的宗法制度。在这一制度的影响下，家族的延续是以生育男性后嗣为基础的，残杀女婴是保证资源倾向于男性后嗣，纳妾是正妻未能生育男性后嗣的补救措施。虽然儒学在提倡孝道等方面为宗法制提供了十分重要的理论支持，但是我们并不能认为在宗法制影响下的迫害女性的社会行为，都有儒学伦理道德的直接或间接支持。从中国的家庭制度或者说宗法制的角度来理解中国女性不平等，在作者看来更能触及问题的实质。

关于守寡和缠足这两种与儒学孝道伦理相冲突的行为（女性自愿守贞，常常挑战了父母公婆的权威，而缠足伤害了受之于父母的身体），美国的中国妇女史研究者已分别有专门论著讨论，卢苇菁《矢志不渝：明清时期的贞女现象》（2008）和高彦颐《缠足：“金莲崇拜”盛极而衰的演变》（2005），皆论及了女性自身通过守贞和缠足所构建的政治与文化意义，在很大程度上纠正了以往的简单化印象，可以说，如果没有妇女自身

---

① ［美］罗莎莉：《儒学与女性》，丁佳伟、曹秀娟译，江苏人民出版社2015年版，第135页。
② ［美］罗莎莉：《儒学与女性》，丁佳伟、曹秀娟译，江苏人民出版社2015年版，第135页。
③ ［美］罗莎莉：《儒学与女性》，丁佳伟、曹秀娟译，江苏人民出版社2015年版，第138页。

的认同与积极参与，很难想象这些制度如何顽固地持续到清朝覆灭之后。美国的中国妇女史研究者敢于直面这些本来看上去更加能证明中国女性是“受害者”的历史现象，恰恰可以说明，对以压迫与被压迫的先入之见写作中国妇女史的反思更加深入。《儒学与女性》从中国女性通过守贞和缠足实践了汉民族的伦理观和礼仪观的这一角度，反对西方世界将缠足等行为看作东方世界的奇观，进而反对以西方道德标准对待中国女性本身的解放问题，本书写到第六章末尾，事实上已经从回答了“儒学是不是中国女性受到歧视的理论根源”，过渡到一个更重要的问题，那就是现代中国女性的解放，是否以摒弃儒学为前提。

## 四

第三章到第六章重点论述的几个方面，使我们对儒学和女性的关系有了更深刻的认识，令人欣喜的是，作者的研究并没有止步于这个层面，在总结历史与研究理论文本的基础上，她提出了一个直面现实及未来的问题：中国女性能否独立于西方的道德观念，在自身的文化传统中找到自我解放之路？第七章“儒家女权主义：‘女权主义’道德的酝酿”作为全书最后一章，试图回答了这个问题。但令人遗憾的是，这一章的篇幅过短，对这个问题没能展开充分的讨论就匆匆结尾，[①] 笔者将结合前六章的相关论述，尝试评述罗莎莉的观点，并且结合中国语境就此发表一点自己的想法。

通过前面的论述，我们知道儒家主张的性别功能差异（“内外”）与为

① Valentina Boretti 在她的书评中，批评了《儒学与女性》一书结构上的失衡，她认为第一章至第六章只是背景介绍，不应该成为全书的核心，文载 *The China Quarterly*, No. 188, The History of the PRC（1949—1976）, Dec. 2006 , pp. 1148 - 1149。

儒家孝道所支持的宗法制度，从根本上说是历史上两性不平等的原因，甚至直到今日，许多有关女性和性别的社会问题，依然植根于历史文化上的原因，罗莎莉指出了问题的症结，并且提出了这样的设想："一旦基于性别的劳动分工被根除，女性将不再受限于局促的'内'领域，她们因而也能成为最高的文化典范——君子。"① "儒学中需要矫正的是基于性别的内外劳动分工，而不是追求完美人格（'仁'）的整个儒学体系。"② 这种分工随着社会的变化，确实在某种程度上已经得到了调整，但调整的契机，是出于政治上主张男女平等、让女性走出家庭，同时在经济上女性通过走出家庭工作获取报酬这种考虑，而非儒学内部的自我调节。作者本人在认识到这一点的基础上，提出了这样的忧虑："根除基于性别之内外界限将直接挑战标准的性别身份乃至中华文明之礼仪规范。问题不仅在于是否应该进行这样的变革，更大的问题在于这样的变革是否能够通过儒家传统自身而获得合理论证，或者是否任何性别关系的变革只能通过输入西方的道德理论来完成。"③ 在这种情况下，作者并没有提出一个可以从理论上弥合矛盾的解决方案，她只是以儒家五伦之中的朋友关系，来类比现代社会中的夫妻关系：因为朋友之间的结合基于自愿，而且不存在基于性别的劳动分工。

我们不得不说，这一回答并不那么令人满意，从整体上看，《儒学与女性》一书虽然找到了中国女性受到不平等待遇的文化根源，却未能在儒学理论层面指出这一古老的意识形态改变现状与面对未来的可能性。当然，从社会变革的层面来看，改变"内外"的性别角色分工，并且摒弃以只有男性才可以成为家族后嗣的观念，对于女性争取平等地位具有更加直接和现实的意义。解决这两个问题，如罗莎莉本人所忧虑的，似乎借助的

① ［美］罗莎莉：《儒学与女性》，丁佳伟、曹秀娟译，江苏人民出版社 2015 年版，第 180 页。
② ［美］罗莎莉：《儒学与女性》，丁佳伟、曹秀娟译，江苏人民出版社 2015 年版，第 175 页。
③ ［美］罗莎莉：《儒学与女性》，丁佳伟、曹秀娟译，江苏人民出版社 2015 年版，第 180 页。

是西方的性别平等理论而非儒家学说内部的调适，而我们需要注意的是历史上儒学的思想家不断重新解释经典以适应现实社会的努力，从这个角度来看，作为文化身份植根于儒学的现代中国人，可以试图建构一种儒学理论框架下的女性主义理论，这种思想体系或许可以反向输入西方，为来源于西方的女性主义提供一些反思的契机。

首先，儒家学说中的“仁”的行为主体——君子，在儒家经典中并没有明显偏向男性的特质，也就是说，女性也同样可以通过学习与个人修养，成为儒家的理想人格主体。在这一点上，与中国同处于汉文化圈的朝鲜时代女性，已经有了较为鲜明的意识，如任氏（1721—1793）的《祭仲氏鹿门先生文》中提及次兄对自己学问上的指导：“男女虽曰异行，而天命之性则未尝不同，故其于经义有所疑问，则公必谆谆善喻，使之开悟而后已。”①（《允挚堂遗稿》）金氏（1769—1823）《无题五首》（之二）有云：“仁义礼智信，无不具乎人。五者信为贵，日以省吾身。”②（《三宜堂稿》）任氏和金氏并没有把女性身份视作追求儒家道德规范与理想人格的桎梏，甚至在金氏看来，女性也肩负着一定的家国责任。她以“平生五色线，愿补舜衣裳”来回答丈夫“古人诗中何句最佳”的问题，当丈夫质疑“此诗之意在男子则可矣，于妇人则不可也”，金氏答道：“忠君爱国，奚独男子事也？……周之兴，基于《关雎》之圣姒；齐之昌，本乎《鸡鸣》之贤妃，则妇人之忠不亦大乎？”③（见《礼成夜记话》，《三宜堂稿》）

其次，儒家重视人际关系，尤其是家庭内部的关系，儒家提倡基于血缘联系的“亲亲”（《孟子·尽心上》：“亲亲而仁民，仁民而爱物。”）之道，使得父母对儿女的慈爱，儿女对双亲的孝顺，兄弟姐妹之间的友爱，中国人对这种血缘亲情的重视，就包含着男性对其女性亲属地位及命运的

---

① 张伯伟主编：《朝鲜时代女性诗文集全编》，凤凰出版社 2011 年版，第 566—567 页。
② 张伯伟主编：《朝鲜时代女性诗文集全编》，凤凰出版社 2011 年版，第 731 页。
③ 张伯伟主编：《朝鲜时代女性诗文集全编》，凤凰出版社 2011 年版，第 780 页。

关心的可能性，推而广之，男性也可能参与促进女性平等的进程。近代废除缠足的实践中，有一部分就是从开明的父亲拒绝让自己年幼的女儿接受缠足开始的；男性知识分子对妇女接受教育、享有政治权利的呼吁等行动，在实践层面上说明了这种可能性。从人格和人际关系这两个层面看，我们不得不说儒学暗含着某些可能促成性别平等的因素，在解放中国女性的过程中，和她们关系密切的中国男性也扮演着十分重要的角色，如果把女性解放视作人类实现自由平等的一部分，那么儒学出于天然血缘的“亲亲”之义，与推而广之的“仁者，爱人”，便可能具有超越中国语境的价值。

另外，与西方不同的是，儒家学说将国家视作家庭的拓展，这方面罗莎莉在第四章[①]有所提及，但没有在第七章进一步论述。在儒学的观念中，君臣这种上下级关系都被类比为父子，孝子往往被视作潜在的忠臣，“其为人也孝弟，而好犯上作乱者，鲜矣”（《论语·学而》），故而“家”与“国”（某种程度上也是“内”与“外”）的关系密切，对于中国人而言，家庭和公共领域是相通的，这种观念无意中也为女性进入社会提供了依据，虽然女性操持家务被视作更重要的职责，对于中国男性而言，“欲治其国者，先齐其家”（《大学》），“修身”“齐家”“治国”是一个逐步向外拓展的过程，在这个过程中“齐家”亦是重要的一环。从这个意义上来看，不仅是基于功能而言的“内外”之别的模糊界限，有利于女性走出家庭，男性“齐家”的责任，在某种意义上也消解了“内外”之别的秩序，而在家国一致的大前提下，两性共同承担“内外”的责任，未必不是构建儒学理论中理想社会秩序的必要条件。

在这三个层面上，儒学或许可以成为中国女性解放的理论依据，西方

① ［美］罗莎莉：《儒学与女性》，丁佳伟、曹秀娟译，江苏人民出版社2015年版，第97—101页。

的女性主义学者也可以吸取其中的精华。《儒学与女性》一书在历史背景的研究之外，提出一个直面现实与未来的重要问题，亟待包括中国、日本、韩国在内的东亚学界，与西方学界共同关注，并为其书写续篇，笔者相信，这对于儒学理论和女性解放两者而言，都将是非常伟大的贡献。

# 京剧男旦表演艺术“离形得似”的审美追求

## ——兼与歌舞伎女形表演艺术比较

王誉凝

**摘　要**　京剧男旦与歌舞伎女形同为男扮女装，是由男性演员诠释女性角色的表演艺术；通过对二者进行比较可以发现，由于外在的表演形式和内在的表演理念不同，二者的审美追求也有所不同。将这两种艺术的表演形式与表演理念进行并置比较，则京剧男旦表演艺术的审美追求得以明确。这一比较研究提出，中国传统美学中的“离形得似”可以概括京剧男旦审美追求的特点。

**关键词**　京剧；男旦；歌舞伎；女形；离形得似

京剧男旦与歌舞伎女形作为中日古典戏剧中极具代表性、极富特色的“男扮女装”表演艺术，二者不同的审美追求体现在表演形式与表演理念的方方面面。通过与歌舞伎女形表演艺术的比较不难发现，京剧男旦在尊重现实、从现实中女性人物的特质出发进行角色表演的方面，与歌舞伎并无多大差别；但是由于表演理念的不同和表演形式的差异，京剧男旦转而不单单追求“形似”，而旨在追求“神似”的境界，最终形成以“离形得似”为理想的审美追求，践行了中国传统美学中“离形得似”的观念。笔者运用比较研究的方法，通过对比京剧男旦与歌舞伎女形在表演形式、表演理念上的不同，提炼出京剧男旦独特的审美特质，进而将京剧男旦表演艺术的审美追求概括为“离形得似”。下文笔者首先对京剧男旦和歌舞伎女形表演艺术进行简单梳理。

京剧男旦表演艺术诞生于晚清时期，是在作为京剧前身的各地方剧种男旦表演艺术基础上诞生的，分青衣、花衫、花旦、武旦、老旦等专行。京剧男旦艺术在20世纪20年代达到巅峰，以“四大名旦”为代表的名角继承前辈苦心经营的艺术风范，提高艺术品格，走向高雅化。他们的表演强调戏曲的雅俗共赏和教育作用，对女性角色的塑造真正实现了声色兼具和形神并重。尤以融会各家之长而又独具中和之美、“士大夫气”与凡间烟火味并存的梅兰芳为翘楚。① 中华人民共和国成立后戏剧界提倡男扮男、女演女，京剧男旦表演艺术遂式微。日本歌舞伎产生于江户时代，是在吸收民俗歌舞元素、借鉴人形净琉璃的基础上发展完善的民族戏剧。歌舞伎在其发展史上，二度因色情表演被幕府下令停演。涤除了色情因素，由剃去前发的成年男子表演，真正成为一门严肃艺术的歌舞伎表演，且被称为野郎歌舞伎。它以演员演技为中心，摄取人形净琉璃艺术精粹，内容以表现江户庶民的生活为重点。“女形”意为男子模仿女人形态，可细分为娘方（少女）、姬（公主）、倾城（花魁）、世话女房（贤内助）和武家女房（武家贤内助）。

虽然京剧男旦与其他剧种的男旦表演艺术之间存在历史源流上的关系，但为了明确其作为一门独立艺术的品格和特质，本文将研究对象限定为京剧诞生之后，主要是以“四大名旦”为代表的巅峰期京剧男旦表演艺术。需要说明的是，京剧改良运动中兴起的“时装京剧”，由于持续时间短、理论和艺术上不够成熟，且有“政治传声筒”之嫌，故不在本文讨论之列。

审美追求体现在表演艺术由表及里、由内而外的方方面面。毋庸置疑，从外在的表演形式到内化的表演理念，无不践行着戏剧表演艺术最终

① 崔伟：《京剧史话》，社会科学文献出版社2015年版，第66页。

的审美追求。故笔者下文将从京剧男旦与歌舞伎女形表演形式和表演理念的比较研究出发，逐层剖析，归纳出京剧男旦表演形式与表演理念上的特质，并以此为依据发掘其审美追求。

## 一 京剧男旦与歌舞伎女形表演形式比较

京剧男旦与歌舞伎女形在表演形式上差异颇大。具体体现在舞台动作、舞蹈、演唱和科白上。

（一）京剧男旦的表演形式

首先，较之歌舞伎女形的舞台动作而言，京剧男旦的舞台动作明显地表现出对“形”的脱离。众所周知，京剧有一整套高度程式化的做派，演员在舞台上的一举一动都有固定的模式，京剧男旦亦是如此；进一步来说，京剧男旦的舞台动作在程式化基础上表现出高度抽象化的特点。京剧男旦表演动作的每个亮相、每个转身，都拥有一套固定的含义，它并不要求演员模仿现实生活中人物的动作，甚至不介意坦白“它的演员正在演戏”。[①] 京剧男旦的表演不是单纯模仿女子的举止，更不是一板一眼地对现实中女子的动作进行照搬，而是从现实出发，通过观察现实，运用理智筛选出一系列美的动作，并将具体的动作抽象化处理，最后把它们运用到舞台动作当中。而当这些舞台动作运用得多了，也便固定了下来，成为程式化的动作得以保留。这些高度抽象化的动作虽然在本质上是取材于现实的，但自然与现实中女性的动作不再相同。例如，针对京剧的“卧式”动作，齐如山曾指出“戏中无论何脚，皆不许躺卧，以其太近写实也”[②]，可

---

① 赵雪：《中国戏曲“乾旦”艺术的美学解读》，硕士学位论文，湖北大学，2013 年，第6—7 页。

② 梁燕主编：《齐如山文集（第 2 卷）》，河北教育出版社 2010 年版，第 155 页。

见“太近写实”和过于直观在京剧视野里是不够艺术的。事实上，演员和观众正是通过一整套约定俗成、意义固定的规范进行故事的传达与审美的参与。再如梅兰芳在对《贵妃醉酒》进行重新编排之时，针对杨妃的三次饮酒，都从现实中女子的醉态出发并进行观照，运用理智进行揣摩和分析。他对舞台上的饮酒动作分别进行处理，饮第一杯时以扇遮面缓缓饮下，显得端庄持重；第二杯速度加快，第三杯时酒已过量，梅从现实中“醉酒的人见了酒会抢着喝”出发，将此处动作处理为“抢过杯来一饮而尽”，可谓细腻专神。但这并不意味着剧中的动作就是对现实女子醉态的照搬，梅兰芳进一步表示：“我们表演的是剧中的女子在台上的醉态，万不能忽略‘美’的条件。”① 因此，梅兰芳在处理杨妃沉醉之后的“衔杯”时，就用了京剧中一个程式化的动作：鹞子翻身。这样的表演虽然是程式化、抽象化的，与现实中人的醉态差异较大，但是十分具有美感；归结起来，即为京剧男旦舞台动作“离形”的特质。

在舞台演唱与科白上，京剧讲究“唱、念、做、打”，对于男旦表演艺术而言，唱功的地位又格外重要。观众在评价一位男旦的演技时，更多也是就唱腔、念白功夫进行评价和议论，唱功在观众心目中的地位也由此可见一斑。男旦表演艺术的各大流派也通过唱法、声腔和发声方式的不同来展现各派不同的风格特征。如程长庚的嗓音宽亮高亢，唱腔细腻华美而又流畅健朗，具有刚柔相济的特色；梅派唱腔博采众家之长，雍容平和，典雅亲切，看似绝无更多的花腔装饰，反而于平易中使人感到变化无穷、魅力深邃。② 京剧男旦艺术家更针对男性独特的声带结构，开创了适合男旦的发声方式和歌唱技巧，既悦耳动听，在塑造人物时亦能做到曲尽人情。应当说，男旦的演唱及科白——尤其是演唱，也具备强烈的“离形”

---

① 梅兰芳：《梅兰芳回忆录》，东方出版社2013年版，第210页。

② 崔伟：《京剧史话》，社会科学文献出版社2015年版，第67页。

色彩：男旦唱、白的曲文是一首首优美的抒情诗，与现实中女性的说话方式迥然有别；男旦的声腔清越婉转而宽亮，既不同于坤旦的演唱方式，也区别于现实中女性的喉音。

（二）歌舞伎女形的表演形式

与京剧男旦表演艺术相比，歌舞伎女形在舞台动作、舞蹈上表现出程式化与写实并存的演技。在与歌舞伎女形的舞台表演相对比之时，京剧男旦“离形”的特点表现得更加突出。

鸟越文藏在《元禄歌舞伎考》中提出：“我认为日本演剧史正像舞俑脉那样，存在着物真似的脉”①，“物真似”即模仿之意。歌舞伎艺术是在继承能乐等传统艺能基础上诞生的表演艺术，对姊妹艺术的表演技艺和理念有所继承，具备写实化特点。歌舞伎主要存在“荒事”“和事”二大表演流派。“和事”中女形以生活化的对白和动作为主，相当写实、精密和细腻；一方面逼真地模仿女性的举手投足，一方面又写实地刻画出人物性格和身份。例如在具体表演中，较之京剧男旦舒卷自如、飘逸洒脱的舞台动作，女形动作幅度更小，显得更加含蓄，贴合日本女性的性格特点，因而更加写实。在饰演羞涩少女时，女形俳优盘坐在榻榻米上微微低头，双手置于膝上，而把脸稍微扬起，单手据于地板，又是良家妇人的表现。②“所作事”中女形的表演以舞蹈为主，兼顾写实与程式化要素，既贴近日常生活，又可以延伸出丰富内涵，歌舞伎的程式化要素也主要表现在“所作事”中。但它与京剧男旦舞台动作“在抽象化基础上实现程式化”的性质不同，郡司正胜认为：歌舞伎舞台动作不具备高度洗练的象征与抽象化特质，它的表演全部来自“直感”，本质是“以华丽所制造的喜悦”；歌舞

① ［日］鸟越文藏：《元禄歌舞伎考》，八木书店平成三年（1991）1月。转引自李颖《日本歌舞伎艺术》，大众文艺出版社 1998 年版，第 151 页。

② 樊天：《中国京剧与日本歌舞伎的角色比较研究——以“男旦”和“女形”为中心》，《山东农业工程学院学报》2014 年第 1 期。

伎的程式美在很大程度上依赖外在的“型”。① 例如在“所作事”名剧《藤娘》中，女形俳优配合华丽的衣着翩翩起舞，这样的动作是“直感”的，是“直观性”，而非抽象化的舞台表演。它的艺术魅力主要来自视觉的直接冲击与愉悦，而非抽象化的诗意联想。

在演唱与科白上，歌舞伎“唱”的部分是由唱队负责的。女形俳优只负责科白，不承担演唱任务，主要靠细腻的舞台动作和曼妙的舞蹈塑造人物。

(三) 从比较中看京剧男旦表演艺术“离形”的审美特质

综上而言，首先，歌舞伎女形的舞台表演动作与舞蹈，具备写实性与程式化二者融合的艺术魅力；而歌舞伎女形舞台动作的写实色彩和“直感”性较之京剧男旦都更为强烈，可以说在舞台动作上，歌舞伎女形不仅具备“形似”特点，其艺术魅力也依赖于“直感”——依赖于可以被观众直接观赏和感受到的、华丽的“形”。与之比较，京剧男旦的舞台动作虽然也具备程式化特质，但经抽象化美学提炼之后已经不具备现实中女性动作的具体形态，表现出“离形”的特质；观众在欣赏男旦的动作时，也不能仅仅依靠直接观看，而需要运用抽象化的诗意联想来实现审美的参与。其次，从京剧男旦与歌舞伎女形的舞台演唱与科白来看，对比歌舞伎女形的科白，京剧男旦的演唱与科白也具备强烈的程式化、抽象化特点。

通过比较不难发现，与歌舞伎女形表演艺术相比，京剧男旦表演艺术具备“离形”的审美特质。

## 二 京剧男旦与歌舞伎女形表演理念比较

京剧男旦的表演理念为“男演女角”，歌舞伎女形的表演理念为“男

① [日] 郡司正胜：《歌舞伎入门》，李墨译注，中国戏剧出版社 2004 年版，第 16 页。

变女形”。

（一）京剧男旦：“男演女角”的表演理念

京剧男旦的表演理念为“男演女角”，以表现出女性人物神髓为旨归。“男演女角”理念是由演员对被表演对象进行“观照”，男旦本人自始至终知道自己并不是自己表演的人物，由此与人物之间保持心理距离，达到对表演对象的审视。

正如德国戏剧家布莱希特所言，演员“用奇异的目光看待自己和自己的表演，这样一来他所表演的东西就使人有点儿惊愕。这种艺术使平日司空见惯的事物从理所当然的范畴提高到新的境界”。① 在“观照”的过程中，男旦一方面在生理上与女性角色之间保持着距离，并从男性的视角出发提取出女性最富有美感的成分运用到舞台表演中；另一方面清醒地意识到自己“在演戏”，并在此前提下体验剧中人物的性格、情感和心理，设计出最好的表演方式把这些表现出来给观众看和听。这样一来，演员的清醒理智就时时刻刻监督着表演者自己，审视自己的表演：对角色的处理是否恰当？是“过”还是“不及”？有论者指出，以梅兰芳为代表的京剧男旦表演体系精髓为“两个自我”：“一个‘自我’进入角色，进行非理性的情感体验；另一个‘自我’站在角色之外，居高临下地监控并审视着‘我’的表演。”② 笔者认为这一定义是切中肯綮的。可见，京剧男旦的表演理念要求演员从旁观者的视角出发，通过“观照”，运用理智分析和概括出人物的性格和神髓。演员不需要与剧中的角色“合二为一”，也不需要对剧中的角色进行一板一眼、惟妙惟肖的模仿，更不需沉浸其中，成为自己扮演的角色；演员要做的是将自己分析出来的人物神髓，运用程式化的形式表演出来。例如梅兰芳在塑造女性角色时，从不以“像女人”为至

---

① ［德］布莱希特：《陌生化与中国戏剧》，张黎、丁扬忠译，北京师范大学出版社 2015 年版，第 8 页。

② 黄海澄：《梅氏表演体系与男旦存在的美学根据》，《美与时代》2012 年第 2 期。

高境界，而是指出“要美观，方为合格”；若要在表现女性喜怒哀乐的种种情态时都要做到“美”，就要求表演不能过于写实，而要“传神”——将女性角色情态中最美、最具艺术性、最有象征意义和概括意义的部分呈现在观众面前。

（二）歌舞伎女形：“男变女形”的表演理念

歌舞伎的表演理念可概括为“男变女形”，盖因“物真似”是“男变女形”表演时采用的方法，在《新日汉辞典》中释义为模仿、效仿。在女形表演艺术中指的就是运用模仿的表演方式，由浅入深，最终潜入人性的底根，达到由内而外彻底“变身”为所表演的女性角色的艺术境界。

例如在塑造游廊妓女时，女形俳优对妓女的体态、仪表、衣裳、容貌，乃至妩媚魅人的精髓都竭尽全力进行了模仿。在舞台上他们脱去了自己原本的生理属性和心理上的自我认知，彻底变身成浮花浪蕊的游女、风情万种的花魁。这与京剧男旦的表演理念就迥然有别。歌舞伎女形演技的创立者、名优初代芳泽菖蒲在理论著作《菖蒲草》中关于女形表演的经验之谈：“平时必须像女人那样生活，否则就很难成为演技超群旦角；如果仅仅在登台演戏时才意识到自己是在扮演女人，那么演出的结果会更像男人。……旁人称呼‘她’、‘夫人’的时候，如果脸红心跳，只能说明演技还不到家……在舞台之下也应有女子的心理，……当与男性演员相处时，仍然要以男女相待。这样在舞台上表演男女爱恋场面，才不会流露出性别上的痕迹。”① 是歌舞伎“男变女形”表演理念的又一力证，它要求艺人与角色由外表到心理，最终到神髓都完全融为一体。虽然最终的追求都是表现出女性的风神，但是对外表和心理的模仿与体验是必经的程序；与京剧男旦对角色进行观照，运用理智对表演进行控制和审视的表演理念完全不同。

① 李颖：《日本歌舞伎艺术》，大众文艺出版社1998年版，第156页。

（三）从比较中看京剧男旦表演艺术“得神似”的审美特质

通过比较，京剧男旦与歌舞伎女形二者在表演理念上最大的区别，体现在歌舞伎女形的表演理念要求艺人必须“成为”表演对象上：从女性角色的外表，到一举一动，再到心理，最后直至女性角色的神髓，都要做到合二为一。很显然，对比歌舞伎女形这种“由形似求神似”的“男变女形”表演理念，京剧男旦的表演理念省略了追求外在“形似”的步骤，而是通过演员站在旁观者角度对角色的观照，以及运用理智对女性人物神髓的概括，直接指向“神似”，以“得神似”为本质特征。故笔者认为，京剧男旦在表演理念上具备“得神似”的审美特质。

## 三　从比较中看京剧男旦表演艺术的审美追求

在比较研究中可以发现，从京剧男旦程式化的舞台动作以及演唱与科白来看，其表演形式呈现“离形”的特点。而京剧男旦的表演理念“男演女角”则要求演员通过对角色的观照，提炼出具有高度概括意义的角色神髓，具备“得神似”的特质。因此，在综合表演形式与表演理念二者特质的基础上，笔者在中国古典诗论中，拈出“离形得似”一词，用以概括京剧男旦表演艺术的审美追求，其在京剧男旦表演艺术语境中的具体内涵为：从日常生活中现实存在的女性出发，对女性加以观照，对女性的心理加以揣摩，并用男性的审美眼光捕捉、提炼出具有高度概括意义和象征意义的女性美，综合运用到京剧中的女性角色中；通过程式化的表演，创造出“比女人更像女人，更得女性美的神韵”的舞台形象。

（一）“离形得似”及其在京剧男旦表演艺术中的体现

“离形得似”是中国古典诗论中“形神论”的重要观念，是一种注重取其神而胜于形的传统美学观。“形似”和“神似”是中国传统美学形神论的一对基本范畴，产生于魏晋时代的人物品藻用语。“形似”的概念首先在六朝诗画论中得到广泛运用，始于东晋顾恺之提出的“以形写神”；此后长期以来，“传神”问题之美学讨论基本上局限于书画艺术领域。[①] 而“神似”作为美学形神论术语，则是自“离形得似”说提出后才出现在诗论中。“离形得似”语出《二十四诗品·形容》：“俱似大道，妙契同尘。离形得似，庶几斯人。”[②] 意即做到“离形得似”，那也就接近了善于作诗的人。它在内涵上分“离形”和“得似”两个层面：“离形”即不拘泥于形似，但并非抛弃形，而是要“超以象外，得其环中”；“得似”即得其神似，超出具体物象之表，概括出事物内在的精神本质。“离形得似”指出了创作的方法与理想中所要达到的美学效果。可以说，它既是诗歌创作中的一条可行性道路，又是中国古代诗论家对诗歌创作所应达到的美学效果与美学追求提出的创见。按照“离形得似”的创作思想进行创作，最终要达到的理想化境界就是：脱离外物形态束缚，达到神似的境界。后世将这一概念延伸进戏曲、小说等其他文类的审美与创作中，成为中国古典文论中一个被广为接受的美学观念以及古典美学中一项重要追求。事实上，《二十四诗品·形容》一章，本质就是围绕艺术模仿问题展开的探讨。在如何处理形与神之间的关系问题上，它将对模仿的机理和动态的研究推进到了中国美学思想的最高层次。“离形得似”主张在表现事件的人和物时，与其追求表面的相似，不如直指神髓，直接揭示对象的精神本质。而戏剧表演艺术本质就是在模仿现实的基础上，对现实进行加工与再现。故而“离形得似”的观点对中国古典戏剧表演艺术的影响也是不

① 李祥林：《论“离形得似”说对中国美学的影响》，《西南民族学院学报》（哲学社会科学版）1993 年第 5 期。

② 《二十四诗品》作者存疑。旧说为唐代司空图。自 1994 年陈尚君、汪涌豪提出“《二十四诗品》伪书说”之后，关于《二十四诗品》作者究竟为谁，学界观点不一。目前关于该书作者，学界有司空图本人所作、明怀悦所作、盛唐李嗣真所作、元虞集所作、范德机所作、元人（具体为谁不详）所作等等多种观点。

言而喻的，顾明栋据此认为：“‘离形得似’概念与中国古代强调形与神之间关系的画论一起，从哲学和美学的高度给中国戏剧提供了指导思想：这就是促进了写意的表现手法，放弃通过形似达到神似的常规模仿理念；不追求逼真，而追求诗意与意境之美。”①

在京剧男旦审美追求的体现上，以梅兰芳的《霸王别姬》为例，为了演好虞姬的剑舞，梅兰芳不仅向武术名家虚心请教剑术，更将女性妩媚婉转之姿融入虞姬剑舞的每一个细节中。从男子身份出发，观照女性的姿态、心理与美感，提炼出女性美、阴柔美的符号并运用到舞台表演中，这是生为女儿身的坤旦无法做到的。对比当时坤旦名伶雪艳琴的虞姬剑舞，雪艳琴的剑舞在武功方面虽然也训练有素，但较之梅兰芳始终略逊一筹，时人评曰：“梅更能揣摩妇女的姿态，把来加进舞剑的姿势里。所以梅的舞剑，是真正的舞剑，而且是女性的舞剑。”② 作为高度程式化的艺术，京剧男旦的审美追求并不在于外表装扮或哪个具体的动作像女子，而是以舞台表演为符号，通过程式化的表演，概括性、象征性地刻画出女性的神髓，从而摆脱“形似”的束缚，直指表演对象的内核。因此在京剧男旦表演艺术的视野里，非唯女性可以作为观照的对象，自然万物中具备阴柔魅力的元素，都可以被撷取提炼，融入男旦的表演技巧里。譬如从兰花的花叶形态中，男旦提炼出柔美的“兰花指”。“兰花指”为梅兰芳命名：“以其姿势似兰花也，故所之命名亦一以兰花为旨归。”③ 梅兰芳在继承前人成果的基础上，将兰花指手势创新拓展为58种，并给它们起了优美而富有诗意的名称如：“含苞”“吐蕊”“伸萼”“舒瓣”等，④ 这些名称都高度提炼了兰花天然的美态。宋德珠对金鱼摆身迅速甩尾、尾巴翩然展开的动态加

① 顾明栋：《从模仿再现到离形得似——中西表演艺术差异之哲学与美学根源》，《文学评论》2015年第3期。

② 孙媛：《男旦表演特点和美感特征探析》，《社科纵横》（新理论版）2011年第2期。

③ 梁燕主编：《齐如山文集（第2卷）》，河北教育出版社2010年版，第165页。

④ 李小琴：《论京剧男旦的艺术贡献》，《戏曲艺术》1999年第4期。

以提炼，运用在靠旗上，[①] 表演出来真是“翩若惊鸿，婉若游龙”。当包括女性在内的天地万物，都被提炼出富有阴柔美的神髓，并高度抽象化为一个个柔美而又高度概括、富有象征意义的舞台表演动作时，京剧舞台上的男旦也在戏剧舞台上创造了最富于诗性特质的女性美，从而践行“离形得似”的最高审美追求。我们可以想象，如果京剧男旦拘泥于对女性角色外形的刻画和每一个动作的还原式再现，并通过对人物的还原式再现探求角色的神髓，那么会接近歌舞伎女形表演“由形似求神似”的追求，梅兰芳在塑造女性人物时，就会完全照搬女性的一举手一投足；脱离“形似”窠臼以及从不以“像女人”为最高追求，也就无从谈起了。

（二）从比较中看京剧男旦“离形得似”的审美追求

京剧男旦的审美追求在与歌舞伎女形进行对照之时显得更为突出。从前文的论述已知，歌舞伎女形在表演形式和表演理念上，都脱离不开对“形”的模仿和再现，“形”的重要性也体现在歌舞伎女形表演艺术的审美追求中，突出地表现在对女性角色肉体美和肉体诱惑力的高度重视上。

李颖在《日本歌舞伎艺术》中指出：“歌舞伎从它诞生那一日起，就不是感知抽象的戏剧艺术，而是具有庶民阶层那种丰富细腻的感情知觉的风流演剧，它是肉体的，性爱主义、享乐主义的。”[②] 歌舞伎女形的美，是肉感、官能、写实中浸透了浮世风情的美，某种意义上它与同一时代描绘游廓春色的浮世绘、抒写町人和游女情爱故事的“浮世草子”有相似的美学特质。这与江户时代崇尚享乐的町人文化所主张的“以肉体为出发点，以灵肉合一的身体为归结点，以寻求身体与精神的自由超越为指向”[③]，以“粹”和“通”为旨归的身体美学和色道文化密不可分。

野口达二在《歌舞伎的美、歌舞伎俳优》中指出，自古以来女形名优

① 李小琴：《论京剧男旦的艺术贡献》，《戏曲艺术》1999 年第 4 期。

② 李颖：《日本歌舞伎艺术》，大众文艺出版社 1998 年版，第 90 页。

③ 王向远：《日本身体美学范畴“意气”考论》，《江淮论坛》2013 年第 3 期。

的三大条件是：一目，二调子，三姿；三点综合为一个支点，就是歌舞伎演员的色气（即性感）。色气自始至终都是歌舞伎女形表演的最高追求，而归根结底，歌舞伎女形表演艺术追求的色气之美，无法脱离女性的肉体和对女性角色外形的描绘而单独存在。女形俳优在舞台上表现色气之美时，要通过外形和富有挑逗性的舞台动作、神态进行传达；观众在领略色气之美时，借助的媒介也必然是女形演员外在的美貌风姿与富于诱惑力的舞台表演动作。

以“歌舞伎十八番”之一、名剧《鸣神》为例，剧情大致如下：天下大旱，天庭派绝色美女云中绝间姬去引诱囚禁了龙神的鸣神上人破色戒，鸣神上人果然被引诱破戒。趁鸣神上人大醉之际云中绝间姬放出龙神，天降甘霖。该剧的表演核心在于对云中绝间姬女色媚态的表现，这就要求女形俳优用自己美貌的外形和富于诱惑力的神态与动作，展现出绝间姬的美丽风姿和性感诱惑。剧情中绝间姬临水自照，啜饮清泉，并故意松解衣领露出冰冷肌肤；终于鸣神上人无法抗拒绝间姬的女色诱惑，紧紧地将她抱在怀中并触摸了她的乳房。昭和三十一年（1956）由尾上菊之助、市川海老藏出演的《鸣神不动北山桜》中，在剧情高潮部分，市川海老藏扮演的鸣神上人绕行至尾上菊之助扮演的绝间姬背后，一手由绝间姬开得低低的和服领口探入，陶醉地抚触着绝间姬的胸乳。这样的戏剧场面完全是对男女生理官能的表现，充满诱惑力和挑逗性，可见女形俳优对“色气”之美的表现，始终离不开对女性外在的“形”——肉体美和肉体诱惑力的展露。

将京剧男旦的审美追求与歌舞伎女形相对比可以发现，歌舞伎女形对色气美的追求，是由女性角色外在的“形”出发并根植于“形”，进而展现出“色气”之内在神韵的动态过程。在整个过程中，对女性之“形”——外形美、肉体美和肉体诱惑力的塑造和表现，不仅是重要的，而且是必不可少的。而京剧男旦的审美追求，是脱离女性角色外在形态的束缚，直接抽取女性美的神韵，并通过程式化的表演将其表现出来，创造出“比女人更像女人，更得女性美的神韵”的舞台形象。它不仅仅脱离了对女性肉体美和肉体诱惑力的展现，更超越了女性外在形态的局限，直接上升到对女性神韵的刻画和表现。概而言之，京剧男旦的审美追求即为“离形得似”。

## 结　语

综合以上研究不难断定，在具备“离形”特质的表演形式和具有“得神似”特质的表演理念共同作用下，京剧男旦形成了“离形得似”的审美追求，它以现实中的女性作为素材和表现对象，但它追求的并非对某个具体女性的一言一行、外貌服装等方面“形似”的再现，而是通过对现实的提炼和超越，进而把握住剧中女性人物的神髓，并追求与理想中女性形象的神似，最终达到“离形得似”的境界。较之京剧男旦“离形得似”的审美追求，“由形似求神似”或可概括歌舞伎女形表演艺术的审美追求。

与同属东方戏剧表演艺术的歌舞伎女形表演艺术对外在“形”的高度依赖相比，京剧男旦与歌舞伎女形表演艺术的差异是显著的。而这种差异从本质上说，是根源于两国不同的传统文化与传统美学：“离形得似”的美学思想，传统诗学中抒情写意的表现手法，乃至崇尚含蓄写意的中国传统文化特质都体现在京剧男旦表演艺术的审美追求上；而日本江户时代崇尚肉体与精神相结合的色道文化与强调肉感和感官诱惑力的身体美学，也反映在歌舞伎女形表演艺术之中，并对其方方面面都产生了深远影响。

# "Metaphysical Similarity", the Aesthetic Pursuit of in the Male Lead Heroine's Performing Arts of Peking Opera

## ——Doubled as a Comparison with Kabuki Onnagata Performing Arts

Wang Yuning

**Abstract** Male Lead Heroine (Nandan) in Beijing Opera and Kabuki onnagata both play woman characters. Comparing the two performing arts, one finds that, their aesthetic pursuits are very differed due to the formal and conceptual disparities in their respective performances. By juxtaposing the performing forms added concepts of the two arts, the aesthetic pursuit of Nandan is being clarified. This comparative research holds that, the Chinese traditional aesthetic notion "Metaphysical Similarity" can well summarize the aesthetic characteristics of the Nandan Performing Arts of Peking Opera.

**Keywords** Peking Opera; Male Lead Heroine; Kabuki; onnagata; metaphysical similarity

# 读书与回忆

# Reading and memory

# 一切伟大的时代都具有客观倾向

## ——读《歌德谈话录》笔记一则

朱生坚

## 一

1826年1月29日，歌德对艾克曼谈到诗人的创作。他说，对于诗人来说："要是他只能表达他自己的那一点主观情绪，他还算不上什么；但是一旦能掌握住世界而且能把它表达出来，他就是一个诗人了。此后他就有写不尽的材料，而且能写出经常是新鲜的东西，至于主观诗人，却很快就把他的内心生活的那一点材料用完，而且终于陷入习套作风了。""人们老是谈要学习古人，但是这没有什么别的意思，只是说，要面向现实世界，设法把它表达出来，因为古人也正是写他们在其中生活的那个世界。"

说完了这些，歌德在屋子里走来走去，又在炉子旁站了一会儿，若有所思，然后，又走到艾克曼身边，对他说："现在我要向你指出一个事实，这是你也许会在经验中证实的。一切倒退和衰亡的时代都是主观的，与此相反，一切前进上升的时代都有一种客观的倾向。我们现在这个时代是一个倒退的时代，因为它是一个主观的时代。这一点你不仅在诗方面可以见出，就连在绘画和其他许多方面也可以见出。与此相反，一切健康的努力都是由内心世界转向外在世界，象你所看到的一切伟大的时代都是努力前进的，都是具有客观性格的。”①

## 二

我们都记得《伊利亚特》开头的呼告：

女神啊，请歌唱佩琉斯之子阿基琉斯的
致命的愤怒……
才到了四十多行，又写到阿波罗的发怒：
他心里发怒，从奥林波斯岭上下降，
他的肩上挂着弯弓和盖着的箭袋。
神明气愤地走着，肩头的箭矢琅琅响，
天神的降临有如黑夜盖覆大地。(王焕生译本)

这岂不都是波涛汹涌的情绪？试想，要是把主观情绪从《伊利亚特》、从古今中外的诗歌里剔除出去，那还能剩下什么？就连诗句中的自然风景或生活场景，哪能不带着一点诗人的主观情绪？歌德当然深谙此理。那么，他为何如此贬低主观情绪，好像根本就不值得表达？

在上面引述的第一段话中，歌德对于他所反对的“主观诗人”有一个界定：那样的作者只能写“他自己的那一点主观情绪”，而且，很快就会写完了。也就是说，那种主观诗人的心灵是一个封闭的、狭窄的空间，乃至于浅薄无聊。他们只关注自己，不关心他人，不关心世界。那样的“主观诗人”缺乏与外在世界的关联，唯有“他自己的那一点主观情绪”成了内心活动和文学创作的全部内容，不管他怎么写，写得怎么样，全都跟大

① 《歌德谈话录》，朱光潜译，安徽教育出版社2006年版，第100页。

猩猩拍打着胸脯嗷嗷大叫一样，实在谈不上有什么艺术价值。显然，歌德的本意不是说主观情绪全然不值得表达，也不是说诗人不能写自己的主观情绪，可以写别人的主观情绪。关键在于，诗人所表达的主观情绪，有没有客观世界的内涵，有没有普遍意义，是不是仅止于“他自己的那一点主观情绪”而已。

雨果诗云：“世界上最宽阔的是海洋，比海洋更宽阔的是天空，比天空更宽阔的是人的胸怀。”听起来真是令人振奋。但是，这样的胸怀非常罕见。在现实生活中，在艺术世界里，更常见的是那些封闭的、狭窄的心灵，有如在无边无际的三千大千世界里画地为牢。

好端端的，为什么画地为牢？在不同的人那里有不同的原因。在有的人那里，只是因为自私和目光狭隘，而在有的人那里，就说来话长了。

笛卡儿（1596—1649）说：“我思故我在。”在他看来，物质世界是靠不住的，各种物体只是一个有广延、有形状、可动或不可动的东西，而精神（灵魂）才是单一的、完整的、不可分的，我所能凭借的、可以确信的，只有这个会思考的我自己。接着，维柯（1668—1744）说，人类只能认识人类所创造的东西，而人类的历史就是世界各地的男男女女创造出来的历史。他不动声色地把上帝搁在一边。就这样，现代性的个体、自我一步步从物质世界中分离出来，更重要的是，一步步从上帝的光辉或阴影之下走出来。到了康德（1724—1804），前所未有地确立了人的主体性，要求把个人当作目的，而不是可以利用的工具。毫无疑问，这些都是了不起的成就。

然而，有得必有失。自我的确立，意味着独立，同时也意味着孤立。正所谓“方生方死”，自我的成就和实现，同时就包含着失败和毁灭的危险。不过，这种说法或许包含着对自我的某种误解：自我原本并不隔绝于外界，并不隔绝于群体，外界的、群体的所有意识形态都可以具体、集中实现于自我。但是，这种更加准确的理解，不如说是一种理想状态。虽然确实有不少人达到了这样的高度，他们实现了自我，同时也代表着整个时代的要求和发展方向，但是，这样的人总是凤毛麟角。更常见的情形是：一个人刚刚形成一点自我意识，旋即泯灭于大众之中。满大街都是那些用流行服装和发型，以及各种商品包装起来的、自以为充满个性的现代人，实际上，他们都是大众的一分子，用歌德的话来说就是“终于陷入习套作风”。

在艺术创作领域，上述情形尤以浪漫主义为甚。浪漫主义带有歌德所批评的“主观作风、抒情风格和拔高自我的风气”，这种风气也是应运而生，伴随着个体、自我和主体性的逐渐确立而形成的。而浪漫主义的缺陷正是歌德所说的局限于个人的、狭隘的主观情绪。韦勒克在《近代文学批评史》中说，到了19世纪30年代，“欧洲的浪漫主义运动已成强弩之末……现实主义的新信条开始出现”。（《近代文学批评史》前言）如此，歌德走在了时代的前列。另外，歌德对于浪漫主义的批判，或许也跟他与席勒之间的分歧有关。不过，针对浪漫主义也好，针对席勒也好，都不足以充分涵盖歌德的本意，会把他塞进一个对他来说太小的框架。因为歌德属于那样的人物，准确地说，他们不属于任何流派，因为任何流派的帽子戴到他们头上都太小了，他们与任何流派之间的争论只是就事论事、顺手一击而已。尽管如此，在浪漫主义的背景之下，可以更好地看清歌德这些话的意义。

与浪漫主义艺术相比，客观的艺术则“在获得较自由的形式之外，还会获得比从前丰富多彩的内容，人们不会再把这广阔世界中任何题材以及多方面的生活看作不能入诗而加以排斥”。[①] 客观的艺术不仅扩大了作品的题材范围，还扩大了作者的胸襟和气魄：“一般说来，对题材作客观处理，需要比人们所想象到的更大的魄力和才能。”[②] 这种客观处理也包括让人物“完全按照各自的性格和所处情境，说出自己的话，丝毫不流露诗人的主

① 《歌德谈话录》，朱光潜译，安徽教育出版社2006年版，第215页。
② 《歌德谈话录》，朱光潜译，安徽教育出版社2006年版，第216页。

观思想情感”，歌德说：“作诗的正确方法本来就该如此。”①

## 三

人们通常认为，艺术高于生活，比生活丰富多彩，乃至于忘了那些作品原本来自生活。或者，由于不知道有这样那样的自然风景和生活方式，就把作品中的一切都当作艺术家的创造（尽管这么说也不算错）。中国画家“搜尽奇峰打草稿”（石涛语），创作写意山水，看似纵情挥洒，其实一笔一画都有来历；可是，很多人没看到过那样的山水，就叹为观止，赞赏画家的手段堪比造化神功。现如今，各种形式的信息传播越来越迅捷，我们越来越发现，现实生活总是比艺术创作更加鲜活、奇妙，甚至更加怪诞、魔幻，超出所有人的想象。如此，也就不得不叹服本文开头所引歌德的真知灼见：“一旦能掌握住世界而且能把它表达出来，他就是一个诗人了。此后他就有写不尽的材料，而且能写出经常是新鲜的东西。”这是歌德作为生活和创作都非常丰富的大诗人的经验之谈。

在谈话中，歌德反复强调现实生活对于艺术创作的重要性。1823 年 9 月 18 日，歌德说道：“现实生活应该有表现的权利。诗人由日常生活触动起来的思想情感都要求表现，而且也应该得到表现”，“现实生活必须既提供诗的机缘，又提供诗的材料”，“必须由现实生活提供做诗的动机，这就是要表现的要点，也就是诗的真正核心”。② 这几句话对于现实生活的重视，已经超出了一般的技术层面、实践层面的认知，带有一些形而上的意味。

时隔两个月，1823 年 11 月 3 日，艾克曼告诉歌德，他逐渐摆脱了爱

---

① 《歌德谈话录》，朱光潜译，安徽教育出版社 2006 年版，第 217 页。
② 《歌德谈话录》，朱光潜译，安徽教育出版社 2006 年版，第 5、7 页。

好理想和理论的倾向，开始重视现实情况。歌德说："我只劝你坚持不懈，牢牢地抓住现实生活。每一种情况，乃至每一顷刻，都有无限的价值，都是整个永恒世界的代表。"① 这就提出了更高的要求，让他对现实生活的认识更上一个台阶：现实世界是一个整体，一就是一切，刹那就是永恒。

如此，我们才能更好地理解歌德说的："人们老是谈要学习古人，但是这没有什么别的意思，只是说，要面向现实世界，设法把它表达出来，因为古人也正是写他们在其中生活的那个世界。"学习古人，不是制作假古董，而是学习古人描写现实世界的手段，把自己眼前的现实世界表达出来；此一世界与彼一世界，正不妨视为一个整体，用不着刻意为了学古人的样子而去写古人的世界。每一代人都只有牢牢抓住眼前的现实世界——即便是写历史故事、历史人物，也要面向当代，为当代人而写——这样的作品，才具有时代精神，也因此具有久远的意义。歌德之所以对拜伦评价甚高，就是因为"除掉拜伦以外"，歌德"找不到任何其他人可以代表现代诗。拜伦无疑是本世纪最大的有才能的诗人，他既不是古典时代的，也不是浪漫时代，他体现的是现时代"。②

或许有必要说明的是，注重"面向现实世界，设法把它表达出来"，与遵循现实主义的创作方法是两回事。古典主义、浪漫主义、现实主义，乃至后来的魔幻现实主义，在表现现实世界方面，没有什么先在的优劣之分。"戏法人人会变，巧妙各有不同"，最终还是取决于艺术表现的好坏。有太多的例证可以说明，搞得不好，现实主义也可以是一种非常主观的艺术，所谓典型环境中的典型人物，可以要多主观有多主观，把人神化或妖魔化，最终偏离了现实。歌德对现实生活的敬重，超过对表现手法的重视。所谓现实生活是"诗的真正核心"，也就是说，现实生活不只是创作

① 《歌德谈话录》，朱光潜译，安徽教育出版社2006年版，第13页。
② 《歌德谈话录》，朱光潜译，安徽教育出版社2006年版，第154页。

的对象、材料和动机，甚至也是创作的结果和归宿。

当然，歌德也没有偏废诗人的功绩。艺术创作根本不存在完全的客观性，必然带有主体性的发挥。他要求诗人“每天都抓住现实生活，经常以新鲜的心情来处理眼前事物”，最终目的在于“一个特殊具体的情境通过诗人的处理，变成带有普遍性和诗意的东西”；现实生活固然重要，但是“据此来熔铸成一个优美的、生气灌注的整体，这却是诗人的事了”。① 他不止一次说过这样的话：“只要诗人会利用，真实的题材没有不可以入诗或非诗性的。”② 这既是说现实生活对艺术创作的意义，也是说诗人的创造力对材料的点化之功，它甚至可以再造自然。1827 年 4 月 11 日，歌德说画家吕邦斯的作品：“像这样完美的一幅画在自然中是从来见不到的。这种构图要归功于画家的诗的精神。……无论在整体还是在细节方面，他都显得这样真实，使人觉得他只是在临摹自然。”③

艺术创作中的主体性或主观性，也呈现为一种理性，而不是情绪，因为能够掌握世界的只能是理性而不是情绪——所以，歌德与康德还是一家人。抓住客观世界，诉诸主体的理性，在此过程中，激发创作者的主体理性，脱离主观情绪。文学固然是一种情感教育，一种感性方面的修养，然而，我们不应该忘记艾略特的说法：诗歌是对感情的脱离。如此说来，一方面，文学创作是对客观世界的认识；另一方面，文学创作是对主观世界的改造，促使它脱离感情和情绪的控制，遵循理性。还是歌德说得好，诗人要根据现实生活，“熔铸成一个优美的、生气灌注的整体”。这个整体，说的是诗人所创作的作品。而在创作作品的同时，诗人也把自身变成这样一个整体，包括理性与感性、非理性的东西，正如诗人作品，包含主观和客观，也包含字面上的和字面之外的东西，成为“一个优美的、生气灌注的整体”。

---

① 《歌德谈话录》，朱光潜译，安徽教育出版社 2006 年版，第 6、7 页。
② 《歌德谈话录》，朱光潜译，安徽教育出版社 2006 年版，第 153 页。
③ 《歌德谈话录》，朱光潜译，安徽教育出版社 2006 年版，第 134 页。

## 四

歌德对客观性的强调，可以归属于西方文学的叙事传统。海外学界有“中国文学的抒情传统”一说，区别于西方文学以史诗、戏剧、小说为主流的叙事传统。这样的区分可有可无，倒也算是道出了部分事实。以英国浪漫主义诗人为例，如彭斯、华兹华斯、柯尔律治、拜伦、雪莱、济慈等，他们虽以抒情诗人著称，却又无一不是写叙事诗的好手，都有动人心魄的叙事诗杰作。叙事诗的写作构成了他们的诗艺之根基。其中，歌德高度推崇的拜伦，其代表作《唐璜》固然被称为“抒情史诗”，但是无论如何也不能否认，它首先是一部叙事诗。叙事自然要求客观。无论在什么语境中，过于沾染主观色彩和个人好恶、褒贬倾向的叙事，都会让人对它的真实性和可信度产生怀疑，无论在日常生活中还是在法庭陈述中，无论作为历史记录还是作为文学描写，都是如此。那么，歌德强调文学创作的客观性，实际上也是在不自觉中回归欧洲文学的叙事传统。

从文学传统扩展开来，在更大的格局下，可以看到，强调客观性，在歌德这里，也是自觉反对理念在西方思想中的统治地位。从柏拉图到黑格尔，整个西方美学、文艺学都在理念的笼罩之下，歌德高举客观性，这是他在艺术创作领域，对形而上的思维方式的抗争。他倾注 60 年心力创作《浮士德》，一部叙事性的诗剧，它的内容也正是不断向外探索客观世界。这也对应于 19 世纪的欧洲的时代精神，亦即重视实践而不是停留于理念，用马克思的话来说，“以往的一切哲学都在解释世界，而问题在于改造世界”。1823 年 10 月 29 日，歌德对艾克曼如是说：“艺术的真正高大的难关……就是对个别事物的掌握。你必须费大力挣扎，使自己从观念（idee）中解脱出来。”“艺术的真正生命正在于对个别特殊事物的掌握和描述。”“到了描述个别特殊这个阶段，人们称为‘写作’（komposition）的工作也就开始了。”① 歌德把描写“个别特殊事物”称为写作的开始、艺术的真正生命和艺术的真正高大的难关，再三强调，无以复加，并且，他明确地将它放在与观念对立的位置。直接原因是，艾克曼自己也承认，他偏爱观念。此外，也许还有一个非常重要的间接原因，仍然是歌德与席勒之间的分歧：席勒受康德影响，注重哲学观念，他的《审美教育书简》就整个儿建立在康德美学基础之上。

不过，歌德强调客观性，要求文学艺术从观念中解脱出来，并不是让文学艺术变成档案，只是记录现实和历史。他说：“如果诗人只复述历史家的记载，那还要诗人干什么呢？诗人必须比历史家走得远些，写得更好些。”（1827 年 1 月 31 日）那就是要把握时代精神，创作出预示历史发展方向的作品，比如，他的《哀格蒙特》：“当时我力求忠于史实，想尽量真实。十年之后，我在罗马从报纸上看到，这部作品中所写的关于荷兰革命的一些情景已丝毫不差地再度出现了。”（1825 年 1 月 10 日）这显然不仅仅是一个巧合而已。问题在于，从黑格尔的哲学来说，时代精神恰恰就是理念在该历史阶段的呈现；而歌德一方面要从观念中解脱出来，一方面又自觉把握时代精神，这不矛盾吗？

歌德强调写“个别特殊事物”，这固然没错。但是，文学艺术创作可以离开理念吗？在德国古典哲学的语境中，“个别特殊事物”离开了理念，只是一个孤立的存在物，毫无意义，与之相关的文学艺术亦然。正如本雅明引述诺瓦利斯的表达：“每一部艺术作品都有其先验的理想，都有存在的必然性。”② 在如此强大的理念论语境中，歌德与之对抗的力量从哪里来？我们或许可以归结到他早年的泛神论。而更强大的力量应该来自他的

① 《歌德谈话录》，朱光潜译，安徽教育出版社 2006 年版，第 11 页。

② ［德］瓦尔特·本雅明：《德国浪漫派的艺术批评概念》，王炳钧译，北京师范大学出版社 2014 年版，第 93 页。

自然科学研究。他说："在我这一生中，一直到现在，重大的科学发明一个接一个出现，所以我不仅在早年就投身到自然界，而且把对自然界的兴趣一直保持到现在。"① 歌德在"文艺复兴"之后，保持着类似于达·芬奇那样的"巨人"风范。

歌德总是说，没有什么是不可以入诗、入画的。诗人应该关注整个世界，"力求获得多方面的知识，因为整个世界都是他的题材"。他年轻的时候有志于绘画，虽然他对艾克曼承认这是个错误，但是，绘画训练有助于他用眼睛掌握外界事物，他认为"我的诗所显示的客观性"要归功于此。② 艺术终究来源于世界。掌握客观世界，有助于创作和认识艺术作品，因为"一切事物都是相互依存的，就连一条颜色规律也可以用来研究希腊悲剧，要当心的只是不能把这样一条规律勉强推得太广，把它看成许多其他事物的基础"。③ 自然科学、社会科学中的各个领域的新发现、新概念，用于文艺研究，总是会引起研究范式的巨大变化，推动文艺研究的发展。

歌德还对自然科学说过一段大有深意的话："幸好对自然科学的研究没有使我患精神病！因为在研究自然时，我们所要探求的是无限的、永恒的真理，一个人如果在观察和处理题材时不抱着老实认真的态度，他就会被真理抛弃掉。我还深信，辩证法的许多毛病可以从研究自然中得到有效的治疗。"④ 这段话把保持客观性提到了一个更高的层次，就是探求无限的、永恒的真理。从另一个角度来说，保持客观性，在最高的层面上，包含着对真理观的调整，以及在寻求真理的过程中避免出现偏差。

---

① 《歌德谈话录》，朱光潜译，安徽教育出版社2006年版，第123页。
② 《歌德谈话录》，朱光潜译，安徽教育出版社2006年版，第80、81页。
③ 《歌德谈话录》，朱光潜译，安徽教育出版社2006年版，第120页。
④ 《歌德谈话录》，朱光潜译，安徽教育出版社2006年版，第167页。

## 五

现在到了本文开头所引谈话的最后一段："现在我要向你指出一个事实，这是你也许会在经验中证实的。一切倒退和衰亡的时代都是主观的，与此相反，一切前进上升的时代都有一种客观的倾向……一切健康的努力都是由内心世界转向外在世界，象你所看到的一切伟大的时代都是努力前进的，都是具有客观性格的。"

歌德说，要向艾克曼"指出一个事实"，我们看到的却是他下了一个判断。他的语气不容置疑，有如神明附体。这个判断却未必是经过全面、严密的考察之后得出的结论。"一切倒退和衰亡的时代都是主观的，与此相反，一切前进上升的时代都有一种客观的倾向"，这个判断是否符合世界各国历史，不是我们要关注的问题。反正有规律就会有例外，举出几个反例，不足以推倒一个真正的洞见。况且它并非全无道理：客观的倾向把人们的注意力引向外在世界，认识世界、改造世界的冲动有助于促进科学技术的发展，从而推动时代前进。

所谓"一切健康的努力都是由内心世界转向外在世界"，也就是从主观转向客观，对于个人和时代来说，都是如此。这是个人和时代可以努力、可以有所作为的方向。

还是从个人说起。在个人那里，主观和客观、内在和外在对应于精神和肉体。歌德说："过去有过一个时期，在德国人们常把天才想象为一个矮小瘦弱的驼子。但是我宁愿看到一个身体健壮的天才。"① 并不只是德国人才有这种观念或偏见，它折射出现代人心目中的精神与肉体之间的冲突。我们对于"文弱书生"的标准形象习以为常，忘记了在古人那里，

① 《歌德谈话录》，朱光潜译，安徽教育出版社2006年版，第171页。

“身体健壮的天才”才是正常的，无论是苏格拉底、柏拉图，还是孔老夫子，乃至于“示疾说法”的维摩诘，都是如此。“身体健壮的天才”是精神与肉体、主观与客观的平衡。现代人的偏见把两者割裂开来，好像鱼和熊掌不可兼得，把天才封闭于主观精神，助长了主观精神的封闭。

从内心世界转向外在世界，不是一个单向度的活动。探究外在世界，也会相应地扩展内心世界。歌德说：“如果我没有在自然科学方面的辛勤努力，我就不会学会认识人的本来面目。在自然科学以外的任何一个领域里，一个人都不能像在自然科学里那样仔细观察和思维，那样洞察感觉和知解力的错误以及人物性格的弱点和优点。……自然从来不开玩笑，她总是严肃的、认真的，她总是正确的；而缺点和错误总是属于人的。”① 与客观世界的接触、交往，可以使人在经验教训中逐渐学会尊重自然法则，免于主观幻想，使人有所进步，因为“人只有把自己提高到最高理性的高度，才可以接触到一切物理的和伦理的本原现象所自出的神。神既藏在这种本原现象的背后，又借这种本原现象而显现出来”。② 当然，另外，至少在艺术创作中，人也可以超越自然，“已经发现许多杰作，证明希腊艺术家们就连在刻划动物时也不仅妙肖自然，而且超越了自然”③，“谁要想作出伟大的作品，他就必须提高自己的文化教养，才可以像希腊人一样，把自然提高到他自己的精神的高度，把自然现象中由于内在弱点或外力阻碍而仅有某种趋向的东西实现出来”。④ 这就是以艺术创作的形式，参与了自然的造化之功，尽管艺术创作只是想象，不像自然科学那样可以拿出实实在在的东西来，然而艺术给予人的东西也是不可替代、不可缺少的，更何况艺术也会以某种方式促进科学的发展。

---

① 《歌德谈话录》，朱光潜译，安徽教育出版社 2006 年版，第 188 页。
② 《歌德谈话录》，朱光潜译，安徽教育出版社 2006 年版，第 189 页。
③ 《歌德谈话录》，朱光潜译，安徽教育出版社 2006 年版，第 179 页。
④ 《歌德谈话录》，朱光潜译，安徽教育出版社 2006 年版，第 180 页。

从整个时代来说，不难理解，“一切前进上升的时代”，几乎都是对外开放，以不同形式向外拓展，包括开发国土、扩张边疆、发现新大陆以及考察极地、探究外星球，如此等等，这些活动显然都是属于歌德所说的客观的倾向。相反，如果一个时代注重主观的东西，总是想要对普通人的头脑里的东西动手动脚，标榜伦理道德，宣扬意识形态，打出用于社会动员的各种旗号，发动对内、对外的思想斗争，那么，这个时代基本上就是一个“倒退和衰亡的时代”。不过，有的时代从表面上看来兼有主观特征和客观特征，那也不奇怪，因为并不是任何一个时代，从整体而言，都有一个明显的上升或下降的趋势，比如，马克思指出，法国和德国都出现过经济和文化发展不平衡的状况。至于歌德自己所在的时代，他说：“我们现在这个时代是一个倒退的时代，因为它是一个主观的时代。这一点你不仅在诗方面可以见出，就连在绘画和其他许多方面也可以见出。”此前，他也说过：“我和整个时代是背道而驰的，因为我们的时代全在主观倾向笼罩之下，而我努力接近的却是客观世界。”① 可见这个判断是他一以贯之的。有意思的是，他可以不受时代风气的影响，坚持接近客观世界，这不正是一种自觉的、强大的主体精神？

在他与艾克曼的谈话中，我们可以明显感觉得到，他总是带有一种自觉意识，努力把握时代精神，用于指引他自己在政治上、文学上的各种实践，而作为诗人，又注定会与他所在时代有些格格不入。众所周知，恩格斯对他如此评价：“在他心中经常进行着天才诗人和法兰克福市议员的谨慎儿子、可敬的魏玛枢密顾问之间的斗争。前者厌恶周围环境的鄙俗气，而后者却不得不对这种鄙俗气妥协、迁就。因此，歌德有时非常伟大，有时极为渺小；有时是叛逆的、爱嘲笑的、鄙视世界的天才，有时则是谨小慎微、事事知足、胸襟狭隘的庸人。”“他的气质，他的精

① 《歌德谈话录》，朱光潜译，安徽教育出版社2006年版，第41页。

力，他的全部精神意向都把他推向实际生活，而他所接触的实际生活，却是可怜的。"① 我们有理由认为，作为恩格斯所说的"最伟大的德意志人"，歌德身上的矛盾，也正是那个时代的德意志人的矛盾。

在离世前不到三年，1829 年 4 月 10 日，歌德对艾克曼说："在过去一切时代里，人们说了又说，人应该努力认识自己。这是一个奇怪的要求，从来没有人做得到，将来也不会有人做得到。人的全部意识和努力都是针对外在世界即周围世界的，他应该做的就是认识这个世界中可以为他服务的那部分，来达到他的目的。"② 歌德的一生正是通过不断向外努力，最终实现、成就了他自己。这是歌德留给后人、留给以后一切时代的榜样。

---

① ［德］恩格斯：《诗歌和散文中的德国社会主义》，《马克思恩格斯全集》（第 4 卷），中央编译局译，人民出版社 1958 年版，第 257 页。

② 《歌德谈话录》，朱光潜译，安徽教育出版社 2006 年版，第 199 页。

# 我与吕荧先生的交往

赵洪太

2019年3月5日是当代文艺理论家、美学家、翻译家吕荧先生逝世50周年纪念日。为了深切缅怀吕荧先生，近日笔者采访了吕荧先生在山东大学的学生赵洪太教授，听他讲述了与吕荧先生交往的故事。1950年8月，吕荧先生应华岗校长邀请到山东大学任中文系教授兼主任，主讲文艺学课程。赵洪太此时考入山东大学外文系俄文专修科，成为中华人民共和国成立后山东大学首批俄语专业学生。赵洪太入学后，成了吕荧先生的文艺学课代表，其间和吕荧先生多有接触，结下了深厚的师生之谊。

吕荧是由孙思白引荐到山东大学的。当时山东大学中文系主任王统照奉调赴任山东省文联主席，吕荧便接替他任中文系主任。

孙思白比吕荧大两岁，他们有同学之谊，曾同在西南联大读书。孙思白（1913—2002）于1934年夏考入北京大学史学系，翌年因参加"一二·九"运动而休学。后被派回鲁西北聊城地区工作，任范筑先将军秘书，其间加入了中国共产党并长期参与党的地下工作。1940年他至昆明西南联大复学并加入"群社"。抗战胜利后，山东大学于1946年在青岛复校，孙思白应校长赵太侔邀请任山东大学中文系讲师，主讲中国通史。

吕荧（1915—1969），原名何佶，安徽天长人。吕荧是进步教授，翻开他的历史，可以清楚地看到他的进步足迹。吕荧于1935年考入北京大学历史系，读书期间即参加"一二·九"爱国运动。抗战爆发后，参加中华

吕荧先生

全国文艺界抗敌协会。于1939年到昆明西南联大复读，参加党的外围组织“群社”，并开始翻译普希金的长诗《奥根·奥涅金》。1949年4月，经由香港去北京参加了首届全国文代会，之后到大连作协从事工人文艺活动。他精通俄、英、德文，对普希金、高尔基、苏联文学史、文艺理论和美学均有很深的研究。

孙思白与吕荧是西南联大的同学，曾一起参加校内进步社团“群社”活动，毕业后他们经常有书信来往。1950年孙思白向王统照推荐了吕荧，王统照向华岗校长进行汇报，华岗校长求贤若渴，亲笔写信邀请吕荧来山东大学任教，这年8月吕荧从大连来到了青岛。

我几乎和吕荧同时到了山东大学。此前，我读了青岛图书馆和文化馆的一些哲学书籍，艾思奇的《大众哲学》是我的最爱。出于对马列哲学的浓厚兴趣，为了方便阅读俄语原著，我便报考了山东大学俄文专修科。我的数学考了零分，物理化学分数是个位数，语文、政治、历史、地理考得很好，以不低的总分成绩，考入了山东大学。

吕荧身材细高，脸庞白皙而清癯，戴着一副深度的近视镜。他给山东大学中文、外文、历史系学生上文艺学课。他上课是在一个大教室，听他课的人很多，走道上都站满了人。他身体虚弱，讲课声音很低，后来还给他配备过扩音器，扩音器不稳定，效果不好，就不再用了。吕荧备课很认真，每堂课都准备讲稿。我是外文系文艺学的课代表，学生的作业由我收齐后送到他金口路的家中，等他批完后我再到他家取回发给同学。

吕荧先生批改作业非常认真。当时中文系文艺学的课代表是李希凡，他在吕荧的鼓励下写了一篇作业《典型人物的创造》，经吕荧修改推荐到《文史哲》发表了（1951 年第 4 期）。这是《文史哲》创刊后发表的第一篇学生论文，在学生中引起不小的轰动。

华东大学与山东大学合校后，原华大中文系的同学合进来。他们较多地学习了马列主义基本知识，革命性强，政治嗅觉敏锐。有人对文艺学讲授内容有意见。1951 年 11 月的《文艺报》（第 5 卷第 2 期）发表了中文系资料员张祺的文章《离开毛主席的文艺思想是无法进行文艺教学的》一文；后又发表了李希凡、吕家乡等学生受系党团领导动员写的读者来信（分别见《文艺报》第 5 卷第 3、5 期），批评吕荧在文艺理论教学中脱离实际和教条主义倾向。这时正在全国进行高等学校教师思想改造运动，山东大学中文系为配合这场运动要在学校大众礼堂召开文艺学课教学座谈会，对吕先生的教学提意见。

华岗校长听到汇报后，向当时中文系党负责人邵平指出三点："第一，会场布置标明'文艺理论教学座谈会'为横批；第二，会议由文学院吴富恒院长主持；第三，发言时防止乱戴政治帽子。"邵平安排学生准备好发言稿，其实就是批评会。

性格耿直倔强的吕荧，对《文艺报》1951 年 11 月以来（第 5 卷第 2、

3、5期）以读者来信形式发表的批评难以接受，给《文艺报》发去一信，作了说明并列出了已向教育部报去的文艺学讲授大纲。发表在《文艺报》这个“读者来信”之十五栏里的大纲如下：

> 第一章　艺术的起源；第二章　什么是文学；第三章　文学的阶级性；第四章　文学的特性；第五章　文学作品的内容和形式；第六章　文学作品的创作；第七章　文学作品的种类；第八章　文学的创作方法（此章现拟并入第六章）；第九章　社会主义的现实主义；第十章　新中国的人民文学。
>
> 这个教学大纲是根据教育部的《课程草案》拟定的。它的目的是要经过本课的学习，使学生对革命文艺理论有基本的认识，建立马列主义的文艺观点及理论体系，明确写作及文艺活动的方向和道路（此大纲已报教育部）。

吕荧的说明没有得到理解和认可。他很不满意，于1952年春不辞而别，离开了山东大学。

吕荧离开山东大学的时候，是我送他到火车站的。一天，吕荧要我晚上去他家，帮忙送他去火车站。吕荧要带一个很大的柳条编的箱子，里面装的全是书，非常重。我觉得挺奇怪，便说，吕先生你休假带这么多书干吗？他说，我这些书从来随身不离。他也没详细讲要到哪里去。我找了一辆人力车把吕荧的行李送到火车站。到了火车站他去买了客运票，我去办理行李托运。一大箱子书太重了，我怕行李箱弄坏了，拿绳子把行李箱捆了捆，办好了托运，把吕荧送走了。1952年2月开学后，吕荧没回来，后来才知道他不回来了。

吕荧离开山东大学，可能是住在上海老朋友耿庸处，坚持不回山东大学任教。华岗校长只好帮他安排工作，让他去北京找冯雪峰。吕荧与冯雪峰早就相识，后在冯任社长的人民文学出版社工作，任高级翻译员。在此工作期间，他参加了文艺界正在进行的美学大讨论，并卓然成为“主观派”美学代表人物。

1953 年夏吕荧到青岛避暑。学校给他在信号山路安排了一间房子。这一年我在山东大学毕业并留校任教，就住在文学馆二楼（与历史系办公室斜对门）。一天中午我出去了，下午我回到学校，刚上楼，臧乐源（原华东大学政治系学生，华东大学与山东大学合并后在历史系任辅导员）看见我了，他说：你干吗去了，怎么才回来？我说：出去了，吃完午饭才回来。他说：吕荧先生来找你，你不在，他在我们历史系办公室看报纸等你，一个多小时，走了。我随后去找吕荧，一起到东方菜市的小餐馆吃了饭。

这年夏天萧军应山东大学外文系方未艾邀请再次到青岛休假。1928 年方未艾和萧军同时考入东北陆军讲武堂，方未艾在骑兵队，萧军在炮兵队，后来又同在《国际协报》副刊任编辑。吕荧与萧军 1938 年在山西临汾民族解放先锋队中相识。吕荧和萧军、方未艾互有来往，这次在青岛故友重逢后便经常会晤，有时到海边散步或到海滨游泳。

方未艾、萧军和我约吕荧先生到海水浴场散步。我到吕荧住处去请他，到了他的住处，他正在给自己针灸。全身扎了很多针，他说：你等十分钟，我针灸完就走。他针灸完收针，换好衣服，手里拿着件风衣，衣服兜里还装着一个小寒暑表。吕荧身体很虚弱，须看着温度穿衣服，温度低就赶紧披上风衣，温度高就把风衣脱下来搭在手臂上。我跟他开玩笑，说他是俄国作家契诃夫笔下的套中人。海边散步后，我们几人一起到小餐馆吃了饭。

1952 年开始到 1956 年，连续几年有苏侨陆陆续续离开我国，有的回苏联，有的去澳大利亚。有位住在栖霞路旳苏侨叫彼得罗夫，他是建筑设计师，家有一批书要处理。他本来要当废品卖掉，因收废品的出价很低，他不肯卖。方未艾从青岛市政府外事处处长毕晴帆处知道了此事，吕荧喜欢书就想去看看，打算买一些回来。

一天，毕晴帆、吕荧、方未艾和我四人到彼得罗夫家去选书。毕晴帆这个人讲中文口吃，讲俄文很流利。彼得罗夫的书房在二楼，书柜很高档，一间大屋三面墙都立着大书柜，大部分书是皮装烫金封面，非常漂亮。吕荧俄文水平很高，他和方未艾负责选书，我负责登记书名。有一套《普希金全集》，我记错了一个字母，吕荧看见了，他说一个字母写错了，我立即改正过来。

彼得罗夫看我们真想买书，把书价抬得很高，因此没有成交。吕荧说：青岛就山东大学有这么一个俄语专业，这么多的书都还是十月革命前出版的，很难买到，价值很高。后来吕荧建议毕晴帆以文化遗产保护为由，把书保护起来，不许彼得罗夫当废品卖掉，整体由青岛市政府外事处买下来送给山东大学图书馆。这些书后来怎么处理的，我不知道了。

1955 年 5 月 22 日在北京，中国文联、作协的联席扩大会议讨论开除胡风的问题时，吕荧竟在会上替胡风喊冤，走上主席台，拿起麦克风，大声说胡风不反党，他认识有错误，但不是反革命。遭到会议一致的驳斥，当场被赶下台，并受到隔离审查，长达一两年之久。吕荧出事后的一天，孙思白来找我，他说：吕荧给你的信还有吗？我说：我没留信的习惯，看完就烧了。他说：吕荧这一出问题，党组织可能要审查，吕荧给我的来信我都留着呢。我说：审查就审查吧，有什么说什么。我很坦荡，我刚毕业没有经历过多少事，也不知道这事很严重，还一直劝孙思白说没事。后来孙思白把他手里保留的吕荧的信件都交给党组织审查去了。我俩都没事。

1957 年 12 月 3 日，《人民日报》刊发了吕荧《美是什么》一文，并在文前加了编者按：

> 本文作者在解放前和胡风有较密切的来往，当 1955 年胡风反革命集团被揭露，引起全国人民声讨的时候，他对胡风的反革命面目依然

没有认识，反而为胡风辩解，这是严重的错误。后来查明，作者和胡风反革命集团并无政治上的联系。他对自己过去历史上和思想的错误，已经有所认识。我们欢迎他参加关于美学问题的讨论。

我看到报纸非常高兴，“编者按”很可能是毛主席亲自校阅的，吕荧终于没有问题了，为他恢复了名誉。1966年，“文化大革命”开始后，吕荧被投进劳改农场。1969年3月5日他惨死于河北省清河县的劳改农场，那年他只有55岁！有人说，吕荧如果是被关在大墙内改造，有住、有吃、有医疗；住房里有床、有铺、有盖的，一切都有保障，不会死得这么早，死得这么凄惨！

吕荧是位为人正直，待人真诚，对工作认真负责，很有才华的人。一介文弱书生，终生刚直不阿。他热爱中国共产党，坚持马列主义理论，明辨是非，不顾及对己身之利害。他热爱文艺，他在美学与文艺理论上有较高素养，系中国当代文艺学建设和美学研究的先驱人物，领风气之先，对苏联文学亦有较深研究，可惜英年早逝，没能为国家做更多的工作。

（赵洪太口述　张洪刚整理）

**注：**赵洪太，1929年4月生，山东莱州人，九三学社社员。1950年8月考入山东大学外文系，1953年毕业留校任教，1987年晋升为教授。曾任山东大学威海分校筹备组组长，兼任九三学社山东省委员会委员和济南市委员会副主委，济南市政协第八、九届常委，山东省老教育工作者协会副秘书长，《外语教学丛刊》编委，《文史哲》杂志译审等职。1993年荣获国务院颁发的政府特殊津贴。主要著作有《俄汉翻译》《俄语语法》《俄语阅读教科书》及与北京大学哲学系合译的《十八—十九世纪俄国哲学》等七部著作，编辑出版了《当代俄汉大词典》《俄语疑难用法词典》《新编简明哲学词典》等词典。

**吕荧先生主要著作：**

《人的花朵》（论文集）1944，重庆泥土社

《火的云霞》（论文集）1949，上海书报联合发行所

《文学的倾向》（论文集）1950，上海书报联合发行所

《关于工人文艺》（论文集）1952，新文艺出版社

《艺术的理解》（论文集）1958，作家出版社

《美学书怀》（论文集）1959，作家出版社

《吕荧文艺与美学论集》1984，上海文艺出版社

**吕荧先生翻译书目：**

《普式庚论》（理论）苏联卢那卡尔斯基著，1943，远方书店

《叶甫盖尼·奥涅金》（长诗）俄国普希金著，1944，云圃书屋

《普式庚传》苏联吉尔波丁著，1946，国际文化服务社

《叙述与描写》（理论）匈牙利卢卡契著，1947，新新出版社

《列宁论作家》1952，新文艺出版社

《列宁与文学问题》苏联米雅斯尼科夫等著，1953，国际文化服务社

《仲夏夜之梦》（戏剧）英国莎士比亚著，1954，作家出版社

《论西欧文学》苏联普列汉诺夫著，1957，人文出版社

# 文论选译

# Translated Paper

# 关于阿瑟·丹托及其艺术批评的16个问题*

[美] 诺埃尔·卡罗尔著

韩清玉译

**作者简介** 诺埃尔·卡罗尔（Noël Carroll，1947— ），纽约城市大学哲学系教授，主要研究领域为分析美学、电影理论等。

**译者简介** 韩清玉（1981— ），文学博士，山东大学文艺美学研究中心教授，主要研究领域为西方艺术哲学、中国现代美学等。

## 一 阿瑟·丹托是谁？

阿瑟·丹托生前为美国哥伦比亚大学约翰逊讲座哲学教授，在知识哲学、认识论、行为哲学、艺术哲学等诸多不同领域都产生了非常重要的影响。同时他还是一位批评家，从1986年开始定期为《国家》杂志写专栏，写了很多关于历史上的和当时纽约的展评。

* 本文为译者根据网站访谈影像整理而成。采访人：黛博拉·普亚克（Debora Puac），资料来源：https：//www. youtube. com/watch？ v =43Bw3i6FxsQ&t =33s。

## 二　我们为什么要讨论丹托?

在许多方面，丹托之于艺术（研究）都是非常重要的，他在哲学的其他领域也是非常卓越的。他在艺术哲学领域的声望也为这一领域带来了高度认可，所以在这一领域，丹托是一个非常重要的角色。但是对于公众而言，他的重要性主要在于作为一位批评家，把他的哲学带到艺术世界，并且成为20世纪艺术的主要声音。此外，他还曾（凭借批评文集《遭遇与反思：历史性存在的艺术》）获得国家图书批评奖等我们今天称为公共知识分子的荣誉。

## 三　丹托的艺术批评思想有哪些?

丹托的思想及其他所写的评论相当具有革命性，特别是针对克莱蒙特·格林伯格（Clement Greenberg）以来艺术批评性质的叙述来说较为前卫的大量批评。像罗莎琳德·克劳斯（Rosalind Krauss）等艺术批评家都试图把形象放在他们所在的历史轨道中来解决问题，他们或多或少地把作品视为更为广阔的历史进程的一部分。丹托则强调艺术作品的独特性。作为一位哲学家，他对艺术的定义是：只有当一件作品有所关涉并以恰当形式体现出此一关涉时才能被视为艺术品，这成为他的重要批评方法。作为一个批评家，他想要做的是为作品给出一个解释：去阐明作品是关于什么的，然后呈现艺术家在作品中如何恰当地认识、表明与说出这些关涉的。所有这些给予丹托聚焦作为一种特定对象的艺术品的路径。我刚刚所提及的此类批评将艺术品纳入一种发展叙事中。就历史轨迹而言，这一叙事试图将此一艺术品与其他艺术品联系起来。

## 四 丹托是如何影响批评的本性的?

我认为丹托对批评的一大影响在于他在某种意义上挑战了现有批评主流。一方面他挑战了你所认为的现代艺术批评，此一批评力图解释成功的艺术品缘何重要，因为他们提出了艺术的定义或推进了关于艺术本性的思考，这是由于丹托的哲学主张与对（显示为由最低概念化功用组成的）现代或现代主义艺术批评主流形式的阻挡实践。丹托做这些主要是通过无形中的著名主张。他是安迪·沃霍尔（Andy Warhol）的主要辩护人，特别是沃霍尔的《布里洛盒子》（*Brillo Box*）。丹托认为，沃霍尔的《布里洛盒子》的批评与哲学意蕴在于，它展现了某些事物可以是艺术品，而有些与之相似却不是艺术品。生产出来的布里洛盒子与艺术无关的情形下安迪·沃霍尔的布里洛盒子何以算作艺术？这在现代主义工程中尤为突出。因为现代主义认为艺术作品的任务是以艺术的方式去反映艺术及其本性，所以现代主义艺术家通过自己的绘画尝试就艺术本性提出要点。例如，现代主义艺术家如莫里斯·李维斯（Morris Lewis）以无深度的平面作画，努力说明绘画作品是平面而非三维立体的这一点。但是（可以）用揭示艺术本性的绘画去审视绘画概念，艺术的本性有赖于通过观看艺术性绘画之所成而能够说出的那些概念。当沃霍尔制作出酷似寻常物的东西时，他是在用他的布里洛盒子挑战（这些艺术概念）。作为一位哲学批评家，丹托抓住这一观念并呈现了现代主义工程的断裂——这是因为现代主义是建立在“所见艺术性绘画必有所述”的理念之上，然后这打开了另一种批评方式，这一批评方式不再是基于亲和艺术作品的现代主义叙事（这一叙事通过言说者所见阐释批评的本性）。

## 五　丹托的“艺术的终结”是指什么？这一命题与其批评思想怎样关联起来的？

在此我们必须再一次思考丹托关于沃霍尔等人要说些什么。丹托所谓“艺术的终结”并非停止创作艺术，事实上，较之于历史，当下或许有更多的艺术产出，更多的艺术家出现，所以，“艺术的终结”并非艺术创作的终结。它指的是一种特定艺术叙事的终结，即叙事的革新。丹托是基于西方艺术史来考虑的，有两种伟大的叙事。第一种我们可以称之为知觉显现的征服，也就是以其所像的方式作画，换言之，以绘画关涉物的完美再现为圭臬。这时他意识到，随着照相术和电影被搬上银幕，这一叙事终结了。因为它们可以自动刻画事物的表象，这迫使艺术家去思考并为自身寻找一个新的位置，在这一点上，一个被发现并建立的出路就是我刚刚所说的现代主义。这一观念要求画家必须发现绘画的本性并以绘画的方式展示它。这一故事的讲述是从19世纪开始的，如马奈就强调绘画并非世界的完美再现。如透视问题，你（可以从中）获取关于立体主义的经验，即立体主义提供了对世界完美的目镜式再现，再一次强调绘画平面性作为事物的辩证（发展），如色块画。每一幅画以艺术与绘画的方式付之于发现艺术真正本性的进程中。丹托认为此种艺术史的演进模式与艺术故事（的讲述方式）已然终结。人们如沃霍尔证明一些东西不再是依靠其所像的属性，而是从其事物自身发现的属性而成其为绘画，丹托认为做出这一发现的应该是哲学家而非画家。这些具有重要反响，然后涉及如何导向批评。正如我说过的，以告诉你关于艺术史进化的故事的导向批评再好不过了。在这一艺术史进程中，每一件艺术作品，每一幅画在这一叙事中都具有自身角色，有自身的位置。你必须在每一件艺术作品的自身体系下观照它，通过明晰自身意义来评价艺术品成功与否。

## 六 “后历史”艺术与“后现代”艺术的区别是什么？

1976年前后，我们进入艺术的后现代时期，“后现代艺术”这个概念在艺术界变得非常流行。后现代艺术概念的确与我刚刚谈到的这个现代主义叙事有关。这一中心是后现代主义的，因为如丹托所宣布的现代主义自觉叙事已终结。尽管就政治而言他们很大程度上是反形式主义者，后现代主义者还是宣布那一类型的作品终结了。他们认为现代主义实验过于（强调）艺术自身的目的，并且他们呼唤关于艺术符码与政治关系的艺术研究。他们认定一些艺术家如辛迪·舍曼（Cindy Sherman）或理查德·普莱斯（Richard Price）为反极简主义者、反形式主义者。它们构成了新的经典如被称为电影与美高梅艺术家的人，他们在其新的历史定位中实现。另外，丹托用“后历史的”描述这一时期，意味着艺术不再必须卷入现代主义工程中。艺术家可以探索任何有价值的事情、他们感兴趣的所有东西。实际上，丹托的观点比后现代主义更开阔。这是因为后现代主义者认为，现在艺术家应该讨论如极简主义等风格，并主张艺术家应该更多地参与社会（变革）。例如开始与揭露厌女症艺术的女性主义探索相关联。但是需注意的是后现代主义者作为批评家仍试图为艺术家的介入设定条件。丹托相当多元化，他指出艺术可以追求任何艺术家感兴趣的，艺术可以看起来像任何东西，也不存在艺术家应该满足的总体历史要求。因此在这一意义上，较之于后现代主义，丹托打开了更为多样的艺术探索的批评可能性。后现代主义仍然通过艺术杂志对艺术家进行“规训”，如《十月》（October）等仍然认为批评家或多或少去检验艺术界，——去检验艺术家是否在履行特定历史角色。丹托的涵盖面更广，对艺术家坚持自我方向更为开放，而不是成为历史进程的附属物。

## 七 后历史艺术观是否会限制艺术?

大体而言，丹托的“后历史艺术”观念对艺术性试验是开放的，这足够奇妙，尽管在丹托的批判的、历史的视野中有一种限度形成，这些都是基于丹托关于艺术之本性的设想做出的。不知你是否回想起我说过的，丹托认为一件艺术作品拥有内容，这内容通过特定艺术形式来发展或体现或表达。现在丹托自己对于内容的看法具有意义，就像有一个主题，然后艺术品继续在它所产生的意义方面以其艺术性的选择纵深探索。须注意的是，这一观念之于艺术家的深度意义而言至为关键。意义对解释是开放的，就此而言，在具有意义的艺术品面前，理论如此苍白。我想要强调的是，可能刚好有些艺术品是那些我们可以称之含蓄的意义。许多巴洛克四重奏的意义是什么呢？很难阐明某些议题、主题或论点的意义。如果我们认为个体或有这样的艺术品，真的以其美陶醉你，但是可能无法试图说些（别的）什么，它们可能只是诱人的。丹托的理论并不适于处理有含蓄意义或者无意义的艺术品。丹托将自己作为作品批评功能的理想存在，去识别意义的有无。例如，关于沃霍尔的《布里洛盒子》，丹托会辨识诸如沃霍尔所言的“艺术品是一件商品”之观念的意义，然后他会从沃霍尔如何巧妙地将某种看起来像商品的东西作为艺术作品来呈现。丹托同时认为，沃霍尔的《布里洛盒子》是言说艺术可以看起来像任何事物的方式——沃霍尔正是拿一个你可以在杂货店看到的寻常物将其呈现为一件艺术作品。对丹托来说重要的是识别一些意义，即艺术品参与言说与解释包括艺术家的形式选择，或体现、推动与支撑意义的方式。但是局限性在于可能一些艺术品根本没有意义，它们可能只是产生某些感性的、经验的思考，例如

Flickr 电影。因此，关于批评的两个意图的构架并不局限于后历史艺术。但是那个构架在粗略概括组成批评对象方面具有特定的局限性，这些对象即具有我们一般称之为意义的东西。

## 八　今天，我们看到的艺术家创作的后历史艺术多还是后现代艺术多？

我想说的是后历史框架更好。你知道如果我们从更长远的视角来看西方艺术史，这其中有很多致力于现实主义的探索，这一探索是从作品看起来越来越像的那种相关物品中技术性地获得的。因此西方艺术之大弧看起来并非后历史的，它看起来仿佛某种探索。正如我所指出的，后现代艺术更倾向于政治上的局限性，如惠特尼双年展的一些作品特别是 20 世纪 90 年代的。它看起来好像后现代艺术或者至少政治化的后现代艺术是主导的，但是大致来说，对我而言，当下艺术的时代被描述为后历史艺术更好些。我认为学术批评家转向了偏重政治批评的层面，这也为他们的艺术观自设樊篱。

## 九　有没有一些你发现是重要的而丹托并不认同的艺术形式？

从一定意义上说，丹托认同几乎每一种形式，但是他认为几乎所有艺术形式都有问题。艺术自身正达到任何事物都可以成为艺术的阶段，所以在舞蹈方面，后现代舞蹈家喜欢人们对教堂里将日常移动视为舞蹈的判断。因此，在舞蹈方面是这样的：只是看起来像日常移动就可以成为艺术。约翰·凯奇（John Cage）的音乐实验表明了日常噪声可以成为艺术。因此就克隆的艺术形式而言，丹托可以拿出消解艺术品与真实物之间差异的例子，尽管他对自己的批评方法能否容纳任一形式下的每一种作品这一点并不清楚，例如纯粹的管弦乐，很多时候被视为在意义解释上不易觉察。甚至19世纪的交响乐可能在美或者悦耳或者管弦组合的理解，要优于对其意义或言说的理解。因此，需要再次指出的是，问题在于丹托的批评类型基于他的作品本性观念。艺术的可能性如此循环往复，这意味着意义将成为含蓄的，可能艺术只是渴望成为美的，可能艺术只求赏心悦目。

## 十　最初丹托观念中的什么内容吸引了你？

我最初被丹托作品吸引是在我事业的早期，可以说是我作为一个艺术爱好者时。我是哲学专业的大学本科生，却一直对艺术感兴趣，事实上对各种各样的艺术感兴趣。在这些（对我影响巨大的）哲学家中，丹托是排在第一位的。但是乔治·迪基（George Dickey）、理查德·沃尔海姆（Richard Wollheim）的艺术哲学之于艺术界中的当代发展也是非常关键的。你知道的，他们并没有建立关于19世纪艺术经典的理论。他们不会追溯5000年的艺术发展，说这不是艺术，或许我的孩子会这么做，因为他们对发展概念化的结构感兴趣，这一结构可以对艺术界中几乎每天或每周的发展保持追踪。实际上，丹托最早在其《艺术界》一文中提出的艺术哲学化在多种方式中出现了。这是对沃霍尔在同样固定的画廊中展出的作品的理论回应，我想是在1963年或1964年。作为同时热爱艺术与哲学的一员，我被丹托吸引，正如有人似乎将二者以充满生命的方式融为一体，并表达发生了什么。在生活发展中意味着艺术的历险。

## 十一　丹托是如何启发你的工作的？

实际上我在很多方面受丹托影响至深，但是可能最重要的是通过研究丹托并欣赏他的长处而获得的。同时我认为他的弱点也可以概括总结一下，从中可以发现我自己的批评路径。诚如我说过的，丹托是从这样一个核心观念出发的：艺术作品是具有意义的事物，意义在艺术家的形式选择中体现。现在我已经指出这一观念的一大局限性在于，可以说存在没有意义的艺术。关于这一点我可以假设另一种路径：即使一件艺术品没有意义，它也会有一个目的，由此，一个人应该识别艺术品的目的而不是试图去识别意义，然后接着去看艺术家如何进行形式选择，艺术家如何成功地（或不成功地）体现、说出、实现这一目的或促进与支持这一目的。这维护了我所认为的，即丹托批评路径中的一大优势在于他在自身话语体系中阐释艺术品。他将艺术品视为一个奇点（singularity），视为具有自身目的的特定存在。这是丹托（理论）的一大优点，但是这一点宽泛化了。因此，通过识别其目的而非意义来说出艺术品的关涉。并且通过识别意义克服了对丹托自身方法的异议，我认为这种异议依附于通过一种理解的呈现。基于此，不是被理解为做某事而设计出的两件作品难以契合一致——作品往往超越或低于意义本身。

## 十二　对有意义与无意义的艺术品加以区分，是不是很困难?

在一些情形下，这是相当清晰的：艺术的目的也许抓住了你的感觉、产生了一定的感情。对于识别作品的关涉而言，人们如批评家或艺术爱好者总是必须利用自身和自己的反应作为一个非常重要的信息、一项非常重要的贡献。在此我们只是举一些小的例子。你知道的，如果你走进一家电影院看一场“手帕”影片，你发现自己在哭，看起来这件艺术品的目的可能是被称为催泪弹的东西，因此它可能具有一个关乎悲伤与失去主题的意义内容。另外，另一件艺术作品，我刚刚好像抓住你的神经末梢，震撼你，让你幸福，使你心跳加速。可能一段音乐或者让你感觉好像你想起舞，它的重音可以没有意义，但是你仍然可以依据对它的反应来谈。没有任何语言，只有它的目的刺激你。

## 十三　你对丹托的批评思想有何批评？

我想再一次阐明的是，丹托批评理论的一大局限在于，他或多或少致力于艺术品必然具有意义的观念。纵然我必须对他公正，认为在某些时候他实际上并没有主张艺术作品总是需要解释，他只是主张“追问一件艺术品的意义是什么”永远是合理的。他可以对此给出否定的答案，但是他认为解释总是合理的。问题在于，如果他判定某物是不可解释的，他如何继续推进他的批评？这一点是不明确的。他是否就不再将其作为艺术作品？就艺术家的选择而言他是否就没有意义来讨论了？因此，他的方法在以无意义把握具有含蓄意义的作品方面是有局限的，或者事实上他会忽略它们（这些看似无意义的作品如何呈现意义）的状态。

## 十四　对你而言，是什么铸就了一位优秀的批评家？

我认为一位好的批评家不仅要细致敏感，还应深谙艺术史与置身其中的当下艺术界，所以他（或她）既会认识到已经具体或综合化的发展成就，又能看到与事物构想相符的新发展是怎样的，这一切都源于批评家怀揣着这一领域的真正好的地图。

## 十五　丹托是一位优秀的批评家吗？

丹托是20世纪后半期最好的批评家。

## 十六　我们能否用艺术来纠正宗教激进主义的一些问题？如在世界上分裂和挑起暴力。艺术能否帮助我们在其他媒介无法实现的地方找到答案？

我认为至少一些艺术具有扩展人们的同情心与气度的可能性，如通过展现一个群体、一个民族或一个种族与其他人生活中的共性。尽管我认为一些艺术可以如此，我不认为这是所有艺术的任务。我不认为所有艺术都具有单一的使命，但是确定的是一些艺术具有并且可以成功地实现扩展人的同情心的目标。例如最近关于那位死去的叙利亚男孩的照片，我认为在扩大关心叙利亚的群体范围这一点上，照片比许多报纸社论更有效。

（本文系国家社科基金一般项目“中西互鉴视域中的宗白华文艺批评范畴研究”（18BZW032）的阶段性成果，并受到山东大学齐鲁青年学者计划的资助）

# 会议综述

# Conference summary

# “山水清音　澄明之境：第六届清远诗歌节暨国际生态诗歌笔会”综述

岳超群

2018 年 11 月 8 日至 10 日，由中共清远市委宣传部指导，清远市精神文明建设委员会办公室、清远市文学艺术界联合会主办，山东大学文艺美学研究中心协办的“山水清音　澄明之境：第六届清远诗歌节暨国际生态诗歌笔会”成功举办，来自 17 所高校（研究机构）的诗人学者在江心岛一默书房围绕“什么是生态诗歌审美”“当代中国生态文学发展概况”“当代生态诗歌与中国古典诗歌的关联”“生态诗学的建构”“生态诗歌之未来自由辩论”“江心岛生态诗歌共识”等几大议题展开热烈探讨，现择要综述如下。

## 一　生态审美与生态诗歌

在全球面临的生态困境面前，作家如何回应，关系到我们对人类命运共同体的回应。如何激发生态意识，将现代人从消费主义文化的迷梦中唤醒，重建人与自然的和谐关系？对生态诗歌而言，这是一个任重而道远的话题。要解答这个问题，首先要理清楚，什么是生态诗歌，什么是生态审美。

一千多年前，唐宋八大家之一柳宗元在《邕州柳中丞作马退山茅亭记》中写道："夫美不自美，因人而彰。"这就提出一个影响深远的美学命题：自然事物本身没有美可言，人类的心灵照亮它，它的光彩才得以显现。

生态诗歌沙龙上，长江学者，山东大学文学院副院长、博士程相占对柳宗元隔空喊话，表达了自己的不认同——这是一种典型的人类中心主义的审美观。针对柳宗元"美不自美，因人而彰"的观念，程相占旗帜鲜明地提出16字概括生态美学要点："美者自美，因人以显。生态审美，生生不息。"他谈到，生态美学相信：万物自有其成理，各以其道而施事，包括生态诗歌在内的生态艺术，代万物言其成理，言其施事之道，邀请万物如其本然地显现其自身。

关于生态诗歌，程相占下了一个定义：生态诗歌是生态审美体验的诗艺表达。其中，生态审美体验除了拥有审美体验的一般要素，比如感知、想象、情感、理解等，还应该包含如下四种生态要素：生态关怀，生态知识，生态伦理意识，互动交融的体验方式。而诗艺表达则包括诗歌语言与诗艺技巧两方面。诗歌是语言的艺术，学术界通常将语言区分为三种，日常语言、科学语言和诗歌语言，与其他两种语言形式相比，诗歌语言的特殊性在于它的意象性、情感性和音乐性，诗艺技巧是由诗歌艺术惯例和规范塑造的表达技巧，通常包括押韵、隐喻和明喻等。

生态诗人华海提出，生态诗歌通过对当代生态危机及其根源的揭示，具有唤醒生态意识的现实动因，但这仅是起点，不能止于批判性，在"破"的同时还需要"立"。在生态价值的认知上，应从人与自然重构和谐关系切入，用整体性的观念重构生态理想，并在诗歌艺术上探索实现生态审美的可能性，从而构建具有创新意义的生态诗学。

实现的路径可以概括为三个：批判、体验和梦想。批判是针对人与自然关系的对立和紧张，反映人类对于生态困境的焦虑，锋芒指向人类中心主义和二元对立的观念；体验是重新回到自然，在具体的地点，重新与自然建立联系，让人的灵魂安居；而这种回归和对自然神秘的重新体认，在现实中面对巨大的落差和鸿沟，甚至难以逾越，由此便产生出梦想的可能，通过诗歌语言来重构一个人与自然关系由对立而复合的诗意栖居。批判和体验、梦想互相关联，既有逻辑上的逐层递进，又以实现生态整体审美作为共同旨归。

对此，《中国作家》副主编、编审高伟表示赞同，他认为生态诗歌应该是在对生命与自然的体悟，对现代生态问题的深刻忧患意识和反思这样一个向度下的诗歌创作，它的审美还是诗歌的审美，要兼具生态性和艺术性。

中国作协诗刊社副主编、评论家王冰谈到，生态诗歌是对资本主义发展的一种批判。现代化进程中资本带来的泛滥的物欲、人的异化和人类中心主义，造成对生态的巨大破坏，人的精神也变得扭曲，生态诗歌应该更多元、更开阔，不仅反思发展带来的环境污染与生态破坏，也要帮助人构建一种生态的思维方式，完成一场心灵的清洗。

武汉大学文学院教授、博士生导师汪树东则提出，对于生态诗歌，自己更倾向的不是明确的定义，而是一种概括性的描述。汪树东认为，生态诗歌是出现于生态危机时代的诗歌，是诗人对生态危机的回应，诗人感知到现代人在处理人与自然的关系方面出现了问题，因此他们批判现代人对大自然的破坏，呼唤人与大自然重建和谐关系，重建生态整体观，试图以诗歌的方式促进生态文明的转型。因此生态诗歌的核心是描绘人与大自然的关系，而且是以生态整体观为指针的。

香港大学博士、助理教授梅真阐述真正意义上的生态诗歌产生于工业社会时期，作为孕生于工业社会但又从生态的角度揭示、批判、反思工业文明积习的一种文学形式和文化现象，它与通常以“人类中心主义”为核心、以人的利益为唯一价值取向的诗歌有本质的不同。生态诗歌把人放在整个生态系统的一员的位置，从“生命共同体”互为依存和影响的整体角度来体验和感受，并以对灵魂的反思和生命的体验来调整人与自然日益紧张的关系，抗衡心灵日益物化的精神病象。

浙江工业大学教授、生态文学团队负责人闫建华谈到，对于什么是生态诗歌，欧美学界目前还没有一个统一的说法，其边界仍然是“流动不居”的，是不同阶段、不同层面的诗歌共同组成的一个整体。这一整体主要由三种不同的诗歌组成：自然诗歌，视自然为主体，人从自然主体中获得灵感；环境诗歌，关注的焦点是环境正义问题，有着鲜明的政治色彩；生态诗歌，这类诗歌重视语言的生态性，甚至将语言自身也看作一种生态，并通过生态的语言来想象和重建人类与非人类世界之间的和谐关系。但无论对生态诗歌的定义或看法有何不同，有一点可以肯定：生态诗歌关注的焦点始终离不开环境与生态问题，其创作主旨就是环境与生态，如此一来，生态关怀亦即对自然和地方的保护、恢复和改善，以及对人与人之间环境正义的关注、对人与其他物种之间乃至物种与物种之间种际关系的关注，就成为生态诗歌最基本的价值取向和伦理取向。

关于生态诗歌定义常见的误区，会议也进行了探讨。中国作家协会现代文学馆研究员、中国社会科学院研究员北塔阐释，生态诗歌的“生态”不是一个题材，它是一套思想体系，有一套起决定性作用的修辞策略。“生态”作为题材是不可能被具体界定的。工业诗歌写工厂，田园诗歌写田园，山水诗歌写山水，但生态诗歌不是取决于题材。从相反的方向说，不是写了山水草木就是生态诗歌，中国古代的诗人从《诗经》时代就写山水了。西方有强大古老的牧歌传统，现在的美国新英格兰地区有一帮诗人叫新田园派，他们也在写花鸟虫鱼，难道他们也是生态主义者？这个判断是错的。

华海围绕生态诗歌是生态危机时代产生的一种文学现象，并不是所有表现生态问题、表达生态困境的作品都是生态文学作品，讨论了当下生态诗歌创作有两大问题：将生态诗歌简单化，把生态观念加上所谓的诗歌表达，停留在简单的愤怒，或简单直白地表达自己观点的层次；将生态诗歌的概念泛化，只要是描写自然、赞美自然的都装进篮子里。这些都会阻碍生态诗歌的进一步发展。

广西民族大学副教授、博士生导师龚丽娟的看法稍有不同，她表示，如果从诗歌艺术本身的特点来看，比较典型的生态诗歌应该是具有明确的生态意识，坚持生态道德主义的文化立场，立足生态整体主义的哲学基础，生发生态审美主义的艺术境界的那一类诗歌作品。不同于生态报告文学强有力的鼓吹呐喊、生态散文的含蓄鞭挞与生态小说的恣意批判，生态诗歌言有尽而意无穷，能够有效抒发生态人文主义的诗意情怀。若按照人文化之后的生态范畴来界定，则一切诗歌皆是生态，一切生态皆为诗歌。

生态诗歌审美也是大家关注的问题。常德市诗歌协会副主席谈雅丽分析，中国当代生态诗歌呈现出四个美学类型：澄明和谐的自然之美、自由奔放的荒野之美、物我合一的生命之美、生态批判的崇高之美。生态诗是自然之美的抒发者、发现者与讴歌者，用诗歌营造一种人的心灵与自然息息相通的澄明和谐之境；荒野之美“野性”的呼唤让诗人对人类的家园开始进行诗意的追寻，对世界万物本原进行了哲思性的探求；生命之美体现在将自然界中的飞鸟、游鱼、花草视为亲密的朋友，尊重和悲悯动物植物生命，与之平等对话交流，蕴藏了广博的爱物之心和生态情怀；崇高之美体现在对造成的生态破坏进行批判，对生态危机的根源进行反思，对生态破坏恶果进行警示。

生态诗人吴清鉴谈到，生态诗歌的审美特征体现在三个方面：因疼痛感催生的诗体，在整体性视角下的构思，从人与自然的融合中捕捉诗意。生态诗从产生的那一刻起，就带着强烈的疼痛性，是对人类破坏自然的惋惜、心痛和反思。忧虑是生态诗的底色，反思性是生态诗创作的目的和任务。梦想性的诗意构思，在人类疗伤时，是一首“轻音乐”，也是生态诗创作中不可或缺的。批判性、反思性和梦想性，特别是前两者，决定着生态诗的命运，这应该成为生态诗人和生态诗创作爱好者们的书写自觉。

## 二　生态诗学的构建

新诗抛弃了传统之美，与自然审美越来越远？生态抒情陷入模式化、概念化？创作者缺乏生态诗学观念？面对这些质疑，厘清什么叫生态诗学、如何建构生态诗学，对让中国生态诗歌以更动人的方式直面生态危机有着重要意义，生态诗歌沙龙上，大家也就此展开探讨。

梅真指出，中国生态美学学科和理论体系已经建构起来，生态诗学尚未完成建构但也携必然之势。中国的生态诗学是源生于中国古代生命论诗学和西方生态思想的整体主义影响下的生态诗学，生态美学是建构生态诗学的前提和美学指导。她试着给生态诗学下一个定义：生态诗学是从人与自然、社会，人与他人，人与自身的生态审美关系角度，对生态诗歌的起源、过程、逻辑思维观念、方式特点、功能结果、价值意义等各方面的原则属性和规律的深入研究。

她设想的建构生态美学的五项原则与程相占关于生态审美的16字总结不谋而合：生态整体主义为核心原则，把生态系统的整体利益作为最高价值，把是否有利于维持、保护生态系统的完整、和谐、稳定、平衡和持续存在作为衡量一切事物的根本尺度；主体间性主义的基本原则，它要求人跳出人类中心主义，认识到自然不是主观移情的对象，而是不管在自然科学常识还是艺术本质当中都原本存在的主体，是万物有灵论的；自然性原则，不用人类的生活习惯定义自然万物，了解自然生物本身的习惯和习性；交融性原则，交互感应的原则，而并不是完全无我的；批判性原则。

梅真还谈到，生态诗学的建构应该有非常完整的一个系统，如形成一个有多位代表性诗人的专门群体，有一两本专有的生态诗歌刊物，有固定的诗会和固定的集会地点来交流创作跟研究，然后还有几本生态诗合集，有大量的关于生态诗的研究论文和研究著作产生等。她建议设立生态诗歌创作与研究的奖项，以鼓励创作和研究，并建立标志性的文学史事件。

广西民族大学副教授、博士生导师龚丽娟认为，生态诗学的建构与发展不仅是整个生态人文学科的未来趋势，也是其学科发展的内在需求。她阐释，广义上的生态诗学，不仅仅是指由反映人类对自然、生态的诗歌文体表现出来的生态文学观念、生态审美意识与生态哲学内涵所形成的生态诗歌研究理论，而是指所有生态人文学科不仅立足生态真理与生态伦理，同时兼顾生态诗理与生态哲理，进而所形成的生态审美研究的基础理论。因此，广义的生态诗学理论，首先应具备诗意本质，关联生态系统本身所具有的天然属性，使其在生态的规律性与审美的目的性之间寻找联结点；其次，生态诗学应具备诗性品格，体现出生态系统自身所遵循的自然规律，使其在科学的客观性与审美的主观性之间追求平衡；再次，生态诗学应上升至诗化境界，趋向于在生态哲学层面和合生态系统的本然价值，使其在科学发现的有限性与哲学理想的无限性之间实现生态人文的终极追求。

生态诗学不仅包含诗意本质、诗性品格、诗化境界，而且在本质上包含生态和谐、生态中和、整生美生等生态哲学的本质与意蕴。生态诗学在学科发展路径上，首先需要文学创作与生态批评重拾自然情怀与诗意本质，其次，文学研究应回归生态意蕴与诗性传统。而在生态诗学建构的现实路径有三步：首先，需要构建生态诗学观，引领提升人的生态审美活动；其次，提升世界的绿色品格与人生的诗化境界，并实现二者的耦合发展；再次，追求世界美生的终极理想，这也是人类的共同目标。

## 三　生态诗歌与古典诗歌

当代生态诗歌与中国古典诗歌的关联也进入讨论。对于很多人将古代山水田园诗当成生态诗的归类，程相占持否定态度。程相占对比分析了自然诗歌与生态诗歌的区别：自然诗歌主要是从素材、题材来讲，它的描写对象是自然，包括我们常说的自然万物，甚至天地万物；生态诗歌主要是从诗歌性质上讲，它的题材可以是自然，也可以是其他东西，甚至垃圾也可以成为生态诗歌的描写对象。他谈到，中国古代的山水田园诗也不能简单地等同于生态诗，生态诗有特定的时代特点和具体内涵，它必须产生于生态时代，古代尚没有严格意义上的生态学和明确的生态意识，两者表面上有一些相似性，但也有本质的区别。

这并非说，生态诗歌可以绕开古典诗歌来发展，关于怎样处理两者的关系，与会人员也进行了阐述。

华海支持重建生态诗境需要接续中华古典诗歌，当代生态诗人是由生态问题而走回自然，在诗歌中重构人与自然和谐共在的诗意栖居，让破碎的诗境重新修复，既承接上中华“天人合一”的大道本原，又从古典山水田园诗歌中汲取源头清流，从而探索当代生态诗歌的审美重构和诗境再造，同时在一个新的层面上实现对山水田园诗歌传统话语体系的现代性承继和转型。

龚丽娟则围绕古典诗歌最突出的两大特性——自然审美传统和诗性智慧展开讨论。她表述，《诗经》里有很多感兴的表达方式，魏晋以后自然成为独立的审美对象，到陶渊明时诞生了山水田园诗意栖居的典型样本。古代自然审美方式已经比较成熟，形成了情景相融、虚实相生的艺术境界，也积淀了中国古典诗的诗性智慧。对于古典诗歌传统，我们要吸收借鉴也要发展。自然审美方式需要发展为生态审美方式，传统诗歌里更多欣赏和谐、优美、崇高的对象，那些微小的由矛盾冲突引发的丑陋、残缺并没有进入审美视野，诗性智慧、诗意精神、诗化世界，也需要融合我们的生态真理、吸收生态哲理，和哲学研究结合起来，好的生态诗歌应该在吸收生态文化的基础上，坚守诗性的审美传统。

不过，向古典诗歌寻求智慧，并不是要回到浪漫主义的牧歌传统。

中国作家协会现代文学馆研究员、中国社会科学院研究员北塔强烈抨击了这种在创作上止步不前的情况。他谈到，现在存在一种复古倾向，想回到牧歌时代，回到山水田园诗歌的境地，有人把这些也称为生态文学作品。澄清谬误关键是要认清一个时代界限：生态诗歌一定是要在现代主义、后现代主义范畴下的一系列美学、哲学、文学观念下产生的。如果生态诗人忽略这个前提，只是进行一些重复的、无效的，与文学史的现代发展没有关联的作品，那是一种讨巧的、懒惰的、才华欠缺、没有现代意识的表现，这是我们要谨防的。在他看来，生态主义、生态诗歌都应该属于现代主义和后现代主义的范畴，包括在修辞策略上也应该是现代主义的。现代主义诗歌修辞程度更高，如象征、通感、反讽和暗示这些修辞策略，比在传统诗歌中的应用更加广泛，而游牧式的思维方法和运笔方法，不仅仅是在生态诗歌里，在整个后现代诗歌里用得都比较多。

生态诗人侯良学讨论了一个问题：现在微信朋友圈很多人写大量的古诗词，可是为什么写不出古代那么高的水平？很重要一个原因是自然变了，人与自然的关系也变了。不少诗歌沉溺于对自然山水的歌颂，总是力图消弭个人的主体意识，似乎只有在自然的审美中才能避开灾难不堪的现实，才算是真正达到了物我两忘的唯美境界，而回避现实生活中的种种生态问题。但实际上，我们已经一只脚踏在悬崖边上了，而过去的呐喊并未能有效制止生态环境的恶化，他呼吁作家不要一味沉迷于田园有多美，更要关注生态危机这个全世界共同的困境。

## 四　如何寻求创作突破

在生态危机已经十分严峻且愈演愈烈的当下，生态诗歌该怎样书写一个时代的隐痛？该如何拨响人心底的那根弦，以引起更大范围的反思与改变？生态诗歌创作如何突破和创新，是生态诗人必须面对的课题，沙龙上也引发了热议。

程相占认为，好的生态诗歌有两个基本要素：审美体验应该深刻丰富；诗意表达技巧应该高超。如果作品有明确的生态意识，但是艺术性太差，那也只是挂着生态诗歌名义的倒胃口之作。写诗讲究“运用之妙，存乎一心”，很难有一套理论教会一个人怎么写好诗。但有志于生态诗歌创作的人，可以提高自觉性，不仅仅是依据自己的直觉去写诗，也应该阅读一些生态美学之类的著作，转化为自己的诗学修养。尤其是对生态诗歌的定义缺乏准确认知的创作者，这点更重要。

他特别强调，诗歌创作者应该要树立精品意识，以一当百、以一当千。诗歌创作不是靠勤奋和高产就能成功的，还需要沉淀和打磨。乾隆皇帝一辈子写了4万多首诗，被人记住的有几首？张若虚留下一首《春江花月夜》，没有人质疑他的艺术成就。诗歌是注重新奇的艺术，如果过度追求作品数量，把诗歌写平淡了，反而是因小失大、适得其反。

汪树东指出了当代中国生态文学发展的四大局限：大多数生态文学作家尚未建立起真正的生态整体观，尚缺乏全球化的生态视野，从而未能呈现出生态文学应有的恢宏气度、诗意气质；作家对生态危机的复杂性缺乏足够的了解，从而出现对现代文明尤其是现代都市文明过于简单化的归罪模式，和对前现代文明过于理想化的美化想象，这就很容易错误地认为都市的就是不好的；生态作家缺乏足够的生态学知识，缺乏足够的科学精神，而且对生态危机的拷问往往不关注政治体制因素，也很少关注环境正义；生态叙事、生态抒情过于模式化、概念化，艺术魅力稀薄匮乏，人性探索不够深入，往往掉入了类型化文学的陷阱，这也是当代中国生态文学最饱受诟病的局限。

他表示，以现在如此庞大的人口规模，已经不可能重回传统的农业文明，如果非要将前现代文明加以理想化，往往就造成理想与现实的彻底割裂——现在已经不是简单的逃离都市的问题，而是必须在都市的基础上建构生态文明，作家的思考需要更深入。他还建议生态诗歌创作者补补生态知识课，很多现实的环境问题可能比我们小说中的想象更富有挑战性和冲击力，我们应该思考该怎样让它们转化为好的文学创作，因为如果只是干巴巴的数字，或干巴巴的研究结论，在社会上的传播是有限的。

中山大学教授杨中艺回忆了20世纪80年代徐刚的《伐木者，醒来!》对自己的巨大影响，并提出：审丑也是审美的一种方式，文学作品里，歌颂大自然只是一方面，去阐述人与自然的关系，也是生态文学作品里不能忽略的内容。他还谈到，当下作家或诗人对环境问题、生态问题的了解还比较欠缺，环境问题与我们每个人都是有切身利益关联的，环境污染对生理健康和心理健康都有很大影响，地球上每年环境污染导致的死亡人数达到1460万。诗人可以关注一些实实在在的环境问题，这是能够激发创作热情和灵感的，而且很有意义。

北塔分析了中国当代生态诗歌创作的瓶颈：经过20世纪60年代的情绪潮后，世界在对现代文明尤其是工业文明的反思中产生了生态主义，这是一个整体的思想体系，文学、诗歌只是其中的一部分。西方学者进行了全面反思，生态主义首先是哲学、伦理学、美学，后面才是诗学，但在中国生态主义好像是直接从文学切入，而遮蔽了前面那些更重要的问题，这也阻碍了生态文学创作触及更深层次的东西。

贵州师范大学教授何嵩昱讨论，生态诗歌的主题还可以再拓展，在围绕自然生态展开讨论的同时，也应该更多思考人文生态和社会生态的问题，触摸到更深的思想领域。她谈到，生态诗歌创作中的反思现在更多是身体上的反思，我们享受轰轰烈烈的斗争带来的成果，也体会到它给予的失败和痛楚——环境破坏带来的恶果每个人都能感受到，能够和读者产生共鸣，可以打动人。但这种身体层面的反思应该延伸到情感反思和理性反思，如果把自然生态扩展到人文生态和社会生态，生态诗歌的版图扩大，也就避免创作陷入类型化的陷阱。

梅真则表示，最好的生态诗歌应该具有中国古今诗歌的特色，和有待生态诗学发掘的特质：风格性、戏剧性、寓言性、史诗性。风格性：指生态诗歌可以有不同的创作风格，有多样化、丰富性的主题和形式，如反讽，浪漫主义、象征主义、现实主义、写实主义、后现代主义、古典主义等，这样才更容易让人接受和被打动、被影响；戏剧性（悲剧或喜剧）：生态诗歌里存在着对抗、反叛、怀疑、矛盾、革命、更新、重生等各种张力，有张力的生态诗歌非常适合用同样表现张力的戏剧手法来表达；寓言性：在短小的诗歌中，能够微言大义、蕴藏深刻的道理、折射人类共同的问题或人生价值；史诗性：包含着对自然的复魅，人与自然关系的原初面貌和重新修复，也包含着生态诗歌史，生态思想史和生态诗学史等各方面的内涵。她建议创作者和批评者做更多的探索和尝试。

广东省作家协会诗歌创作委员会主任、广州市作家协会副主席黄礼孩谈到，若批评不自由，则赞美无意义，好的生态诗歌应该是介入、是批判，是理智与情感的复杂经验。诗歌在叙述行为与叙述主体上都有指向，诗人不应该作简单的赞美或批判，而是要把事物的多样性呈现出来，让读者去判断、去感受。譬如，你写一条流经城市的河流，若还用浪漫主义手法来写得像农业文明时代的河流一样美好，显然少了思辨的色彩，没有当下性。无论是诗歌还是别的文学，它必须忠于现实，忠于你的灵魂。作为一个诗人，要有文本意识和拓展文本的能力。如果从中国传统文脉的角度来说，那是续脉，把我们的文脉气脉续上当代的表达，诗人的自我更新的能力必须摆在第一位。只有先入为主的生态观念，没有充满力量的诗歌语言，是无法成就一首好的生态诗歌的。

黄礼孩特别提醒，现在非常多的写作会利用当下流行的思想，这是非常可怕的，创作者必须有自己的思考与行动，必须警惕囿于旧观念的陷阱。

华海表示，好的生态诗歌需要体现公共性和文学性，它需要有打动人心的地方，构成一种创造。好的诗歌，好的表现主题与好内容都不可或缺，它是指向精神的，我们倡导的生态诗歌，从传承的角度需要接续诗歌文脉传统，并以生命共同体的整体生态观为统摄，面对当下生态问题，重新与自然中的地点建立心灵的联系，也重新与古典自然诗歌建立“家族谱系”的根脉联系。

大家还讨论了生态诗歌创作中无人化倾向的问题。梅真梳理比较了几个基本概念：生态诗写作是可以有“我”的，并非要做到“无我”；人的视角≠人类中心主义；我们批判人类中心主义，并不等于我们妖魔化人类；主体交互性≠为自然代言；面对自然时的谦卑≠自卑，敬畏≠畏惧≠崇拜，热爱自然也并不等于歌颂，反思和自然的关系也并不代表要同情；我们依赖自然≠利用自然≠破坏自然；在诗歌中我们要平等对待自然主体，也不代表人这一主体与自然无区别。

北塔和梅真持相近的意见。他谈到，现在生态学中有一种去人化倾向，譬如说荒野崇拜，认为自然本身就有主体性，把自然花木的原始状态写出来就是最纯粹的生态主义的文本，但自己觉得，文学应该是人学，这不是要把人当作主导性的力量或根本性的东西，但是没有人绝对没有文学。同时他也提醒，要谨防生态主义的原教旨化，好像把什么放进生态主义里边就是立场正确，但其实从生态主义学术内部看，也存在一些矛盾、偏颇或过分激进的说法，一定要进行细微深入的辨别后，再去选择遵循一些规则。

北塔还建议生态诗人到草原这座诗歌富矿寻求灵感。草原写作是一种带有神秘性的写作，在那里，人们相信万物有灵，万物平等，每一棵小草，每一颗石子，都受到上天同等的恩惠，这与生态学所主张的“以生物为中心的平等原则”是一致的。在那里，人与物距离最近，甚至没有距离，合二为一，而多文化语境的相互碰撞，又能催生出最动人的、富有创造性的诗歌。不过，他也提醒，要警惕草原诗歌被牧歌化，不能只把草原想象成一个理想的存在，也要关注生态问题。

侯良学倡导让生态诗走向日常。扩展题材领域，揭开日常生活与生态危机之间的关系。用口语诗语言风格和叙事诗的捕捉表达诗性的技巧，当然“口语化”并不等于“口语诗”，从诗人的角度来说，口语诗等于一种全新的诗歌思维。对梦进行挖掘，揭秘人类中心主义在潜意识领域对个人的控制。以生态间性审美，以自然生态为统摄，走向社会、文化、精神、行为等各生态系统，并且对生态危机进行更深刻、更具广度的反思，这样生态诗的创作视野一下子广阔起来。

广东第二师范学院中文系教授熊国华则建议生态诗人可以创作一些生态微诗。微诗就是四行以内的诗歌，被媒体誉为微时代文学的新潮流，适合现代人快捷化、碎片化的生活和消费方式、审美情趣，适合微信发表和传播。

## 五　生态诗歌与城市生态屏障构建

如何通过生态诗歌涵育人们心中的生态文明观念，构建更加和谐的人与自然的关系？如何让本土文化与生态梦想更好地相遇，用生态文明提升一座城市的精神气质，让生态和诗歌一同走向日常，让“诗意地栖居”不在别处？生态诗歌与城市生态屏障的构建，也引起了大家的讨论。

正如程相占所言，生态诗歌许多都是以自然为题材，营造出的优美的生态诗境，为生活在城市中的人提供了一个心灵的庇护所，让大家在城市的喧嚣与繁忙中得到一方宁静，这是疗愈城市病的一剂良方。好的生态诗歌有着打动人心的力量，能够让人体验到更强烈的生命感，更加热爱自然，推动人与自然的和平共处。不管是心灵上还是自然上，生态诗歌对构建城市生态屏障无疑都有着积极意义。

这种积极意义也得到与会人员的普遍认同。谈雅丽认为中国当代诗歌中呈现的自然观和伦理观，对于人们保护生态环境、维持自然生态平衡起着重要作用，同时也启发着人们从生态审美的角度，将自然山水的生态意识从宇宙天地进入我们的内心，滋润我们的心灵，在自然生命的涌动中带来审美的愉悦和智慧的洗礼。中国当代优秀的生态诗歌是文学史、美学史、生态史的完美融合。

闫建华谈到，借助文学、诗歌等艺术的力量，公众对许多问题会有更明晰的认识，也更容易接受。因为数字再大对普通人也只是数字，生态文学创作将一个非常恐怖的数字进行艺术化处理，可以起到震撼人心的效果。

关于生态诗歌怎样参与构建城市生态屏障，与会人员也展开探讨。

汪树东还提及生活中司空见状的现象：当记忆里一条很清澈的河流被污染，第一次见到时我们很震惊，再次路过时我们不再质疑，第三次我们已经无所谓，到第四次甚至觉得理应如此。我们明白这种漠然是不对的，可是感知已经钝化，呐喊也显示出无效和乏力。而文学的力量就是要让大众已经麻木的神经再次变得敏锐。这就要求我们的生态诗歌创作一定不能掉入类型化文学的陷阱，否则大量创作都是无效的、重复的。

他点明了当代生态文学有非常典型的三重价值诉求：对现代文明中泛滥的欲望化、城市化、科技崇拜和人类中心主义的无情批判，为受伤的大自然发出深情呼告，企盼现代人摆脱这种“自然冷漠症”；充分呈现大自然的优美和壮美，承认自然生命的内在主体性和价值，为饱受侵凌的大自然复魅；重建生态整体观，重建人与自然和谐相处之道，为现代文明的生态转型鸣锣开道。

汪树东还阐述了当代中国生态文学的三重意义：最为充分地传承了天人合一的中华古典文化传统，接续上了崇尚自然、敬畏天地的传统文脉，对于推进当前中国文学的文化自觉、文化自信具有重要的意义。直面生态危机的惨淡现实，充分汲取世界上其他文化、文学传统的生态资源，与全世界作家一起回应21世纪人类生存的最大挑战，对于推进当前中国文学的世界化进程具有重要的意义。当代中国生态文学以艺术的力量激发国人的生态意识，呼唤现代人从消费主义文化的迷梦中觉醒过来，重建人与大自然的和谐关系，因此其对于推进生态文明的建设具有重要的意义。

## 六　生态诗学教研基地与“江心岛共识”

除了上述精彩探讨，本次笔会还收获了一些额外的硕果。山东大学文艺美学研究中心作为协办单位之一，为江心岛挂牌成立“山东大学文艺美学研究中心岭南生态诗学教研基地”。程相占表示要在这里孵育一个文化地标，对于基地将来如何“做实”提出了三个方面的具体设想：我们有教育部资助的国家级课题项目，将来可以引入这里开展研究；可以在这里聘请一批客座教授，并让研究生来此游学，使这里成为名副其实的教研基地；在这里举办高品质的学术活动，山东大学文艺美学研究中心2018年10月就曾举办过国际型的学术会议，会议每三年一次，我们可以从今天开始为三年后的会议做准备。

想借人与自然的一双共在之眼，重构人与自然的关系，重构生态诗境与古典山水田园诗歌的关系，重构生态诗歌审美与生态诗学的诗境，根据大家讨论的热点和关键词，“山水清音　澄明之境：第六届清远诗歌节暨国际生态诗歌笔会”还诞生了生态诗歌的“江心岛共识”。

1. 传承。我们倡导的生态诗歌，从传承的角度将接续中国古典自然诗歌的诗学传统，并以生命共同体的整体生态观为统摄，面对当下生态问题，重新与自然中的地点建立心灵的联系，也重新与古典自然诗歌建立“家族谱系”的根脉联系。让我们回到源头和原点，汲取众流之水，探寻走向人与自然和谐共在的生态理想，重构整体性生态审美诗境。

2. 共在。我们明白生态诗歌首先是面对现实生态问题，但不只于此。我们要在生态价值上获得新的体认。要重新回到自然，在具体的地点，重新与自然建立联系，让人的灵魂安居。而这种回归和对自然神秘的重新体认，从人与自然重构和谐关系切入，用整体性的观念重构生态理想，并在诗歌艺术上探索实现生态审美的可能性，从而构建具有创新意义的生态诗学；用诗歌语言重构一个人与自然关系由对立而复合的诗境。用实现生态整体审美作为共同旨归，构筑人与自然共同构成主体关系的诗意栖居。

3. 建构。就生态诗歌发展本身，我们应当致力于探索当代中国生态诗歌的创新之路，在丰富而广阔的创作实践基础上继承创新，从而建构当代生态诗学，并在现代生态文明的总体精神背景下创造生态诗歌的新的“清远神韵”。

4. 传播。国际生态诗歌笔会将进一步构建交流和研究的平台，不断探索生态诗歌创作和研究的新的生长点，拓展国际化视野，推动中国生态诗歌的国际传播。

# “对话与理解：生态美学话语研究”国际研讨会综述

周品洁

2019年10月18—21日，由山东大学文艺美学研究中心、韩国成均馆大学东洋哲学系联合主办的“对话与理解：生态美学话语研究”国际研讨会在山东大学中心校区知新楼A区成功召开。研讨会在山东大学文艺美学研究中心副主任王汶成教授和成均馆大学琴钟铉教授的共同主持下开幕，来自美国、奥地利、韩国及中国两岸三地的五十多名代表，围绕“生态美学研究的回顾与反思”、“环境美学研究的回顾与反思”、“生态美学与生态文明建设”与“东亚传统生态智慧与生态美学建构”等四个议题展开了热烈讨论，现择要综述如下。

## 一　生态美学研究的回顾与反思

这个议题是本次会议的中心议题，受到了与会者最多的关注。“生态美学研究的回顾与反思”这个议题，既包含宏观层面上对于生态美学基本理论问题的讨论，又包含微观层面上生态美学理论和具体艺术形态紧密结合的个案研究。

（一）生态美学话语研究的宏观层面

山东大学文艺美学研究中心名誉主任曾繁仁教授将中国“生生美学”作为对黑格尔“美学之问”的一种回应。他指出，中国生态美学的建设目标是建立一种具有中国特色的生态美学，我们首先要面对的就是黑格尔的“美学之问”——中国有没有与艺术密切相关的美学及美学史。中国“生生美学”就是对此的一种回应：1.“生生美学”植根于中国传统文化土壤，反映了中国人追求“天人合一”的审美的生存方式；2.“生生美学”之要旨是，将“体贴生命之伟大处”作为审美的基本原则，这是一种东方特有的生命美学；3.“生生美学”是一种道德理性之美，黑格尔认为中国古代美学与艺术缺乏理性，这是一种误解；4.“生生美学”并不局限于理性逻辑的“写实”，而指向中国特有的意境之美；5.“生生美学”是一种无言之大美，以本体性、交融性区别于西方古代美学之实体性、区分性；6.“生生美学”主要呈现于各种艺术形态及其理论中，这区别于西方美学主要呈现于美学家的论著中。此外，中国前现代“生生美学”在后现代的历史条件下，能够与西方后现代美学产生更多的对话，这在某种程度上解开了黑格尔的“美学之问”。但曾繁仁教授也指出，“生生美学”是前现代的理论形态，缺乏系统性，需要对其进行创新性发展，这是新时代中国“生生美学”建设、发展的要求。

苏州大学鲁枢元教授从怀疑论美学的新视角解读了曼纽什美学思想的解构性特点及其生态意蕴，他认为，这对于当代中国生态美学的建设与发展或可起到补充作用。曼纽什怀疑论美学拒斥理性主义，而生态学恰恰也是一门颠覆性的学科，从“怀疑”的心态来破解人类旧习与成见；曼纽什怀疑论美学认为艺术最高使命在于人类生命的完善，而生态美学也致力于恢复人类自身天性的饱满充盈；曼纽什怀疑论美学认为艺术、科学是人类两种并行不悖的能力，这暴露了生态灾难背后唯科学主义的弊端；曼纽什将人类艺术活动比作一个复杂的“旋转的球体”，这是一种精神生态含义上的“生物圈”；曼纽什怀疑论美学还吸纳了老庄哲学中的怀疑论精神，这也为西方怀疑论美学与中国当代生态美学的交流互补做出了有益的铺垫。但鲁枢元教授同时指出，曼纽什的怀疑论美学也具有局限性，即没有跳脱“人类中心”的樊篱，这些传统成见对于生态美学而言是大忌。

山东大学文艺美学研究中心程相占教授从阿诺德·伯林特的环境美学与中国生态美学的关系出发，讨论了中国生态美学话语建设的问题。他指出，中国生态美学话语的建设过程是与西方生态美学、环境美学进行交流而独立发展的一个过程，这回应了李泽厚先生对生态美学的批评——生态美学并不是对西方当代美学潮流的中国模仿。为了论证中国生态美学话语的独立建构过程，程相占教授按时间顺序考察了西方环境美学代表理论家伯林特在中国的活动，从1992年他第一次访问中国，到2015年受邀在《求是》上发表文章，并在文章中肯定了中国生态美学的独特探索，伯林特这二十多年在中国的活动，就显示出中国生态美学与西方环境美学之间的实质性对话过程。针对西方学者对中国生态美学的质疑，中国学者也给出了有力回应，比如，曾繁仁教授坚持走借鉴而非模仿西方环境美学的研究道路来发展中国生态美学，程相占教授就伯林特所提出的审美忽视问题给予回应：生态美学的核心就是生态审美欣赏。总之，生态美学不等于环境美学，中国生态美学话语自有其独立的建构过程与扎实的学术努力。

山东大学文艺美学研究中心的胡友峰教授也围绕如何建设中国生态美学话语、凸显其独特性的问题发表了意见。他认为，要建构具有中国特色的生态美学话语体系，应从三个部分进行。首先，关于生态存在论美学。从理论溯源的层面来看，生态存在论美学应该吸收康德关于有机物目的论中的合理因素，即“有机物就是自己的目的”这一思想；从理论基础的层面而言，生态存在论美学真正的哲学基础是以“物质交换”概念为核心的马克思主义存在论。生态存在论为生态实践论中的生态救赎问题找到了出路。其次，关于生态实践论美学。生态实践论的首要目的就是要培育公民的生态素养，生态智慧的核心理念应该深入每一个公民的意识中，如何实现生态救赎是生态实践论美学要解决的问题。再次，关于生态审美论。我们的生态美学以美学问题为核心，由此需要解决的就是如何进行生态审美。生态审美论的关键问题在于，如何从眼前小的生态实景的审美欣赏中来体悟大的生态整体之美，而这与中国意境理论能够形成某种互动。

奥地利维也纳大学哲学系的马迪琳娜·迪亚科努教授探讨了大气生态美学（eco-aesthetics of the atmosphere）。马迪琳娜教授先考察了现象学中的自然概念，及其与自然科学、环境哲学中的自然概念之间的关系。之后，她批判性地讨论了现有的所谓大气现象学美学（phenomenological aesthetics of the so-called atmosphere），并对气象美学提出建议：我们需要超越日常体验和艺术去描述天气，需要肯定认知的积极作用，借助一个在场的、嵌入文化的主体展开行动，最终赋予全人类以生态责任。此外，天气现象的审美特征也同样值得讨论：如可用性与可及性（availability and accessibility）、具体的无限性（concrete infinity）、多感官特性（multisensory character）等。马迪琳娜教授强调，她所采用的方法植根于特定的文化语境——欧洲哲学传统，鉴于哲学美学旨在勾勒出一个一般的理论模型并得到普遍性的结论，所以她希望自己的方法能够与具有不同文化视野的学者所采用的方法一致，或至少有所交叉，以共同致力于建立一种生态友好且符合全球共同利益的天气美学理论。

山东大学文艺美学研究中心的祁海文教授梳理了曾繁仁教授对中国传统生态美学研究的历史进程，总结了这一系列研究进程中相关的研究对象、基本观念、主要方法、价值意义，以此探讨中国传统生态美学的研究范式，希望能够为当下越来越多从事生态美学研究的学者提供帮助与启发。祁海文教授指出，曾繁仁教授对中国传统生态美学的研究大致可以分为三个阶段：1. 对中国传统生态美学的理论性阐释，这一阶段主要汲取了中国古代道家思想、《周易》中“天人合一”与“中和”论的哲学理念、

《诗经》与国画中所蕴含的生态审美智慧等；2. 对中国传统生态美学之定位，这一阶段的研究重点是，在中西比较中探讨中国传统生态美学的特征、突出生态美学与环境美学的区别、探讨中国传统生态美学的价值、解析中国传统生态美学的艺术呈现等；3. “生生美学”的提出，这一阶段曾繁仁教授具体对“生生美学”的理论来源、基本内涵、价值意义及其与当代生态存在论美学的关系等问题进行了详细论证。

山东大学文艺美学研究中心的韩清玉教授讨论了宗白华美学中的“自然”范畴及其对中国当代生态美学建构的重要意义。他认为，中国生态美学话语的建构在宗白华文艺批评中已经形成，但对其“自然”范畴的系统研究不足。首先，宗白华“自然”范畴建构的独特之处在于注重对自然的直观体验，强调“自然的精神”，并且体现了“天人合一”的文化模式在现代的延展；其次，在宗白华文艺思想中，文艺作品中的自然以一种“动”的特征体现，这是生命感的关键，而针对艺术风格，宗白华提出了“初发芙蓉”之自然境界；再次，宗白华“自然”范畴对中国生态美学当代建构具有重要意义，具体体现在：1. 中华人民共和国成立之前，宗白华著述中就有对工业文明的批判；2. 宗白华强调生命与人共成一体，自然能够以艺术的方式被审美主体同情地把握；3. 以“自然”为批评范畴展开对艺术作品的批评，能够增强生态美学的艺术阐释力。

广西民族大学文学院的袁鼎生教授讨论了他所研究的“美生”概念中的自由属性。袁鼎生教授指出，所谓“美生”，是指大自然的美态存在，而自由是“美生”的本质属性与本质要求。自然自足的自由属性将“美生”化为气性、气韵，与此同时，自由属性也成就了“美生”的精神、徽记，成为其特征、特质，最后聚集为“美生”的内涵、属性，使美生成为天然、整一的存在。

另外，还有很多青年学生对生态美学的宏观理论研究阐发了自己的观点。山东大学文艺美学研究中心博士生周思钊讨论了肯定美学的合法性难题及其生态美学论证；山东大学文艺美学研究中心博士生张伊萱以罗尔斯顿为讨论中心，论述了生态美学与美学的客体性转向问题；山东大学文艺美学研究中心博士生蒋功艳探讨了圣经美学与生态美学之间的关联。

（二）生态美学话语研究的微观层面

除了上述所提到的从宏观层面对生态美学研究的回顾与反思，本次会议还有一个明显特点，即从个案研究的微观层面而言，当下生态美学研究还趋向于与具体艺术形态紧密结合，这体现出生态美学话语的新拓展。

台湾大学外文系的林耀福教授通过分析爱伦·坡的诗学观，提出诗—美—责任是“人类世”中的诗学走向生态诗学的路径。由于爱伦·坡强烈的反道德说教立场，文学批评家曾将爱伦·坡的诗学观称为“蒙昧主义”（obscurantism）。但林耀福教授认为，尽管爱伦·坡在部分诗作中坚称“为诗而诗”（this poem written solely for the poem's sake），诗之用不在追求真理乃在获取愉悦，但其诗学观并未彻底超脱于道德。首先，爱伦·坡在《创作哲学》和《阿恩海姆乐园》等著作中，均特别强调人的主观能动性（human agency），强调人对自在世界（the world of self-so）的改造，这与爱默生和梭罗等人一再呼吁回归野性自然（wild wildness）形成鲜明对比。就当下处于危机中的“人类世”生态环境而言，野性自然只能是一种迷思，因为自在世界早已变成人为世界（the world of made-so）。其次，爱伦·坡的诗学不仅涵盖文学作品，甚至包括造型艺术、音乐、舞蹈乃至园林艺术。他认为所有这些艺术创作都在诗情的指引和规约下追求美的新颖形式。在“人类世”的地质年代中，在当代生态美学的语境下，这种诗情恰好可视作对人的能动性，尤其是滥用人类能动性的约束与警醒，有助于人类实现在存在论意义上“诗意地栖居”。林耀福教授认为，由于东亚传统文化对于诗歌的重视，爱伦·坡诗学观中的生态意味能够得到包括中国文化在内的东亚传统文化的深切认同。

台湾师范大学外语学院的梁一萍教授探讨了素食主义者的生态女性主

义阅读问题。她从生态伦理的角度解读了韩国作家韩江的小说《素食主义者》（*The Vegetarian*）。在这部小说的研究中，梁一萍教授重点关注的是“植物中心主义”（phytocentrism），这是一种人类存在的植物性方向。“植物中心主义”的概念由迈克尔·马德（Michael Marder）创造，起源于希腊语，意为“植物”和“成长中的生命”。梁一萍教授的研究目的就在于打破人类与植物之间的界限，并探索人类意识绿色化之潜力的植物根源。

济南大学文学院的刘艳芬教授解读了严歌苓小说《陆犯焉识》中的生态审美意象。她认为，小说所创造的“着衣冠的直立兽”等审美意象，颠覆了一般的常规指向，成为一种带有生态批评意味的新意象。这些意象也成为读者反思生态现象、关注生态问题的窗口。《陆犯焉识》中的审美意象因独具生态维度而富有鲜明的、超越人类中心主义的生态人文思想，为欣赏者、批评者带来了异乎寻常的生态审美震撼效果。

香港岭南大学中文系的龚浩敏副教授从诡异美学的角度出发，解读了中国生态艺术的一种特殊的美学表达——“诡异生态美学”。他指出，“诡异生态美学”不以传统的美的事物为审美对象；相反，它以人们觉得不可能是美的事物为审美对象，比如一些当代生态艺术作品《垃圾围城》《塑料王国》《人造风景》等，这些作品在“不可能”处生发出某种美感，为欣赏者带来了特殊的审美愉悦感。这种在当代生态艺术中所体现的美学追求，对我们构建生态美学具有一定的启示意义。

山东艺术学院艺术理论与批评系的刘心恬副教授以尹秀珍的生态艺术创作为例，讨论了中国当代艺术的生态人文关怀与话语建构问题。刘心恬指出，尹秀珍艺术作品传递出了一种生态审美意识，将环境之丑融入了生态之美，不仅批判了生态失衡现象，还试图通过公众参与公共艺术活动的途径来唤醒公众的生态意识。尹秀珍的生态艺术创作与中国生态美学的话语建构几乎同时起步，且与中国的生态美学理论不谋而合，皆从人类命运共同体的利益出发，试图对生态友好型的人类生存方式进行改善与推广。

会议上还有很多研究者将生态美学理论与具体艺术形态紧密结合。桂林师范高等专科学校秦初生教授对龙脊梯田景观的生态中和美育价值进行了论证；大连外国语大学英语学院的华媛媛副教授对勒奎恩小说进行了生态性的解读；黄淮学院的于国华副教授从生态美学视域对电影《塔洛》进行了解读；上海工程技术大学外国语学院的李家銮从生态维度解读了气候小说；山东大学文艺美学研究中心的博士生妥东讨论了生态马克思主义视域下胡东林生态散文的创作探索。广西民族大学文学院的硕士生唐韵萌解读了桂林龙舟中生态审美意蕴。

（三）生态美学话语的地域拓展

本次会议的一个突出特点还在于生态美学话语研究的地域拓展。本次会议之前，中国的生态美学研究更多地关注中国、美国、德国、韩国等国家的理论；而在本次会议上，法国、意大利、西班牙等国家的生态美学研究陆续被中国学者翻译、介绍进来，这种生态美学话语研究的地域拓展具有重要意义。

江西师范大学的赵靓教授从程抱一结构主义生态诗学的视角，讨论了当代法国生态诗学的要义。赵靓教授指出，法国生态诗学有自身的传统，比如强调文本阅读、世界主义、自然、表现等概念，结构主义、后结构主义理论中隐含着生态诗学。列维－斯特劳斯和赛尔的作品体现出文学风格的样貌，适合提炼一种初步的生态诗学。在过去的几年内，法国生态诗学更关注“自然”“生态学”“场所”等概念，生态批评更关注“去人类中心化”“文化差异”等问题，二者都回应了对文学阅读的呼唤，以回应今日的环境危机。赵靓认为，程抱一在结构主义诗学中催生了中国生态诗学的萌芽，而其结构主义诗学蕴含的中国生态智慧，正是强调伦理性与差异性的当代法国生态诗学发展的要义。

华东师范大学国际汉语学院的王茜教授通过借助法国思想家列维纳斯的“面容”概念，讨论了生态美学的伦理维度。王茜教授认为，列维纳斯

“面容”的概念意味着以可视性的“面对面”的方式与主体相遇，这种相遇向主体呈现了一个无法被同一化的绝对他者及其所生出的无限性，主体对于这样的他者负有伦理责任。列维纳斯“面容”的概念给予我们启发，即将其作为关于人与自然事物关系之思考的美学切入点。对于生态美学而言，自然事物的“面容”并非意味着以文化同化自然，更重要的是在面对“面容”时发生的那种不能被任何惯常化审美经验覆盖、充满了陌异感与模糊性的体验，它们作为一种“症候”传递了自然所指涉的无限。人类面对这样一种无限，能够采取的恰当方式就是对自然事物承担起生态伦理责任。

北京航空航天大学的陈琦论证了意大利生态美学的古典渊源。她从三个方面为意大利生态美学的古典渊源寻求了论据：古典意大利美学在对人与自然关系的理解中孕育了非人类中心主义的萌芽；意大利生态美学与古典自然美学密不可分，古希腊、古罗马美学并没有刻意区分自然美与艺术美；意大利文化受天主教影响深远，而天主教的某些教义体现出了某些生态美学的思想端倪。

外交学院的孟夏韵讨论了西班牙语生态美学的理论特色与独特贡献。她搜寻了西班牙、拉美各国及欧美国家的西班牙语生态批评文献，结合生态美学的基本范畴和要点，总结出西班牙语生态美学基本的理论观点，即主张以审美的态度重建整个人类环境，并在环境、社会关系和人的主体性三个领域建立生态联结关系，构建人类的美好生活。

## 二　环境美学研究的回顾与反思

山东师范大学文学院的刘蓓教授围绕“地方”与“非地方”的概念，对《鹊华秋色图》鉴赏者的自然环境审美态度进行了探讨。她从人与地方关系的视角，结合环境史、文化史、环境美学等学科的理论概念，论述了元代文人赵孟頫的山水画《鹊华秋色图》的创作初衷、不同鉴赏者的评价和欣赏方式。同时她还解读了对这幅山水名画的不同接受行为中体现出的审美态度差异。从创作者和历代文人收藏者的评价来看，此画满足了欣赏者对无法回归的故土的文化想象，使其以“不在场”的方式实现了“地方投入”的愿望。而乾隆皇帝对此画的处理方式，则体现出一种财产占有式的非审美态度。对一幅古代山水画的不同欣赏方式典型地反映了个人依附、社会关系和自然环境特征等因素对地方意识的塑造。

中国社会科学杂志社文学部的张聪讨论了谢弗的自然主义声音理论及其现象学方法，这是关于声音环境审美的新研究成果。她认为，谢弗上承麦克卢汉，以批判视觉霸权、理性主义为出发点，重视完型整体、重视主体知觉活动的主导思想，将经济环境、主导技术、政治条件等视为决定特定社会中主体感知水平的重要条件，并借助生态学系统和生物学内涵发明术语框架，最终构建出理想的格式塔理论模型。无论是音乐创作中对于大自然声音的运用，还是文学批评中对歌德、哈代以及维吉尔等作家笔下乡村声音景观的分析，谢弗始终关注寂静的、高保真的自然声音景观，力求通过最生动、本真、原初的听觉经验，溯源人类存在的多重含义。这种指向现象学立场的研究方法，虽然存在保守、神秘的色彩，但却为当代声音环境、声音景观研究提供了极具有价值的参考范式。

台北市立大学历史与地理学系的徐荣崇教授阐发了关于环境素养培育和环境审美教育的意见。徐荣崇教授指出，在现代社会急剧城市化的过程中，城市的孩子缺少与自然环境接触的机会，对自然知识太过陌生，对自然的关心情怀太过淡薄。徐荣崇教授以台北市“小乌龟水力电厂水资源自主学习活动设计”为案例，探讨了此类问题的解决思路：在教师主体的教学方式上，我们应该采用具有审美因素、实践因素的情境模式教学法；在少年儿童的认知层面上，我们应该推动其认知能力从感官记录、短期记忆、知识复述等低级层面，向生活中环境素养的真正养成这样的高级层面过渡。在教育过程中，教育者应该促使“自然”的概念在教育实践中从静态走向动态、从单边走向互动、从名词走向动词。以此将环境知识转化为意义、理解、智慧、价值。少年儿童环境素养的养成需要多领域——包括科学、哲学、美学、教育学等领域的共同努力。

山东青年政治学院的尹航副教授介绍并讨论了纳塔莉·勃朗的环境美学思想与法国环境美学的样貌。她指出，法国当前的环境美学研究多从文化的视角出发，致力于揭示人类与城市环境的感觉关系，从而走出了一条不同于英美环境美学研究的治学之路。这一特点就典型地体现在法国学者纳塔莉·勃朗的环境美学思想中。在法国的环境美学中，理想的城市环境是一种勃勃生机的生活环境和处于动态之中的感性环境，是大众参与、各尽其责、共同分享与建构的生活环境与公共空间，在政府机构、科学家、协会、艺术家和居民多主体、多因素的共通协商过程中不断营建、生成并更新。尹航副教授注意到，勃朗始终采取自下而上的平民视角，展开对城市环境与城市可持续发展问题的诸多思考，其环境美学思想从“浸入生活”、“持续生成”、“融于大众”与“引向政治”四个方面映射出法国环境美学的整体样貌。

## 三　生态美学与生态文明建设

国际美学协会的前主席、美国马克特大学哲学系柯提斯·卡特教授从艺术与休闲生态学（ecology of leisure）的角度，讨论了人类活动对自然世界与人类文明的影响。卡特教授指出，哲学家、科学家和艺术家都倾向于探讨自然问题、生态问题。从哲学角度而言，黑格尔承认自然与人类意识、人类文明共同进步，并认为自然参与了理念的不断发展，在黑格尔的哲学中，他将艺术作为一种理解自然的方式；从科学角度而言，科学家们认为以科学为基础理解自然的特性，是解决当代人类文明中生态问题的关键所在，比如科学家埃斯科巴（Escobar）关于技术自然（techno-nature）的理论——基于生态实践上的新技术能为我们带来新的意义和新的参照；从艺术角度而言，当代艺术家、艺术机构在创作、评价作品时，更加关注作品所产生的生态影响以及所解决的生态问题。卡特教授从两个方面特别强调了作为休闲生态学的艺术对自然环境所产生的影响：1. 关注艺术展览活动的举办、艺术展览场所的维护对自然资源的消耗；2. 关注艺术作品对提高人们欣赏自然环境、认识生态问题等能力的功用。卡特教授还提出，我们应该将艺术与生态研究相结合，把艺术作为一种休闲生态学，以此解决目前的环境问题，从而为人类文明谋求福祉。卡特教授关于艺术与休闲生态学的论述出于一种对人类生态文明的考量。

南京大学艺术学院的赵奎英教授阐发了生态语言学对生态美学研究的启示，以及这种启示对中国生态文明建设和美丽中国建设的意义。她认为，首先，“生态话语批评”运动可以促进生态美学的生态话语批评和生态话语建构。生态美学的话语批评不仅能对生态文学话语进行批评分析，也能对生态美学研究自身所使用的话语进行“元批评”。其次，生态语言学启发研究者要重新认识生态美学研究的“跨学科”与“超学科”性。我们应意识到生态研究本身具有超学科性，须从生活世界的复杂问题出发，要求不同学科以及学科内外各行业人士的合作，生态美学研究不是“为学科”而做研究，而是“为问题”做研究。再次，生态语言学可以启发生态美学加强“行动参与”研究与“转换知识”生产。新时代的生态美学研究应参与到中国生态文明和美丽中国的建设中。赵奎英教授指出，生态文明与语言、符号之间的关联不仅是由当今高度语言化、符号化的时代语境促成的，也不仅是由语言问题与生态问题的内在关联决定的，也是由人类文明本身的语言、符号根基决定的。在加强转换知识的生产方面，我们需要生态美学的超学科性来进一步解放生态美学研究思想。

山东大学历史文化学院的杨东篱副教授讨论了生态学马克思主义自然观，及其为研究者们所带来的美学启示。她指出，生态学马克思主义从挖掘经典马克思主义的生态思想出发，分析、解释当代全球生态危机产生的原因并寻找解决问题的出路。生态学马克思主义的自然观可以概括为生态危机论、自然主体论、生态革命论、生态价值论、生态规律论五个方面。生态学马克思主义自然观虽然没有明确提出对美学问题的思考，但却在当代生态危机背景下为审美危机、审美理想、审美革命、审美规律等问题的讨论提供了诸多启示，同时也为人类生态文明的建设提供了深刻的启示意义。

南京师范大学的博士生刘丹丹从生态女性主义视域出发，讨论了人类命运共同体对社会主义生态文明建设的启示。她指出，生态女性主义将人与自然视为有机整体，并关注传统二元论中的弱势群体，如有色人种、下层阶级、非西方国家等。生态女性主义理论对生态文明的建设有积极的启示意义，一方面，生态女性主义理论显现出人与自然的生命共同体关系；另一方面，生态女性主义理论呼应了在新时代构建人类命运共同体的中国方案。这种“双共同体”对中国社会主义生态文明建设具有启示意义。

## 四　东亚传统生态智慧与生态美学建构

韩国成均馆大学的辛正根教授从儒学孝道的文化背景出发，挖掘了传统东亚孝道中的生命意识，阐释了21世纪儒学孝道中的生态智慧。通过提出关于生命与死亡的终极问题、考察“孝”的语源含义、讨论孝道与永生的关联，辛正根教授得出结论：在一神论文化中，人们通过“创造—真义—契约—审判—永生”的路径获得永生；而在东亚文化中，人们通过“形成—生命—参与—自然—永生”的路径获得永生。也就是说，东亚社会并不相信单一神所审判的永生，而是依靠孝道精神来解决文化中的永生问题，东亚孝道文化促使人们通过善事父母、祭祀、共感等方式来获得永生契机。辛正根教授认为，21 世纪研究者们还可以从宇宙家族（cosmic family）的层面对东亚孝道予以新的阐释。宇宙家族的内涵在于：所有事物都连接成一个生命体，自然与人类辩证地统合在“万物一体”的状态。由此而言，孝道在沟通已逝先祖和后代子孙、个体和他者的过程中，也可以紧密地联结人和自然、人和宇宙的关系。

韩国加图立关东大学的郑锡道教授对老子哲学的概念、逻辑进行了生态学视角的阐发。其一，老子的哲学思维和统治论逻辑都是生态性的。构成老子哲学的主要概念是隐喻性概念，隐喻性概念本质上就是生态性概念，而“道”的概念具备了更为具体的生态含义；此外，老子无为自然的统治论逻辑能够归结为生态价值的扩散。其二，老子的生态哲学思维从统治论出发，最终能够达到美学的境界，老子生态统治论的理想境界是“小国寡民”，这是由生态循环和淳朴风俗所构成的社会空间，符合人的本真自然。因此，这种社会空间的终极价值并非在于文化的实用性，而在于生态之“美”。郑锡道教授将这种在事物生态性中所生发出的美的思想称为“原木美学”，这是一种重视事物生态完整性的美学，是生态美学的另一个名称。

山东师范大学文学院院长孙书文教授阐发了中国传统仁爱思想中的生态智慧。孙书文教授指出，中国传统文化是讲仁爱、重民本，守诚信、崇正义，尚和合、求大同的文化。中国传统文化中仁爱思想的第一义在于爱自己的家人；第二义在于爱与自己没有血亲关系的人；第三义在于爱天地万物，这其中就蕴含着深刻的生态智慧。通过分析北宋理学家张载“民吾同胞、物吾与也”的思想以及《逸周书》《周礼》中关于“斧斤以时入山林”的记载等，孙书文教授阐发了中国传统仁爱思想中的生态意蕴，并指出传统仁爱思想强调自发的恻隐之心、真情实感，而区别于西方文化中的博爱，这种观照天地万物的仁爱精神最终能够达到“天人合一”的境界。

韩国成均馆大学的琴钟铉教授阐发了李渔《闲情偶寄》中所表现的实用性生态美学思想。首先，琴钟铉教授汲取了曾繁仁教授的生态美学思想，关注兴起于后现代语境的生态美学对现代性的批判，同时他从《闲情偶寄》的思维方式着眼，讨论了李渔身上的现代性特征，及其文章中所体现的后现代性色彩。其次，琴钟铉教授解析了《闲情偶寄》中所具体体现的生态审美意蕴，认为《闲情偶寄》的内容可以为当下的环境问题、生态问题的处理提供思想资源。最后，琴钟铉教授得出结论：生态美学如果能为韩国社会的现代性提供一些反省问题的契机、解决问题的出路，那生态美学理论就可以说获得了很大成功。但是，他也认为，目前现代性所主导下的现实世界并不能被完全否定。我们可以通过借鉴李渔寻求生活幸福感的方式，来促进生态美学实用性功能的延展。

韩国成均馆大学的李容润教授对朱熹在《大学章句》中所提出的“八条目”，即“格物”、“致知”、“诚意”、“正心”、“修身”、“齐家”、“治国”和“平天下”这八项内容，进行了生态美学角度的解读。“八条目”的内容设定和逻辑演进中蕴含着非常丰富的生态意味：中国古代儒家思想将伦理道德和宇宙天地联结起来，在中国古代文化语境中，伦理学和宇宙学对于社会结构有着共同的理解，甚至渗透于人们的日常审美生活中。从美学的角度而言，以“人伦日用”为基本内容的儒家思想，可以通过情感、交融、关系、积极意义等要素得以实现，沟通天与人。李容润教授认为，我们应该主动汲取儒家思想中天人之间和谐关系的理念，并采取更加积极的措施，以最大限度地提高地球上每个生命的福祉。

江苏理工学院人文社科学院的常如瑜教授探讨了苏轼祝文中的生态审美意蕴。常如瑜教授指出，苏轼所写的祝文，也就是祭祀群神的文辞，其内容多是祈求神明造福百姓，如祈雨、祈雪、祈晴、祭神等，旨在祈求社会生态的平衡，包括风调雨顺、土地丰收、政通人和、生活富足等方面。这些祝文表明，在中国古代观念中，神主要维系了人与自然的关系，使二者和谐相处，由此而言，苏轼的祝文充分展现了中国古人对自然以及人与自然和谐关系的想象模式，其中饱含着古人对自然的深情，体现出中国古人的生态审美智慧。另外，苏轼的祝文也试图将古人对生命未知力量的敬畏转化为同自然和谐共处的美好愿望。

韩国成均馆大学的朴贤淑研究员探讨了《庄子》“齐物论”中的生态美学思想。她认为，从自然领域而言，“天地大美”的概念蕴含着丰富的生态审美意蕴，这主要体现在“游”的自然审美方式与“天籁”的自然声音境界中。具体而言，在《庄子》中，主体能够通过“游”的方式把握天地之大美，以此获得身体之自由与心灵之解放，同时，通过“游”，审美主体还能够领悟“天地大美”中所蕴含的自然之道，由此也就能够把握自然之道所呈现出的“天籁”之音。从社会领域而言，“万物齐同”观也饱含生态审美意蕴，主要体现在：和谐共存的“并生”观与生死循环的“化”论中。所谓“并生”，是指平等地统合了自然的一切存在，也包括所有社会成员；所谓“化”论，从生态学的视角来看待死亡，即万物生命总归为一，并以不同形态在世上永远循环，这是一种具有生态意味的生死观。

吉林省白城师范学院的王玉姝从生态审美观的视角分析了柳宗元的山水文学。她指出，柳宗元的山水游记与山水诗呈现出清幽寂静的禅境，在美好的自然环境中，创作主体通过自然环境抒发其内心的安适恬淡，体现出主客融为一体的自然美境，显现出独特的生态审美意蕴。

此外，本次会议还有很多中韩青年研究者对“东亚传统生态智慧与生态美学建构”的议题抱有浓厚兴趣。韩国成均馆大学儒家文化研究所的责任研究员金美英讨论了朝鲜成宗王朝时期的乐律理论《乐学轨范》中的生态审美意蕴。成均馆大学东洋哲学系的博士生金正姬从庄子的生态美学思想出发，探讨了奥地利著名艺术家汉德瓦萨（Hundertwasser）作品中的生态审美意蕴。成均馆大学东洋哲学系的博士生姜顺男从东方古籍韩国大儒李退溪的典籍出发，深入细致地解读了其中的生态审美意蕴。成均馆大学东洋哲学系的博士生梁希汀从中国古典美学的重要概念“卧游”出发，考察了朝鲜李朝初期书画家姜希颜和安坚的山水画中的生态审美意蕴。山东大学文艺美学研究中心的博士生周品洁从生态美学的理论视角对“魏晋风度”中的生态审美意蕴价值进行了阐发。

## 五　结语

山东大学文艺美学研究中心名誉主任曾繁仁教授在大会闭幕式中全面、深刻地总结了本次会议的概况与收获，现将其整理如下作为本次会议综述的结语。

（一）会议概况

参与本次会议的学者有60余人，有50余位老中青学者进行了会议发言。本次会议的主题是“对话与理解：生态美学话语研究”，其主旨是：生态美学话语建设已经成为当前的学术热点与紧迫课题。为此，对话与理解已经成为推动话语建设的必要前提与途径。

首先，关于生态美学话语自身的极端重要性。话语不仅是权力，而且是一种精神的生产。生态美学话语能够生产出热爱自然、保护自然、具有生态审美意识的一代新人。其次，话语建设也是生态美学多元化的紧迫需要。以中日韩为代表的东方生态美学的崛起，强烈要求、期盼并相信东方生态美学话语能够逐步得到国际学术界同情的理解与逐步的接受。

（二）会议收获

第一，本次会议通过国内外众多学者的积极参与，凸显出生态美学话语多样的、具有代表性的形态。

第二，本次会议新颖的组成方式也是一种理解与对话的体现。本次会议是山东大学文艺美学研究中心与韩国成均馆大学东洋哲学系两个学术单位十年来又一次的成功合作。成均馆大学东洋哲学系教授与博士生从东方古籍中解读生态美学意蕴，韩国同行的解读深入细致，与中国同行相对宏观的解读方式有一定区别，这是值得我们学习的。

第三，这次会议的明显特点还在于生态美学与具体艺术形态的紧密结合，这也体现了生态美学话语的新拓展。

第四，关于生态美学话语研究的地域拓展。本次会议之前，我们的生态美学研究更多地关注中国、美国、德国、韩国这四个国家的理论研究，而通过这次会议，我们的生态美学研究拓展至法国、意大利、西班牙等国家。

第五，本次会议体现了包括博士生在内的青年学者的学术活跃度，显示了生态美学研究的美好前景。

# “改革开放40年文艺美学发展”高峰论坛会议综述

王　意

2018年12月23日，由山东大学人文社科研究院及山东大学文学院联合主办，山东大学文艺美学研究中心承办的“改革开放40年文艺美学发展”高峰论坛在山东大学召开。来自全国各高校与科研机构的30余位专家学者参与会议。开幕式由山东大学文艺美学研究中心副主任王汶成教授主持，文艺美学研究中心主任谭好哲教授、山东大学文学院副院长程相占教授先后致辞。论坛分为两场主旨演讲与两场圆桌会议。在为期一天的讨论中，与会学者就改革开放40年来文艺美学发展历程回顾、当前的境遇和挑战、未来发展的方向和思路以及文艺美学研究的热点问题展开了广泛而深入的探讨。

## 一　文艺美学发展历程回顾

会议上，学者们回顾了文艺美学的发展历程，“文艺美学”这一概念最先由当时北京大学教授胡经之于1980年正式提出。成立之初便是以一种特定的理论学科形态出现的，即反政治中心论，以此标榜要建构一种新的美学体系形态。改革开放40年是话语资源重新开放的一个时代，是一个对西方各种理论资源的引入和重新评估和对自身的文论、美学的传统认识不断聚焦深化的过程。谭好哲认为，文艺美学学科发展在改革开放的40年里出现两大转向，一是文艺学的研究对象，从以经典文学艺术为标准到面对媒介化、消费化、大众化、全球化等众多分流现象；二是美学研究的根据，从20世纪60年代，环境美学、生态美学兴起以后，美学打破了近代以来尤其是德国古典美学以来以艺术为主要研究对象的局面，把自然、环境、生态纳入美学研究的视野当中。高建平（中国社会科学院文学所研究员）将文艺美学在40年里所经历的时期划分为：新时期、新世纪和新时代等三个时期，并认为这正是从美学在中国到中国美学建立的过程。

面对文艺美学取得的成就和受到的质疑，高建平具体分析了中国的美学队伍是与特有的国情紧密联系的。其中质疑的主要声音是针对该学科的学科定义、研究领域和方法路径与已有的美学、文艺学学科有何区别。关于文艺美学的学科定义，刘俐俐（南开大学教授）给出了自己的观点，她认为文艺美学是一种由哲学美学引入文艺学、艺术学等美的艺术中，然后所总结出来的研究领域。可以作为方法论的存在，尤其不能淡化哲学美学的思辨性和基本原理。张法（浙江师范大学人文学院特聘教授）指出，文艺美学学科具有矛盾和争议的原因在于，由国外引进的艺术、文艺等名称到了中国之后产生了很多变化，但其深层内容与内在含义以及时代意义却是非常巨大的。会议期间，大家普遍承认文艺美学的研究对象是不确定且不断变化的，但在学科建设与人才培养上有巨大的历史合理性，不能因此否认整个学科的存在价值。尤战生（文艺美学研究中心副教授）指出，文艺美学的学科是在其他学科不完满和有裂隙的地方成长起来的。王德胜（首都师范大学教授）认为，文艺美学的研究对象和路径的不确定性恰恰是构成为其确定性之所在。在不确定性当中寻找确定，在不确定性中实现理论建构的基本意图，正是文艺美学本身具有强烈的学科建构意识，而又不自觉地把美学、文艺理论、艺术理论的对象综合为自身研究范围的一个基本体现。就研究对象而言，文艺美学在20世纪80年代的提出有着自身不证自明的假定性，也正揭示了文艺美学作为一种不确定性的学科建构的必然性。而文艺美学的研究方式即一种致思方式或学理方式，却能够承担美学、文艺理论等所不能全面完成的任务。

文艺美学虽然因研究领域的模糊性而饱受质疑，不应为了单纯应付这种质疑而陷入学科界定的固化思维模式。除了从逻辑上给这门学科下规范性的定义，应更多地关注事实层面，在事实之后对文艺美学做出相应的理解和把握，而非持有先验的实体概念。当文艺美学不是以学科建构的固定思维去求取自己的身份，而是把自身作为一种可能的学理方式来加以考量的话，其存在意义反而更能得到彰显。王德胜认为："真正困扰文艺美学学科建构的其实并非对象方法的不确定性所带来的困难，而是既定的学科建构思维的有限性遮蔽了我们对文艺美学的认识。"程相占（山东大学文学院副院长、文艺美学研究中心教授）、曹成竹、尤战生等人在发言中均指出，不应对文艺美学的合法性进行过多争论，而应专注于具体的研究，摆脱固有的学科边界和研究方法，承担人文学科的责任，利用多元综合的方法去研究。

## 二　当前的境遇和挑战

21世纪以来，随着科学技术的迅速进步，物质生活变化日新月异。40年前的日常生活被洋货充斥，如今已经被中国制造取代。文艺美学学科在这40年里也发展迅猛，但也面临诸多问题和挑战。杨光（山东师范大学副教授）以"中年危机"比喻当下的文艺美学学术生产力发展后劲不足的境遇。谭好哲在发言中指出，自20世纪以来，美学经受了分析美学、后现代美学和后现代主义的冲击，正面临两大挑战：一是分析美学尤其是解构形而上学研究、本质论研究等方法上的挑战；二是后现代主义对一切大问题的解构。周均平（山东师范大学教授）认为，近些年文艺美学学科的发展趋向是由内向外、自律向他律、非功利向功利、中心向边缘，与它最开始出现时是反向的。曹成竹在发言中也将文艺美学面临的转向细化为：中国经验转向、现实经验转向、中国话语转向和文化批评转向。

作为一门与社会生活息息相关的人文学科，文艺美学的研究对象和面临的挑战从来都处于不断发展中。周均平将文艺美学在当下面临的挑战细化为：社会前提的挑战、理论基础的挑战、评价标准的挑战和价值导向的挑战，在整体美学中学科地位中遇到的挑战是全方位、整体性、根本性的。可具体分为：人工智能的发展，艺术学科的独立和日常生活审美化倾向。

针对其中的人工智能挑战，张永清（中国人民大学教授）从当前的“AI 热”出发，就马克思主义批评理论面对人工智能时代如何建构展开思考，在回顾了艺术媒介在不同时期的变化，并联系当下 AI 技术广泛应用甚至渗透至文学艺术创作领域的实际现状后，他指出新技术除带来新媒介外，甚至带来新的创作主体。从以往传统的人作为创作主体到 AI 时代机器成为创作主体，人工智能的介入将理论的发展推向了更深的层次，而文艺美学的发展正要面对和回答新文艺、新媒介、新媒体等各种新的变化。

## 三　未来发展的方向和思路

文艺美学经过了改革开放 40 年的发展历程，进入了一个新的发展阶段。在认真梳理这 40 年来文艺美学发展的成功经验和出现的问题，并对文艺美学的发展进行相应的反思极为重要。谭好哲在开幕式致辞中表示：美学的研究方法正是当下学术界的重要争论，以及当下美学的逻辑起点该安放何处？今天文艺美学学科面对的问题越来越多，要取得进步的困难也越来越大，这也正是此次论坛召开的目的所在。在客观分析了文艺美学所面临的困境与挑战后，与会学者纷纷就未来的发展方向发表看法。高建平结合自身的学术经历，指出 1978 年是学科的重要起点，并提出“回到未来”，即一些过去认为过时的观点和话题，有新的价值和意义，值得重新被思考。他认为美学要回到艺术，或者要从艺术上升到美学。他总结道：“纪念文艺美学 40 年，作为美学的研究者，我们应关注当下文学艺术的最新的动向，用我们的美学的知识、美学的眼光加入到文艺发展中去。”

李咏吟（浙江大学教授）在发言中聚焦于当代中国美学研究的五个理论方向该如何协调发展这一问题。第一，他认为五个理论方向分别是源自美学的五个问题域：自然问题、生活问题、文艺问题、政治问题和思想问题，并由此相应形成了五个重要的理论方向，包括生态美学及环境美学在内的自然美学、生活美学、文艺美学、政治美学和哲学美学等五个重要的理论方向。第二，当下的研究存在理论自觉和偏向问题，会导致美学理论的分裂和孤立状态。而理论的特殊化也会使其缺乏普遍沟通性的基础。因此如何克服这种分离局面，形成一种自由沟通的理论有机整合，是当下美学发展必须关注的问题。第三，与哲学各分支作比较可以发现，在对普遍问题追寻的同时强调每一学科的实践有限性和解释有限性，可以使上述五个学科既可分散独立，又可形成一个普遍理论整体。第四，协调发展和系统性思维非常重要，上述美学的五个必须寻求普遍的沟通以建立一种系统思维，不能只专注和强调某一方面的知识。尤其应站在哲学美学的基础上，否则面对具体现象只会就事论事，不会形成一种自由思想智慧，也不会形成对美学普遍价值的真正的认知和超越。第五，当代中国美学所寻求的突破点，不在于新的美学观点或概念名词的提出，而是经典思想文本创制。写出能经受时代检验的、具有完善逻辑的、在论证的严格性和分析的严格性上达到一种科学的标准的著作。

针对美学视域下文艺批评的价值体系建设问题，刘俐俐从底线问题出发，对“文学批评”和“价值体系”进行了限定。文学批评的一个根本原则就是不能脱离开审美鉴赏，因而可以从批评主体和鉴赏两个主题来界定文学批评，从康德理论出发，通过关系这个契机两者既可相互联系也可彼此区分，而建立一个具有生命力的价值体系，内部应具有自洽性，各组成部分具有内在逻辑联系，同时也能与外界产生互动。而价值是指被评价而意识到的有用性，文学批评的价值体系可以区分为价值的行为主体和批评家以及实践的主体和评价的主体。底线的定义区分为限定性含义和品质性含义，其中底线的限定性问题，即何种对象可以被纳入批评范围中，应同时兼顾固定的艺术概念和人的审美活动。而限定性的概念则分为功能和内涵。鉴赏则是想象力与悟性的自由游戏。即探索优秀作品产生文学魅力的内在构成，而这种内在艺术价值的构成不仅仅是文学的一般批评，也属于文学的价值批评，其本身是生成价值的。

## 四　文艺美学研究的热点问题

文艺美学是具有中国特色的美学，也是中国文艺学前进的最重要的口号。论坛中，学者们除了就宏观层面的文艺美学40年以来的发展问题相互交流，还就具体的理论问题进行研究实践展开论述。其中，生态美学作为文艺美学新的开拓领域受到了广泛关注。程相占在开幕式致辞中说道：“改革开放40年里，在物质层面上，中国制造已经完全取代了40年前的洋货。而在学术层面上，中国也创造出了可以取代洋学的文艺美学与生态美学。”

胡友峰将改革开放40年来中国美学的发展分为四种范式：实践美学范式、后实践美学范式、审美文化范式与生态美学范式。认为前三种范式面对的是理论问题，而生态美学面向社会现实，试图从现实出发解决美学存在的困境问题，也同生态文明建设和美丽中国建设的国家战略紧密联系。

在中国生态美学的发展中，“生生美学”作为一个重要的论题，是由程相占在2001年第一届全国生态美学会上率先提出的。曾繁仁先生（文艺美学研究中心名誉主任、教授）以“生生美学的提出及其内涵”为题，在发言中对生生美学的相关理论问题进行了详细的梳理和提纲挈领的总结。首先，生生美学提出的动因是试图在欧陆现象学生态美学与英美分析哲学环境美学之外，提出一种包含中国古代生态智慧资源与话语的、具有中国气派和中国作风的生态文学体系。习近平总书记明确提出文化自信与坚守中华文化立场，给予了建设理论的勇气与中国民族形态的生态美学学术探索的空间。其次，“生生美学”的酝酿过程与梁漱溟、牟宗三、方东美、宗白华、刘纲纪等老一辈学者的理论贡献有密切的关系。再次，“生生”的内涵在中国传统文化，特别在儒家学术中具有本体性的价值意义。从孔子、老子开始，直到宋明时期的哲学，以至明清时期的主要哲学家，都是在“生”的观念中或者围绕“生”的问题建立哲学体系并展开其哲学论说的。又次，“生生美学”产生于一系列的中西文化的比较之中：梁漱溟的类型说与胡适的线性说、原生性与后生性、气本论与实体论、现代性与后现代性。复次，生生美学的文化具有以下特点：“天人合一”的文化传统、“阴阳相生”的生命美学、太极图示的文化模式、总体透视的艺术特征和“意在言外”的意境审美模式。最后，中国的生生美学的提出不是对西方理论的否定，而是在中西对话交流中加以建设，建设包含中国元素的美学。张法对中国古代的“生”的传统表示同意，并将中国古代的生生美学，延展至生生哲学和生生文化等更大的范畴。他认为，如果把中国传统文化的生生美学与西方的生态美学等相关理论结合，将会是有待发掘的巨大的空间。

生态美学中“生态”不同于生态科学意义上的生态圈，应是生态哲学层面上的意义含义。审美体验作为美学的重要部分理应在生态美学研究中被重视。张文（济南大学讲师）从生态审美的角度出发，论述了“天人之乐”生命体验带来的借鉴：以生态意识作为我们审美的思想基础；以境界论作为知识转化为自觉的契机；以整个“生”的世界作为审美对象的总体把握；以高级的精神愉悦作为审美体验。

除了将生态美学作为研究对象进行学理层面的探讨，已有的学术研究成果带来的启发同样值得关注。其中，曾繁仁生态存在论美学就是一种立足中国文化本位和时代需求所进行的美学尝试，在国内当代美学发展中具有重要的典范作用和阐释价值。张超（文艺美学研究中心博士后）认为其具体表现在以下方面：一，推动了中国当代生态美学在理论基础、精神向度、思维方式和实践路径上的四重建构，也为新时代人类永续发展和命运共同体的构建提供了一种美学方案或生活经验。二，生态存在论美学以审美存在为逻辑起点，不仅奠定了中国当代生态美学的存在论根基，也超越和扩充了中国实践美学的实践本体。以生态整体主义为理论原则，不仅调和了现代以来主体性过度张扬的人类中心主义和激进的生态中心主义，还实现了生态存在论基础上人文观、生态观和审美观的统一。三，以生态现象学为研究方法，不仅突破了传统认识论美学二元对立的美学论述模式，也实现了生态美学建构中立足自身文化本位的古今中外各种资源的融通。四，以生态存在论审美观的培育为基本立足点，不仅强调了生态审美态度在当今生态文明观念落实中的重要作用，也重申了生态美育在生态美学的实现和人文精神的重塑中的中心地位。

此外，还有学者就文艺美学的其他热点问题进行具体的实践研究。刘艳芬（济南大学教授）以“论观的空间立场及其审美韵味”为题，从空间的角度分别梳理了不同时期中国儒、释、道三家的审美观照方式。黄继刚（阜阳师范学院教授）对目前国内时新的研究批评方向之一的关键词研究，做了理论的回瞻和范式的探究。妥建清（西安交通大学教授）结合新旧法国革命的具体史实解读马克思的“历史中的戏仿”及相关意义。凌晨光（文艺美学研究中心教授）、王祖哲（文艺美学研究中心副教授）、李伟（安徽师范大学教授）等人也参与了会议的发言与讨论。

与会学者对改革开放40年里，文艺美学的发展做了梳理与总结，普遍认为：文艺美学正处在一个历史的关键点上，需要新的发展思想和发展动力。改革开放40年后的今天，文艺美学需要再出发，同时也针对当下研究现状和存在问题，展开激烈而深入的探讨，提出了富有建设性的意见看法，对当下及未来的文艺美学发展具有重要的参考价值。

# 《文艺美学研究》稿约

《文艺美学研究》系教育部人文社会科学重点研究基地山东大学文艺美学研究中心主办的学术刊物。一年两期，由中国社会科学出版社正式出版，国内外公开发行。

本刊常设“文艺美学”“生态美学”“文学理论”“审美教育”等专栏，并不定期开设“文论选译”“学术前沿”“热点讨论”“著译选评”“学术聚谈”“理论随笔”“学术会议专稿”等栏目。欢迎从事文艺学、美学、艺术学理论研究及批评实践的学者专家、高等院校科研机构广大师生为本刊投稿。稿件以一万字至一万五千字为宜。来稿须未在其他刊物、书籍等媒体上公开发表过。本刊尤其欢迎问题意识突出、具有独到见解的原创性研究。

本刊采用匿名审稿制。投稿2个月未收到用稿通知，作者可自行处理。稿件经采用刊出后，即付稿酬，每千字80元至100元，优稿优酬。同时寄送作者该刊两份。

来稿时请一并提供以下信息：作者工作单位、个人简介、联系方式。

稿件引文注释按国内公开出版专著或论文集通行惯例处理。用页下注并以①②③形式标出。

来稿请用A4幅面稿纸单面打印。电子稿版本请发送至编辑部邮箱：lta@ sdu. edu. cn 或 lcg117@ 163. com。

《文艺美学研究》编辑部

2018年10月10日